FLORET
READING

小花阅读

我们只写有爱的故事

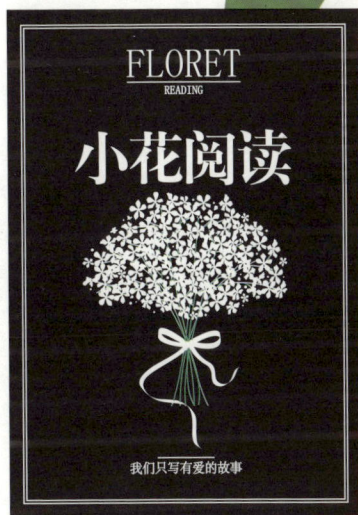

青春阅读　　幸得相见

大鱼

有爱的青春陪伴者

世界上最好打发无聊的办法就是

花一分钟时间 惹她生气

然后再 用一整天时间哄她开心

我吻你时，是甜橙味的

Orange

鹿笙 著

中国致公出版社

甜橙味的小剧场

受伤了?

我还以为你真的不理我了。

……伤口还疼吗?

你不生我气了?

在看到你受伤之后，我就失忆了。

早知道，我就装很疼很疼了。

不准看。

?

你是我女朋友，应该行使你的权利和义务。

什么义务?

把视线集中在我一个人身上。

哼！知道了！幼稚鬼！

目录

Orange

目录

CONTENTS

Orange

楔子

喝了这瓶娃哈哈，我们就是好朋友

还挺可爱的。

这是倪亦之第一次在大院见到稚初时的印象。当时她跟一群人蹲在墙根玩泥巴，搬家的大卡车在门口停下的时候，她突然抬头看过来，一整张脸全是泥印子，笑起来显得牙齿很白。

她一头短发，眼神里充满了野性，跟她身上穿着的碎花裙子一点都不配，他不由得多看了几眼。

傍晚时分，父母为搬家忙碌，她也不回家，坐在广场的秋千上，晃动着她的小裙摆。倪亦之的妈妈领他过去跟她打招呼："小之，这是你稚叔叔的女儿，以后你们要一起玩呢。"

他看了她一眼，低着头不说话。

女生咧着嘴笑得后槽牙都露出来了，目光直勾勾地将他打量个遍，像是在观察着自己的猎物，最终眼底有了满意的神色。她小手握着伸向他："我叫稚初。"

他看了眼她的手，黑乎乎的。他皱了皱眉，并不想回应。妈妈拍了拍他的肩膀："男子汉不能这样没有风度哦。"

于是他敷衍地将手伸过去，想碰一下就撤回，谁知女生反手一下抓他的手心，笑得单纯无害。

他愣了一下，当下觉得有些不对劲，只感到手心有个湿漉漉的东西，狐疑着摊开手看，一只小青蛙正蹲在他手心，鼓着眼睛盯他的脸，看得他头皮发麻。他的反射弧顿时短路，三秒之后大叫着甩着手，想将小青蛙甩出去，但它死活粘在他手上赖着不走，还张开嘴巴发出呱呱的叫声。他胃里一阵翻江倒海，"哇"的一声吐了。

那一定是他人生中最难堪的一天，像个跳梁小丑，满院子翻腾。

而肇事者一脸看好戏的模样，在一旁看着他，捂着肚子笑得只差满地打滚了。末了，她捡起被他甩在地上的小青蛙，小手抚摸着它青色的皮，还眨巴着大眼睛，故作无辜，看着乖巧极了："它多可爱啊，不好意思，我不知道你胆子这么小呢。"

倪亦之作为一个小男子汉的自尊心再次受到暴击。这哪里是单纯可爱的小天使，简直就是调皮捣蛋的小霸王。

他头疼得一夜没睡着，第二天却被告知从今往后他身后会跟个小尾巴，原因是他之前念书的学校跟现在的学校进度不一样，所以他得重上一年级跟这个小破孩同班。妈妈还特别交代，因为他对学校不熟悉，所以特意跟老师沟通，让他和稚初同桌。

倪亦之在稚初家楼下等了半个小时，才见女生被她爸连拖带拽地赶出门。她冒着鼻涕泡，打着哈欠："早啊。"

他看都懒得看她，转身就往马路上走。

女生追过来，将书包斜挂在脖子前，拉开拉链，从里面摸出一个小面包，赔笑："我昨天快被我爸骂惨了，面包你吃不吃？"

倪亦之寒着张脸，冷冷地睨她一眼，快步走远。

女生悻悻地收回手，撇了撇嘴。

他到教室坐了半个小时后，她才像只乌龟，扛着厚重的壳，出现在教室门口。不用想，她肯定是去哪儿鬼混去了。

她学习成绩差得要命，小动作却特别多，一到上课，桌里的零食袋子被她拨弄得哗啦作响。倪亦之不满地扫她一眼，她便消停一阵，过一会儿又再继续，倪亦之再扫她一眼，她再不满……反复循环……

他理都懒得理她，她却像缺了一根弦，动不动就惹事。

他做题的时候，她手肘抵着他的手肘；上课的时候，她恶作剧剪掉老师的头发，不知道是紧张还是故意的，竟然将"罪证"剪刀丢进了他的课桌。害得他被老师逮住成了她的"替罪羊"，被罚在教室外面站了整整一个下午！

这是他人生中第一次罚站，因为她。

放学的时候，他留下来一个人打扫教室，擦完黑板转身，见一双圆溜溜的大眼睛正盯着他。

倪亦之被吓得不轻，不耐烦地问："你又想干什么？"

"你是不是讨厌我啊？"

倪亦之黑着脸腹诽，你说呢。

她托着脸认真地思考："那你为什么不找老师举报我呢？"

倪亦之没说话。

倪亦之转身，听见女生在后面可怜兮兮地叹气："我已经主动跟老师承认错误了，所以今天我来打扫教室吧。"说着她取下书包。

倪亦之垂眸，却见女生又折回来，笑眯眯地对他伸出手来。

倪亦之下意识地往后退了一步，心想这次又是什么。

女生的语气认真得很："你喝了这瓶娃哈哈，我们以后就是朋友。"

倪亦之有些无语，他很想立马回家，求着他妈给他换班，但又一想，现在落跑显得太没骨气了。

女生的视线黏在他身上，让他想起来那天她往他手里放的那只湿漉漉的青蛙，他不由得打了个寒噤。于是他硬着头皮接过那瓶娃哈哈，憋着一口气猛地仰头喝了一口，那模样仿佛是去英勇就义了似的。啊！好甜！

好甜。

她笑得欢天喜地，毫无城府，眼睛弯成一条曲线："其实你早就想跟我一起玩了对不对？"

"谁想，少自作多情。"倪亦之别过脸，移开视线。

事后，倪亦之再想起他们的世纪大和解，想起了当时的场景，想起了她那时说的话，总感觉当时被娃哈哈的甜味包裹着，再也想不起那些不愉快的事情了。

第一章

你敢欺负她一下试试

"后来我仔细想了想，对于你为蒋鱼打架这事，

我确实有那么一丢丢不高兴。"

—— 稚初

稚初念初中的时候依然是个不折不扣的问题少女，很是让人头疼。

后来她终于在父母的耳提面命下考上了高中，哪怕是全市垫底的学校，家里人敲锣打鼓，只差回乡祭祖烧高香了。

稚初对成绩什么的压根不在乎，考不考大学对她来说还没什么概念。但她对父母这种时刻将成绩挂在嘴边的行为深恶痛绝。

于是，回初中学校拿毕业证那会儿，她染了一头绿毛，大摇大摆地去参加毕业大会，言外之意是，看吧，你们这些成天吊书袋子的也没什么了不起，没谁比谁更聪明。

班主任差点没被她气得吐出一口老血。

稚初知道，其实真正让班主任痛心的罪魁祸首，压根不是她，反正她一向烂泥扶不上墙，老师们早就习惯了。但是，站在她边上的倪亦之就不一样了，学校一直将他作为重点培养对象，以他的成绩上个市重点高中半点问题没有，弄不好还能拿个状元回来。

可偏偏，他发挥失利，竟然沦落到跟她念同一所高中。

稚初心里知道，他一定是故意的，否则，为什么好巧不巧的，他俩的分数都相差无几，用她妈妈的话讲，是葫芦藤上结南瓜，不可能的事。

稚初瞅了眼边上的男生。

他垂着头，盯着手里的漫画书，对周遭的环境充耳不闻，好像书里有什么绝世宝贝似的。阳光斜斜地打在他的头顶，他发色偏黄，竟然有种朦胧的不真实感。她的目光直直地从他的耳朵滑到他的嘴唇，那嘴唇薄薄一片，带着自然的红色。

随着他翻书的动静，稚初移开视线。

也是奇怪，炎炎烈日，蝉声聒噪，所有人都瘫软着身子，后排的同学甚至都蹲下了，找一片阴凉。唯独他，长身玉立，保持着良好的站姿，像蒸腾的湖面涌入的一抔凉爽清泉，有那么一点点与众不同。

稚初心里想，他是从什么时候变得这么好看的呢？

她突然扬起嘴角，冒出个坏坏的念头：这是不是意味着，以后会有不少女生蜂拥而至，为他大献殷勤，买买买送送送……啧啧，那她们的零食岂不是又要落到本仙手上？

这么一想，高中生活似乎还过得去了。

她嘟着嘴思索了会儿，一只骨节分明的手伸过来，将她滑向右肩的衬衣领口往上扯了扯。

稚初往右看，发现新买的衬衣太宽松，再加上她正歪向右侧，衣服滑下来，粉色内衣肩带若隐若现。

她惊慌失措，裹好肩膀，去看手的主人。

见到是倪亦之，她稍稍放心了些。

他的注意力还在书上，眼睛都没朝她这边抬。

还好，不然她多少会有些不自在。

校长发言结束，大家象征性地鼓掌，在窸窸窣窣的掌声里，没人发现少年烧红的耳根。

转眼，高中开学。

校园里，敢公开跟老师叫板的稚初，名头很快传了出去。与此同时，讨论的话题里，另一半是关于倪亦之。

有人说，他是因为数学考试整整一面答题卡没填，所以才沦落到跟稚初一所学校。

说这句话的人是跟稚初一个大院的死党谢宇驰，外号"池子"，稚初用一包可比克将他轻松收买，撬开了他的嘴巴。至于"答题卡没填"背后的原因谁也不清楚，稚初心想也是，倪亦之本来就是寡言少语的人，谢宇驰能知道这些，已经很难得了。

稚初为这个发小操碎了心。

但她的心只为他碎几天。她这个人一向没什么耐心。

家门口公交站的广告更换得频繁，每次路过的时候，稚初都会在心里想，要是哪天周杰伦的脸能挂在这上面就好了，她一定每天都来看一次。后来转念想想，禹城这座小庙，怎么可能容得下她心里的神，直到有一天，广告栏上真的出现了周杰伦的海报。

看到这一幕的稚初险些一个跟跄："闻歌，你扶着我点，我不相信这是真的。"

闻歌笑："能不能收收你的口水？"

倪亦之斜挎着书包从她俩身边路过，被稚初一把抓住。

"倪亦之，我老大要在禹城开演唱会了。"

倪亦之掀了掀眼皮："知道了。"

路过她身边时，他提醒："我听谢宇驰说，早自习你们班主任要查岗，别玩了。"

女生光顾着花痴，哪还能听到他在说话。

开往学校的公交车摇摇晃晃地驶到站台，倪亦之瞥了眼还在说话的女生，提了提书包带子，抬步走了上去，刷了卡。

司机见没人再上，正欲关车门，被他叫住："不好意思，后面还有人，麻烦您按下喇叭吧。"

他的目光紧盯着站台边的人。

听到鸣笛声，稚初惊醒，不敢再逗留，挽着闻歌往公交车的方向跑来。

倪亦之松了口气，俯下身跟司机说了声谢谢，重新戴上耳机往最后一排走去。

早课踩点进教室。

教室在三楼，稚初爬得一身汗，拿着本英语书扇了半天，也不解热。教室里倒有四台电风扇，但稚初坐得远，根本吹不到。前排递过来一个手拿式电风扇，稚初欣喜万分，一抬眼，谢宇驰正傻乎乎地冲着她笑。

稚初在朗朗读书声里感叹："这可真是雪中送炭啊。"

闻歌扶额："我怎么听你用个成语，感觉更热了呢。"

"你就是嫉妒我上次周考语文比你多了五分。"稚初笑，"近朱者赤近墨者黑，你放心，你跟我坐一桌，我会罩着你的。"

"等年级排名出来的时候有你哭的。"

闻歌说得不对，她稚初什么时候为学习苦恼过。不过，她心里有个小算盘，要是这次摸底考成绩不错，是不是能找爸妈多要点零花钱。可是考个好分数对她来说难度过大，还不如去外面做个兼职来钱快。

她咬着笔头在纸上画了几笔，一直思考到数学课上。

临近正午,教室里更添了几分燥热。

数学老师李威撸起袖子,转身在黑板上写知识点,烟灰色衬衫后背已经汗湿。

"相同类型的题我已经讲过两遍,但还是有不少同学出错,现在清楚了没有?"他扯着嘶哑的嗓子大声说话,尽量让后面的同学听清。

底下有稀稀落落的回答声。

李威不耐烦地扫视一眼,不干正事的还是以前那几个老油条。他将三角尺往讲台上一扔,"轰隆"的声音让学生睡意全无,他们赶紧端正身子坐好。

唯有最后一排靠窗户边的学生依然我行我素。

他憋着火气看过去。

稚初还没发现危险的存在,前排有字条传到她手上。

——帮主,杰大什么时候才能跟女主在一起啊?你这文断更三天了,卡在关键处,挠得我们心痒痒,都在等着传阅呢。

作为周杰伦同人帮的帮主,稚初迅速将字条收好,面带笑意地将笔记本从书包里拿出来,正欲翻阅。

这时,一只手从走道那边伸过来,笔记本被拿走。

她顺着那只手往上看,对上一张怒气冲冲的脸。

此时李威正怒视着她,将笔记本翻了翻:"你在我的课上玩得挺欢啊。"

稚初摆手:"都是老师您讲课讲得好,给我们营造了一个轻松的学习环境。"

"你放屁。"

稚初低下头不敢说话了。

"我刚刚讲的公式你记住没有?"

稚初头埋得更低:"我下次会记住的。"

李威被气个半死:"上课时间不干正事,写的这是些什么鬼东西,'她单薄着衣衫，依偎在他的怀里轻轻颤抖，理智和欲望反复纠缠，她只能任由他拥吻'。"

前桌的同学们纷纷扭过头，意味深长地看着稚初。

稚初的脸一红，打断他的朗诵："老师，这是我的隐私，您这是在侵犯我的权利。"

"权利是吧？你用着家里的钱，父母辛辛苦苦供你读书，就为你在学校干这些事？看看这些贴画，还学着给我追星是吧？"

"老师。"稚初想着要怎么抑制住他的怒火，头扭向别处，语气真挚，"我有事，我们去外面谈吧。"

"稚初！"李威火冒三丈，"好，你就当着全班同学的面，给我掰扯掰扯，我看你说出什么花样来。"

"确定让我当众说吗？"稚初眼睛里带着些许茫然。

"给我说！"

她顿了一下，挠挠头，小声道："您裤子拉链开了。"

李威一怔，视线向下。他内心一慌，但面上得保持镇静。

"这课没法儿上了。"他的脸红一阵白一阵，指着面前故作乖乖女的学生，"你，明天给我请家长过来，我们来好好谈谈你的前途问题。剩下的时间，大家自习。"

教室门被甩得轰隆作响。

同学们都没憋住，笑得直不起腰来。

稚初哀号一声瘫在课桌上，浑身无力。

闻歌凑过去："欸，你这是第五次顶撞数学老师了。"

稚初欲哭无泪，伸出手指比了个数："外加第四次请家长。"

"你是有无数次作战经验的人，怕什么。走吧，马上到饭点了，去食堂转一圈，没有一顿午餐解决不了的问题。"

闻歌刚说完，下课铃响，她驮着有气无力的稚初，跟着就餐大部队往食堂行进。

十三中的食堂在全市的学校里都很有名，尤其是酱猪肘子，但很显然，稚初没有往日的兴头。她握着勺子将餐盘里饭铲过来铲过去，最后扔到一边，抱着手臂唉声叹气。

"你到底怎么了？今天打的菜这么素？"闻歌端着盘子靠着她坐下。

稚初哼了一声："你现在每多吃一个酱肘子，每多喝一瓶果汁，杰大的演唱会就得往后坐一排。"

"你魔怔了？"

"闻歌。"

"干吗？"

稚初往食堂窗口一指："那女生是谁啊，恨不得挂倪亦之身上了。"

闻歌扭头，见倪亦之身边并肩站着一个女生，两人挨得还挺近。

"蒋鱼啊，他俩都是学生会的。"闻歌察觉稚初的语气有点不对劲，笑道，"咋了，吃醋了？"

稚初将闻歌的手一甩："吃你的饭吧。"

她支着下巴，给倪亦之发短信，对方没回。

喊，嘿瑟。

他侧向这边站着，校服袖子卷起来，头发像是刚洗过，没有擦干，发梢还在滴水，看起来是刚运动过的样子，整个人热气腾腾的。他跟蒋鱼走在一起，说说笑笑。

稚初再一次捡起勺子，不经意地问闻歌："那你说说，我跟那个女生比谁好看点？"

"她。"闻歌没有犹豫。

"说具体点。"

Orange

"她……身材好点吧。"闻歌稍微委婉了些。

稚初低头看了下自己还没发育的胸部，吞了下口水："谁说女生平胸没有好处的。"

"比如？"闻歌停下吃饭，盯着她。

稚初脑子飞速运转："能在向人保证的时候，把胸膛拍得啪啪作响。"边说边做着动作，用力过猛，差点别把自己擂吐血。

闻歌在一边笑得脑门疼。

倪亦之端着盘子坐过来，稚初僵着脸看过去，那个女生没来，算她识趣。

"你们在笑什么？"男生的声音低沉又慵懒。

"稚初说……"

闻歌还在笑，稚初瞪了她一眼，两人埋头吃饭，再不发出声音。

倪亦之坐下来，将餐盘里的糖醋排骨尽数舀进稚初的盘里，漫不经心地问："我听说，你又被请家长了？"

稚初"唔"了声。

倪亦之想了好久安慰的话，到了嘴边，转成了："活该。"

稚初噌地站起来，气呼呼地说："倪亦之你别以为你在学校找了新朋友，就跑这儿来欺负我。你怎么这么忘恩负义呢，别忘了我们住一个大院，低头不见抬头见的。"

新朋友？什么跟什么？

"咋呼什么。"倪亦之勾勾手指，"坐着。"

稚初瞬间软下来："干吗？"

看她那舔狗的模样，倪亦之想笑话她几句，又怕把人气着了当场走了，只得耐心些："你写份五千字的检讨，我替你交上去。"

"凭什么？"

"那你就等着被你妈爆揍吧。"倪亦之摊了摊手，"我管不了了。"

"可五千字也太多了，两千？"

"……"

"三千字，最多了，不然这生意谈不拢。"

倪亦之看了她一眼，没说话。

稚初卖惨："我晚上答应舅舅给他看店，店里人又杂，灯又暗，我念了一天的书，眼睛疼得厉害，还得写检讨。"她眨了眨眼。

僵持了会儿，倪亦之揉了揉额头："算了，我替你写吧，你别再闯祸了。"

稚初"啧"了声："大气，皇恩浩荡。那个你把字尽量写得难看点，别暴露了。"她凑过去看他的眼睛，玩心大起，双手捧着他那张俊脸，挤得他五官扭曲，随后发出一声感叹，"倪亦之，你真难看。"

倪亦之失了耐心："你把饭吃完，下午体育课还要不要上了？"

坐一边的闻歌见怪不怪，作为旁观者，她从跟他俩认识那天起，就知道，倪亦之是个冷到骨子里的人，且只对一人上心，虽然那个人并没感觉。

吃完饭，两个女生先走一步去餐具区。

闻歌捅了捅稚初的手肘："全年级估计也只有你一个人会说倪亦之难看，稚初，我看你是飘了。"

稚初不以为意："他在你们面前装三好少年，在我这儿他永远是那个会尿裤子的猪头。再加上那个臭脾气，他这辈子都找不到女朋友吧。"

两人扭头往后看了看。

倪亦之对面的位置，她们前脚走后脚就被其他女生占去。稚初咋舌："大家眼睛都瞎了吗？"

闻歌腹诽，我看是你瞎了。

闪瞎人眼的少年从食堂出来，被班上的几个男同学围住，其中一人问："倪亦之，刚刚坐你旁边的人是谁啊？"

倪亦之没理他。

那人锲而不舍："长得挺可爱的，哪个班的？"

倪亦之这才有了反应，侧头睥睨他一眼："有事？"

"欸，你跟她熟吗？"

"邻居。"

那人"哦"了一声："那我可不可以请你帮忙追她啊？"

倪亦之停下脚步，眼睫动了动，认真地瞧了他片刻，生硬地挤出几个字："你可以试试。"

大概是被倪亦之眼底的寒意镇住了，那个男生噤了声，等倪亦之走远，他才跟边上的人说："他是不是在生气，这有什么可生气的。"

稚初翘了晚自习。像她这样的差生，早就被老师放弃了，只要不闹出大动静，不打扰其他同学学习，老师也睁一只眼闭一只眼。

所以她脱身得很轻松。

便利店关门是晚上九点钟，稚初走出便利店。第二节自习课还未下课，稚初思考着现在回家肯定要被爸妈骂个狗血淋头，于是她决定回学校，她的笔记本还被扣在"大魔头"数学老师那儿呢。

一时半会儿肯定拿不回来，于是她想了个最简单的办法，夜闯办公室把笔记本"拿"回来。反正，也不是第一回了。她在路上用手机跟闻歌和谢宇驰商讨了下战术，等过去时，他俩已经到了。

谢宇驰顺手从口袋里拿出三个黑色塑料袋，在两个女生眼前亮了亮，暗戳戳地说："要不要套头上，保险。"

稚初无语。闻歌也觉得好笑，给了谢宇驰两肘子："谢宇驰，你以为我们是在演电视剧啊。"

"要是被年级主任抓到了，咱们就翘辫子了。"谢宇驰说。

"你要是没胆子，赶紧走，别耽误我们。"闻歌不耐烦了。

　　闻歌跟谢宇驰沟通个没完，稚初扶了下眼镜，目不转睛地盯着空荡荡的走廊。老师们都去上课了，办公室里一片漆黑。

　　她分配任务："池子你去挡住摄像头，闻歌你负责望风，有动静叫我。"

　　"怎么挡啊……"谢宇驰话还没说完，稚初已经走过去了，他只得撕开塑料袋，小短腿努力往上跳期望挡住摄像头。

　　闻歌在一边见了这一幕，笑得直不起腰来。

　　稚初推开办公室的大门，径直去找数学老师的办公桌。

　　她翻了三四个抽屉，终于在一个文件夹下面找到了自己的笔记本。

　　拿到战利品，她蹑手蹑脚正欲出门，突然，听见窸窸窣窣的声音。

　　有点像猫爪子撕口袋的刺啦声。

　　稚初回头，见房间最右侧的角落里站着一个黑影。她后退两步，刚张开嘴，那黑影三步两步地冲到她面前，捂住她的嘴。

　　"喊什么，不要命了。"一道男声刺破耳膜。

　　稚初挣扎，再挣扎。

　　"你答应不叫了，我就放开你。"男生警告。

　　稚初鼻子被对方捂住，气都喘不过来，脸色涨红，点了点头。

　　只等那只大手松开，她便奋力往门口跑，刚出了办公室门，她右脚还没迈出去就被一只长腿伸过来绊住，她一个趔趄，侧身去看拦她的那个男生，重心不稳，向后倒去。

　　男生没料到自己使出的力气这么大，想抓着她，却提前被她抓住肩膀。

　　两人摔了个狗吃屎，且姿势怪异。

　　"这姿势够暧昧的啊。"谢宇驰在不远处观赏到这一幕，不由得感慨。

　　"你幸灾乐祸个什么鬼，快去扶她起来。"闻歌正欲过去，见拐角处有手电筒光一闪，低呼了句，"糟糕。"情急之下，她只得扯着谢宇驰往另一头跑去，一边祈祷稚初自求多福。

"你松开。"稚初摔得不轻。

男生甩给她一个白眼："我倒是想，新买的衣服都被你抓破了，你属猪的啊，胖成这样。"

"你……"稚初气得想捶他几拳。

这时，一个中年男人将手电筒光往这边一照，粗着嗓子喊："谁在那儿？"

稚初被光刺得睁不开眼睛。

这个熟悉的声音她自然认得的，教导主任，人称"秃头"。

稚初觉得有点倒霉，一波未平一波又起。

临近晚自习放学，这两个学生暂时没有班主任认领，秃头将他们拎到教学楼一楼一厅罚站。自习课下后，一波又一波的学生从这里路过，对着这一男一女评头论足。

秃头低估了稚初脸皮厚的程度，她双手插在衣服口袋里，浑身没有半点不自在。

只是对于身边站着的那个男生，她心生怨恨，要不是他，她早就脱身了。

稚初瞪过去一眼，发现对方也在看自己。稚初神色漠然地移开视线，男生却是满面笑容。

学校里消息传得很快，倪亦之等在稚初教室门口，就听见有人说："六班的稚初跟体育部的周子祁什么时候搞在一起的，还被教导主任抓到了。"

他背着书包匆匆下楼，远远地看见稚初歪着身子站在校训下面，两眼放空。

他放慢了下楼的脚步，就听稚初摇着手臂语气兴奋："倪亦之，这里。"

她还真是……没心没肺。

倪亦之闷着目光穿过稚初的脑勺去看穿着蓝色运动服的男生。周子祁，高二年级体育部的。他之前见过周子祁一次，是因为体育节的事，蒋鱼介绍的。

男生感应到他的目光，两人对视片刻。

此刻，倪亦之被屏蔽在他俩的世界之外。

他有种奇怪的感觉，周子祁跟稚初，是同一类人。

而这个想法，让他心里有些不爽。

他生着闷气，无视稚初的热情，往大厅外面走去。

周子祁呵呵笑："能别装智障儿童欢乐多吗，人家都不带搭理你的。"

稚初回怼："要你管。"

看倪亦之那个样子，可能是真生自己气了，她低着头绞了绞衣袖。

过了半个小时，秃头还没有回来的意思，估计早就把他俩忘了。

周子祁打算走了，稚初也跟出去，发现倪亦之正等在外面，她小跑着过去，讨好道："原来你没走啊。"

"下次你要是再偷溜进办公室偷东西，就等着一个人回家。"

"知道了，知道了。"

倪亦之拿过她的书包拎在手里，瞥了眼跟在她身后的男生，语气晦闷："以后少跟不相干的人待在一块。"

"嗯。"稚初仰着头看他，"饿了。"

他声音软下来："晚饭呢？你中午也吃得不多。"

"还没吃。"

倪亦之取下书包，从里面翻出一瓶养乐多，插上吸管递过去："专门给你留的。"

稚初嘿嘿傻笑。

周子祁见不得这两人举止亲昵，他摸了摸鼻子，身子倾向稚初，故作面目狰狞："小姑娘告诉我，你刚刚去办公室偷偷摸摸干什么，你要是不说，我哪天找个机会把你脸画花。"

稚初倒也没怕，皱着眉看他。

倪亦之伸出手臂挡住他，将稚初拉在自己身后，语气沉得像口深井，眼中俱是警告："你敢欺负她一下试试。"

周子祁怔住，撇撇嘴："真没意思，我就是吓唬吓唬她，你这么紧张干什么。"

稚初扯了扯倪亦之的衣袖："我们走吧。"扭头对着周子祁做了个呕吐的表情。

倪亦之一路上都不跟稚初说话。

表面上他跟往常一样寒脸冷眼，但他一恼火就会走得很快。

稚初知道也许是她成天惹祸惹他不快，跟上他的频率走在后面。她后脚跟因为之前摔在地上可能擦破了皮，走起路来一阵刺痛。她放慢了脚步之后，一路落后他更多。

倪亦之走了十分钟，往身后一看，半个人影都没有。他心里一紧，按原路追回去，心里骂自己跟她置气干什么，恨不得扇自己两巴掌。

他在一个花坛边找到她时，她正低头不知道在揉哪里。

"受伤了？"他蹲下身。

她抬起头，安静地看了他一瞬："我还以为你真的不理我了。"

倪亦之没回她的话，揭开她的袜口去看伤势："把鞋脱了。"

"你不生我的气了？"稚初嗓音软软糯糯的，带着讨好，像刚出生的小猫崽，一声一声挠得人心痒痒。

他沉默了几秒，硬着喉咙："在看到你受伤之后，我就失忆了。"

"早知道，我就装得很疼很疼了。"

稚初支着下巴，却见那张寡冷的脸刚柔和了些又重新变得严肃，小心翼翼地吞了吞口水。

伤口不算深，但面积大，一大块皮擦破了。

倪亦之怕自己手上有细菌，不敢去碰。

"鞋子先别穿了，我背你回去。"他背过身子，将稚初脱下的鞋袜抓在手里。

夏日的夜晚，吹过来的风都是热的。

十三中边上是一所职高，也到了放学时间，正是热闹的时候，时常看见一对对男女小打小闹地穿过马路。

他们站在十字路口，现在还是红灯。

稚初闲着无聊，瞅了眼身边正在互喂食物的小情侣，又迅速移回目光。她双手交叉搁在倪亦之的胸前，恶作剧一样去碰了碰他两边的肌肉，瞬间夸张道："倪亦之，你这里怎么比我的还大？"

他脸有些红，神色不太自然："别闹，痒。"

她贼兮兮地贴近他的耳朵："你好像跟我不一样。"

"你再闹，信不信我把你丢出去？"

"跟我们班上的男生也不一样。"

绿灯亮起，倪亦之却没有迈步。他安静下来，有些晦闷地说："你对别的男生也这样动手动脚？"

"没有啊，我发誓。"她伸出四根手指。

倪亦之略微放心了些，问："那你怎么知道的？"

"他们啊，一帮瘦猴，个头还没我高呢。"

倪亦之笑了，眼神明亮了些，穿过马路。

"跟别的男生要学会保持距离知不知道？"他沉着声音又补充了句，"还有，别一天到晚冲着别人傻笑，你又不是卖笑的。"

稚初想让他走快些，没发现语气里的其他意味，点头"嗯"了声。

第二天，稚初跟周子祁两个人被教导主任通报批评。

两人举着检讨书在教导处站了一早上，这还没完，还要在下午高一年级的安全大会上当众念出来。

他们夜闯办公室的事情引起了校领导的高度重视，通知了两人的家长。

稚初妈差点没被气得背过去，当着老师的面动了手，她折了根树枝追着稚初满走廊跑，最后还被教导主任以"破坏学校花草树木"批评了一顿。

倪亦之因为挡在稚初面前受到牵连，挨了不少稚初妈的打。

稚初有点愧疚。

这件事以稚初零花钱被扣光为结束。

但学校流言满天飞，也不知道从哪儿传出来的，说稚初跟周子祁藏在办公楼约会，被教导主任抓个正着。

稚初翻了个白眼，十三中小树林那么多，用得着在老师眼皮子底下造反吗，这些人有没有脑子。

她没去理会，但传言愈演愈烈。

放学后，厕所里也有人讨论。

男生甲："本来还觉得她长得可爱要追她来着，没想到她胆子这么大，在学校跟男生都搂搂抱抱的，出了校门指不定咋样。"

男生乙："听说她们C班的女生都那样，一天到晚不干正事，打扮得跟个妖精似的。就那个稚初，有人看到她跟职校的男生走得很近，那人染着一头黄毛。"

男生甲："真的假的？"

男生乙："我有朋友见到了，有天晚上那男的背着她过马路，马路对面就是宾馆。"

"……"

两人讨论得正起劲，突然听见身后的厕所隔间里冲水的声音。

出来的赫然就是倪亦之。

他背着光，脸上的神色晦暗不明。但他很快出了男厕所，男生甲和男生乙对视一眼，松了一口气。

厕所离主校区很远，加上是晚上，灯光很暗淡。倪亦之走到花坛处，突然掉头。

事后倪亦之再去想那件事，他觉得那可能是他的人生第一次偏离轨道。

他心中有种无法克制的愤怒，仿佛黑暗中有只无形的手在拉扯着他。最终，他的愤怒冲破了理智。

身后仍旧传来几声低笑，那是属于男生的隐晦的笑声，他知道他们在讨论什么。

他走得太快，解开的校服上衣被夜风向后刮起。

男生甲和男生乙没料到他会突然折回，止住了交谈。

"倪亦之。"男生乙还没说出下一句，一只拳头便向他右脸挥过去。

被打的男生扬起手，想揪着倪亦之的衣领，但发现手没他的长。

倪亦之拽着男生乙，将他钳制住，眼睛里都是狠厉。

男生甲顿时慌了，怎么说都是一个班的同学，不看僧面看佛面吧，他支支吾吾地说："倪亦之，你住手，我们没得罪你吧。"

"你们做了什么，自己知道。"倪亦之冷着张脸，很是吓人。

周围有人路过这边，在一旁看着。

男生甲不敢说实话，咽了口口水："你是不是因为……早上我们撕坏了蒋鱼的习题册……真不是故意的……"

倪亦之没往下听，一脚踹过去。

谢宇驰跑到班上传消息的时候，稚初正在跟邻座的几个女生讨论最新的娱乐八卦，班上人都走得差不多了，就剩零星几个。教室门被踹开，谢宇驰喊了声："稚初，倪亦之跟人打起来了。"

稚初从座位上站起来，急声道："什么情况？"

"跟他们班上的几个同学，听路过的人说，好像是因为蒋鱼。"

稚初知道倪亦之跟蒋鱼走得很近，学校里关于他俩的议论也很多，但她没料到，蒋鱼对他已经重要到，他可以为对方打架的程度。

倪亦之是谁？小时候，她在家属大院里被熊孩子欺负到一身是伤，他都不愿意出手相助的人。虽然后来他这块石头终于被她焐热，但那是她费了多少工夫后的效果。

稚初心里不是滋味，跟着谢宇驰下楼。

她跑过去，快到达地点时，又有些忸怩了。她朝背着路灯的位置，唤了声："倪亦之。"

突然，她听到几声闷哼。她心想，糟了，这家伙空长个头，该不会是被欺负了吧。她快步小跑过去，看见倪亦之脚边的两个男生正捧腹哀号着。

稚初脸色煞白，她两只手抓住还要出拳的倪亦之，颤声道："他们怎么招惹你了，你真要把人打死吗？"

倪亦之扭头，稚初小小的个头，刚好到自己肩膀的高度，满脸写着担心。心里的火气去了大半，他语气变得柔和了些，揉了揉她额前的刘海："你离远点，闭上眼睛。"

"倪亦之，到底怎么了？"

他语气冷淡："没什么，就是看他们不顺眼。"

稚初使尽力气将他拽住，对地上的男生说："还不快走，等着被打死啊。"

两个男生"哦"了一声，一瘸一拐地朝光亮处跑。

倪亦之突然出声："在学校里造谣，毁人名誉后果你们是知道的，今天的事情要是闹到学校领导那里，我受处分，也一定拉你们垫背。"

那二人闷不吭声地走了。

稚初从没见过倪亦之这副模样，怔了片刻，才想起来问一句："你怎么样？"

倪亦之捡起扔在地上的外套，一句话也没说。

夜风瑟瑟，吹得花坛里的树阵阵作响。

稚初心里莫名发慌。

——他一定在心里喜欢惨了那个人吧。

第二章

你真是世界上第二无趣的男生

"世界上最好打发无聊的办法就是,

花一分钟时间惹她生气,然后再用一整天时间哄她开心。"

——倪亦之的秘密

倪亦之随父母搬到禹城公交局家属大院的时候是六岁,跟稚初有过短暂的同桌生活,倪妈妈秦可芳看出他有些别扭,在一年级下学期为他换了班。起初稚初还是执着地找上门来,后来大概察觉出倪亦之的刻意躲避,渐渐来得少了,两人之间再没有什么交集。

倪亦之跟着父母一直待在外省,比不得从小在这个城市生活的孩子们的适应性,加上他性格慢热,一直比较孤僻。

直到十二岁时他父亲因公殉职。

他将自己锁在房间里三天不吃不喝,2008年那个冬天,禹城大雪不断,整个城市都被封住。

他衣衫单薄,在寒冬肆掠里高烧不退。大病之后,他依然是那个我行我素的男生,走起路来目不斜视。冰雪将整个院子覆盖,他们家住的地方离大院中心大楼远,单独的一处二层平房,扫雪的保安很难顾及。

但是很奇怪，每日上学时都有一条干净的、歪歪斜斜的路一直延伸到院子门口。

于是，某天他特意早起，当第一缕晨曦打在这个院子里的时候，他听见几个小孩的欢笑声。他拉开窗帘往楼下看，只见有几把竹笤帚被扔到路边，几个豆丁大的影子互相追逐着满院跑。

还有，一个女生躲在一棵光秃的梧桐树下，仰着头吹肥皂泡泡。

她比他第一次见到的时候好看了不少，朝阳的光辉打到她侧脸上，将她的轮廓衬得极度温柔。她一双大眼睛忽闪忽闪，突然朝他在的窗户看过来，然后粲然一笑。

倪亦之只觉得有东西撞入他的心，搅浑了他的脑袋，拉着他浮浮沉沉，他的心陷在里面，像块大海中的浮木。

他慌乱地关上窗户，心情却一时间无法平复。

这个女生在傍晚时分端着切好的水果来敲他家的门，磨蹭着在他家吃了晚饭才回家。他俩同龄，但她看起来比他矮了不止一星半点，没想到饭量却是他的两倍有余。

她是稚初。

从此以后，每天上学时，她便又开始蹲在楼下等他，他不理她，她也不说话，一路跟到学校。一到午饭时间，她便钻进他的教室，非要将他妈妈为他准备的饭团吃个干净才肯走。她有事没事总是叫他"倪亦之，倪亦之"，她带着禹城本地口音，将他的姓"倪"发得很轻，重音落在最后一个"之"字上，听起来像是"你一只，你一只"。

起初，他一撞见她，便目光变冷，掉头就走。

再后来，他习惯让妈妈准备两份饭菜，闷不吭声地看着她打着饱嗝离开。

作为交换，她每日带给他一个橙子。后来他听谢宇驰说，她外公在乡下种植了一片果林，常常把卖不出的果子运到禹城她的家里。这橙子又苦又涩，吃下去第一瓣的时候他被酸得流泪，稚初也跟他一起流。

两人靠在学校天台的水泥墙上，哭得像个傻子。

他突然很感谢这个女生，在那个时候，给了他一个宣泄的借口。

那时的她五官完全没长开，淘气得像个男孩子。可是那一刻他却在心里告诉自己，一定要守护她。

一约既定，万山无阻。

秦可芳在两年前遇到了她人生的第二春，想要搬离这里，他执意不肯，秦可芳以为他是在抗拒她的婚事，其实不过是因为这里离稚初近一点而已。

所以，他在中考时故意考得很差，跟那个家伙上了同一所高中，虽然两人还是没在同一个班，但每日跟她一起上学放学也是好的吧。

雨下得很大，倪亦之去阳台收完衣服，路过客厅时看了眼挂钟。他转头看了眼大门，果然，"砰砰"的敲门声响起。

倪亦之将收来的衣服放到沙发上，拉开门时，稚初先递过来一个盘子，然后才转身去收雨伞。那伞柄生了一层锈阻力变大，她力气不够，怎么也关不上伞，于是也一并扔给他。

稚初趿着凉拖进门，抖了抖身上的雨水，转身笑道："今天外面的风很大，我好害怕。"

倪亦之转头看了她一眼。

"真的。"稚初说得认真，"万一别人都被刮走了，就我刮不走，多丢人啊。"

"……"

她以为他会笑，但他依然冷着张脸回屋，她撇撇嘴："你真是世界上第二无趣的男生。"

倪亦之这才出声："另一个男生是谁？"

"自然是我爸。"

"哦。"倪亦之低头。

"我妈让我来找你问学习题。"她转身，接过倪亦之叠好的雨伞，"他们可真有毅力，都到这个份上了还不愿放弃我。"

"下次别把课本当成餐垫，这样明目张胆难怪天天挨揍。"

"倪亦之你变了，变得会挖苦人了。"

"先把你满嘴的番茄酱擦了再说，你倒是没变，吃都堵不住你的嘴。"

稚初前倾趴在茶几上，顺手打开了电视，《非常6+1》已经播了有一会儿了，她噘着嘴回他："你懂什么，我这是一直在走复古路线。"

倪亦之皮笑肉不笑地看着她，最终没憋住："起来写作业。"他拽她，费了好大力气，才将她从电视前拽走。

稚初看着习题册上的几何图案，晕晕乎乎，只觉得这些图案都变成了金庸小说里的武林大侠，在她的脑袋里来了场世纪决斗。

瞌睡来临之前，她被倪亦之的笔敲醒。

他凑过来看她盯了半天的题目，皱眉："这都是初中学过的知识，你怎么还不会？"

"学这些是要有天赋的，我没有啊。"

倪亦之拿了张草稿纸，靠近她些，耐心讲道："已知这两个角的度数，要得出这道题的答案就得证明这两个角是等角，你看这两条线……"

"我知道，平行公理嘛。"

"橙子。"

这是倪亦之为她取的外号，每次他这么叫她的时候准没好事。

"干吗？"

"欸，你竟然知道这个，你比上次有进步。"

稚初抽出一本书砸他头："你真当我是傻子啊。"

她双手一伸，把笔扔在书桌上："算了，不做了，我一颗向上的心受到了打击，你这辅导老师做得太不合格了。"

倪亦之又好气又好笑，递过去一根真知棒，哄道："好了，继续。"

"我已经不是小孩子了，一根棒棒糖哄不了我了，最少——"她伸出手指比了比，"也得三根。"

倪亦之一拍她的额头，嘴角一勾："少嘚瑟。"

电视机的声音远远传来，稚初时不时地回头看，总会被倪亦之捉住，强行把头扭过来。

她往后指了指："倪亦之，你看见没有，刚刚上台那女生，发型是不是很好看？"

"嗯。"倪亦之目光定在书上，头也没抬。

"我也去剪短头发怎么样？"稚初来了兴致，眨巴眨巴眼睛，等倪亦之回应。

倪亦之瞅瞅她："人家是童星，长得本来就好，什么发型都无所谓。"

稚初翻了翻白眼，捏他的耳朵："我有那么难看？"

"我说了你是不是就能好好看书了？"

"嗯，我保证。"

倪亦之叹了口气，放下书。他倾身靠近她，双手摘掉她脸上的眼镜。

倪亦之清秀的脸突然凑近，在稚初眼底放大，她莫名紧张："我怎么觉得你像动物园里看耍猴的游客？"

倪亦之没理她的话。

他不知道女生上了高中是不是都有变化，稚初原本的大圆脸褪去了婴儿肥，轮廓变得明显，现在取下她的黑框眼镜后，一双桃花眼显山露水，仿佛能看透人心。

好看。

他动了动喉咙，将眼镜重新给她戴了回去。

稚初明媚一笑："是不是被我惊天地泣鬼神的美貌震得说不出话来了？"

倪亦之攥着笔，不去看她，声音沉静："你好黑。"

稚初有点尴尬，扫了他一眼，眼底掠过不满："胡说，我每天早上洗了脸都会偷偷擦我妈的美容霜的。"

倪亦之笑："可能过期了。"

稚初伸手使劲地去捏他的鼻子，恨恨地说："没眼光！我这是健康的肤色好吗，哪像那个蒋鱼，长得跟个白萝卜一样。"

"橙子。"倪亦之察觉到稚初低气压，扯了扯她的衣服。

"别叫我。"

"我在冰箱里放了只大闸蟹。"

稚初立马站起来冲向厨房。

倪亦之看着她的背影，心情舒畅，笑得前俯后仰。

稚初吃完美食，心满意足，又硬生生被倪亦之按在桌子上写了几道题。

稚初心神皆失，哀号一声："你把作业借我抄一回能死啊。"

某学霸睨了她一眼。

稚初知道自己又说错话了，自古以来好学生都是以抄作业为耻的。差生稚初一筹莫展，自己到底是哪根筋搭错了想跟这家伙做朋友的。

倪亦之丝毫不在意旁边传来的阵阵眼风，低着头奋笔疾书。

演算的题型对他来说过于简单，他写得很快，但不落细节，稚初心不在焉地听着，眼光不自觉地去瞄他的脸。

"听懂了没有，套用这个公式就可以。"

稚初赶紧移过视线，看向草稿纸。

他已在草稿纸上将解题步骤全部写出来，清隽的字迹像极了他这个人。

她的脸颊不知何时升起一片酡红，目光飘忽不定。

倪亦之皱着眉看着不专心的她，耐心全无，大声吼道："稚初，你脑子里到底装的是什么，你到底在干什么？"

他鲜有叫她全名的时候，她感觉到他好像真生气了，小声解释："我在看你。"

他的脸色有点不自然："我？你看我干什么？我脸上有字吗？"

"你很好。"

倪亦之掩饰住自己的神色："哪里好？"

"就……认真起来的状态。"稚初比画起来，"你坐姿端正，难怪你不近视，不过这样不累吗……"

倪亦之打断她，认真地问："那我跟周杰伦谁好？"

"当然是我老大。"她没有任何犹豫。

倪亦之扭过头，没再搭理她。

转眼入学两个月。

稚初的生活没什么波澜，除了体育部的周子祁偶尔来串班找她麻烦以外。但以她的聪明才智，倒也没有落下风，每次都以杀周子祁一顿大餐而告终，在吃这件事上，没人比得上她。

但倪亦之不喜欢周子祁，本来就不爱说话的他，在看到周子祁跟她待在一块的时候，话更少了。

稚初说："周子祁，我不像你，到时可以以体育特长报考大学，咱们还是桥归桥路归路。"

周子祁却黏得更紧，以之前一起勇闯老师办公室的情谊为由。

稚初咂咂嘴，有什么情谊，去办公室偷东西也不是什么光彩的事。

后来她才知道，周子祁当时也在那里，是去拿回他的随身听，而这个被他当成宝贝的东西是蒋鱼送给他的。

稚初还没近距离见过蒋鱼，但蒋鱼的名字跟她生活中的两个人都有牵扯。她心里好奇，闻歌从学校贴吧里下了蒋鱼的照片传给她，神秘兮兮地说："我跟你讲，听说他们男生私下经常评比校花、班花，蒋鱼的票数跟她的成绩一样，让其他女生都是望尘莫及。"

稚初翻白眼。

闻歌笑了："听说也有人投你的，想不想知道是谁？"

"神经，男生都是些以貌取人的动物，我才懒得知道。"

闻歌笑容更深："你想知道我也没法子，听说投票都是匿名的。"

稚初扭头开了窗户，风一吹，困意消减了许多。下一秒，她眼睛一亮，倪亦之正从教务处穿过操场，她正欲打招呼，却见一个女生从后面追跑上去。

那只大马尾一晃一晃的，晃得她眼睛疼。

闻歌凑上来，指着操场边两个人影："听说他俩在准备艺术节的节目，最近接触挺多的。"

稚初兴致缺缺地"哦"了一声。

"你还没告诉我，上次倪亦之为蒋鱼打架，你有何感想？"

"感想？"稚初托着腮思考了会儿，"大概就是自己养的白菜终于还是被猪拱了。"

"就没有嫉妒什么的？"

稚初对"嫉妒"这个词使用仅限于，食堂今天出锅的糖醋小排，所有人都打到了，排到她这里却没了的情况。

她摇头："不会啊。"

闻歌明白了："那你就是老母亲的心态，占有欲在作祟。"

占有欲？稚初恍然大悟，那这段时间里的那点反常的心思好像可以解释了。

她趴在窗台上放空的时候，老师裹着一沓试卷进教室，闻歌拉了拉她的衣服，她这才关上窗户，回座位坐好。

学习委员开始分发试卷。

每次一到李威的课，就像经历一场生死之战。

李威是倪亦之的班主任，可讲作业的技术还没有倪亦之高，真是长江后浪推前浪，前浪死在沙滩上。

稚初在笔记本上画了个大魔王，拿着教鞭站在讲台上不怒自威。

她呵呵傻笑的时候，不知道大魔王本王已经走到她的桌子旁。

"看看你的分数，还好意思笑得出来，同样是学生，你还不如别人的一个零头。"李威敲了敲她的课桌，"昨天布置的作业拿出来。"

稚初磨磨蹭蹭："我这次真的想好好写来着，但课本临时被别的同学借走了，我没法看题目，所以就没写了。"

"被谁借走了？"

"一班的倪亦之。"

"下课来我办公室。"李威看了她一会儿，抬步走了。

下课后，稚初走进老师办公室，发现倪亦之也在。她心里嘀咕，完了，忘记提前跟倪亦之通气了。李老师明明才回来任教两年，怎么就跟那群老教师学到了这股子较真劲呢。

李威揭开泡着枸杞的搪瓷杯，吹了吹气，问他引以为傲的学生："她说你把她的课本借走了，害得她作业没按时完成，有没有这事？"

倪亦之扭头看了稚初一眼，她赶紧跟他使眼色。

"你们别在我眼皮底下打马虎眼，借没借过啊？"李威表情严肃。

男生的声音清清亮亮："借了。"

稚初松了口气。

李威瞪过去："你借她的课本干什么？"

倪亦之没说话，李威摆摆手，指着稚初："算了，你赶紧补上作业交给我。"

稚初乖乖点头："那我先出去了。"

她在李威反悔之前赶紧退出去，靠在走廊的墙上偷瞄里面正在谈话的二人。

"倪亦之，你说怎么回事吧。"李威重新坐回去，顿了顿，"别以为我看不出来，你为这样一个坏学生打掩护干什么？"

倪亦之站直了身体，话说得认真："她不坏，只是淘气。"

李威哼了一声："有这么淘气的吗，闯祸成性，还是个女生。"

"我不认为非要为一点分数拼得你死我活才算是好学生。"

"倪亦之你不要以为你成绩好就能自以为是，首先你这个态度就有问题。"李威摆出一副要长篇大论的姿态，"像她这样不知道努力的，又没有文凭的人，出了社会迟早会被淘汰。"

"不会。"倪亦之头也没抬，就甩给他两个字。

李威说服不了他，只得叹气："那是你没进社会。"

"有我在她就不会。"

李威气不打一处来。

倪亦之接着说："如果我让她在期中考时前进两百个名次，之前被您收走的笔记本能还给她吗，那对她很重要。"

李威哼哼两声："等你做到再跟我提条件。"

倪亦之出来的时候，稚初还在走廊等他。他看起来有点闷，她以为他是在生她的气，正欲摇尾乞怜，却听见他说："从今天开始到下次摸底考结束，每天来我家复习两个小时再睡觉。"

稚初想问为什么的时候，他头也不回地下了楼，余下她一个人晦闷不已。

万恶的考试，是谁发明的这么恶毒的东西，看看把我们这些祖国的花朵折磨成什么样了。稚初耷拉着肩膀从操场走过，突然一只足球朝她飞来，她转身躲过，然后一抬头，就撞见了玩世不恭的周子祁，她更抑郁了。

"你怎么了，一副别人欠你几担大米的样子。"周子祁追着她。

"你一体育生，不懂我们的烦恼。"

"欸，你是不是以为我高考文化线好过，就觉得我们挺容易的？"

稚初没理他。

周子祁一把将她拽住。

稚初挣扎："周子祁你干什么，这么多同学看着呢。"

"你放心，我不会拐跑你。"他把她拉到一张石凳上，"你坐着。"

稚初不知道他要玩什么花样。

他俯下身，将运动裤提了提，整只小腿露出来，上面好多伤疤。

稚初怔忡了片刻，才问："这些都是怎么弄的？"

"训练啊。"他跟着她坐下来，"我们每天早上要比你们早起一个小时到训练场训练，风雨无阻。就那个操场，我在那里拖过轮胎，举过杠铃，每天要跑几万里。我的脚指甲脱落了两轮了，现在刚长出新的，你要不要看？"

稚初吓到，不禁对他肃然起敬。

"看不出来你还能这么拼命。"

周子祁笑了："小姑娘，你现在才高一还不明白，等你到了高二，你就会知道，周围的人都在努力，而你越落越远是什么感觉了，到那时你才明白想要为自己谋一个前程有多不容易。"

稚初有点被他感染到，但依旧嘴硬："别以为你比我大一岁，就能跑来说教我，你要是真懂事，就不会老是逃课。"

周子祁干巴巴地扯了扯嘴角："那什么，高考诚可贵，自由价更高。"

稚初回教室的路上心情有点低落。她想到了很多人，平时一脸臭屁却满身是伤的周子祁，虽成绩不好但也在暗中努力的闻歌跟谢宇驰，成绩和长相一样很好的蒋鱼，还有沉默寡言的倪亦之。

倪亦之从小学开始就是尖子生，他是老师们眼中的骄傲，好像他的成绩好就是与生俱来的。

可其实并不是，他每天都在努力学习，刷不完的试卷，背不完的英语单词。

她曾经对这些不屑一顾，可别人至少知道自己要做什么，这未尝不是一种成熟。

他们在这个学校发光，反观她自己黯然失色。

这些前所未有的念头在她心里一闪而过，她还没想好怎么整理的时候，就被倪亦之拉入备战摸底考这场战役中。

她抱着作业本龟速移动去倪亦之家的时候，稚爸稚妈在背后窃窃私语。

稚妈："她什么时候开始转性对学习上心了？"

稚爸也觉得反常："孩子没受什么刺激吧？都怪你成天把成绩挂在嘴边上，我早就说过考学不是唯一的出路。"

稚妈反击："你以为还是跟你进社会的那个年代一样，包工作分配啊，现在不好好学习，以后就等着喝西北风，到时候孩子埋怨你，我看你怎么办。"

稚爸黑着脸背过身，不敢跟妻子正面交战，小声叨叨："我反正说不过你，你说什么都对。"

稚初飞快下楼，避免战火殃及自己。

稚初的爸爸是一个小片警，听爷爷说，稚爸初中没念完就去部队了，后来在里面立了个二等功，身体也落下病根，被安排了转业，回到了禹城。

别看他在外人面前总是一副威严的样子，其实就是个没有底线的妻管严，他跟在州中心医院当护士的周女士结婚之后，安守作为三好丈夫的本分至今。

一个强势，一个软弱，稚初好几次以为他们会离婚的，但奇怪的是，他们大有在无聊的现实生活中互相折磨相伴到老的意思。

总之，大人们的世界十分难懂。

不像倪亦之，他简直是她见过最单纯的人了，估计这世界上也只有数理化能让他感兴趣。哦，现在又多了一个，蒋鱼。

传言倪亦之喜欢蒋鱼这件事，她一直是不信的，直到那天在窗台上瞥见他对着蒋鱼笑的样子，突然有点信了。

那笑容跟平常对待自己的不同，多了点特别的意味，具体是什么，她也说不上来。

想到这里，她心里有点不舒服，将作业本往书桌上一扔，伏案的倪亦之抬头看她。

她说："我也要进学生会。"

倪亦之一脸莫名。

她有点生气："你有没有听见我说话？"

"吃错药了？"

稚初正要抓狂，就听倪亦之不咸不淡地补充了一句："也不是不可以，等你进了年级前两百名再说。"

她爬过去看他的眼睛："真的？"

倪亦之激她："你也可以理解成假的，因为你能达到这个分数的可能性为零。"

"你少小看我。"

"以你现在的成绩，一个月的整体分数要涨一百分，你偏科严重，语文那块能提升的可能性不大，只能从数理化这边下功夫，你能坚持住？"

稚初重重点头："能。"

"那第一步，先把你课本上的贴画撕掉。"

"为什么？"

"毛主席曾经说过，骄奢淫逸是我们永久的敌人。"

稚初弱弱地看他一眼，弱弱地说："那你仔细着撕，别弄坏了，我只是暂别它而已。"

倪亦之懒得再看她，从书包里拿出一本练习册，丢过去："还有一个死办法，这是我做的笔记，你按照上面一字不落地背下来。"

稚初捡过去翻了翻，上面的钢笔字密密麻麻。

"你自己不用？"

"我初中毕业后的那个假期已经把高一这一年的知识自学个七七八八了。再说，我本来就不习惯写笔记，这些是我临时为你补充的，虽然说拿不到特别高的分，但助你完成目标应该不是问题。"

难怪之前一整个假期，他都没怎么下楼。

她以为他只会看漫画书呢。

可能人家在玩的时候已经把学习带着完成了，稚初生平第一次感觉到"秒杀"这个词的含义。

稚初正想说什么，倪亦之不正经地哼了一声："别忙着崇拜我，要是成绩还上不去，后果你是知道的。"

稚初嘀咕，还学会威胁人了。

倪亦之突然凑近来，双手按在她的肩膀上："橙子，虽然我也很不认同分数是评判人的首要标准，但我们是学生，很多东西无法规避，你想不想跟我考同一所大学？"

这是他第一次问她，想不想上同一所大学。

稚初心里没底，我可以吗？我每天都在玩，连考上这所高中都是误打误撞。但她没这样说，他们待在一起的时间实在太久了，久到她一想着要跟他分开，心就有点疼。

于是她点点头，说好。

倪亦之露出满意的笑容，揉了揉她的头发。稚初抬头，竟然在他的动作里感受到了宠溺的味道。

第二日，稚初抱着倪亦之给她的笔记本去教室的时候，闻歌跟谢宇驰表现得十分眼红。

"你知不知道好学生的笔记都是他们的命，一般人很难借得到的。"闻歌咋舌。

稚初趴在课桌上半打着盹，"嗷"了一声："我们跟倪亦之认识多少年了，他才不是这样小气的人。"

"那同样是朋友，他怎么不主动借给我？"

稚初嘿嘿笑了："这只能怪我太有先见之明，你不知道当年为了让他上我的贼船我付出了多少努力，现在正是收网的时候了。"

闻歌以为稚初闹着玩，谁知她真的煞有介事地开始学习了，课间也不闹着往外跑。在闻歌知道稚初给自己定的目标之后，她瞠目结舌："栀子，告诉我你大言不惭的秘诀是什么，是不是梁静茹给你的勇气？"

稚初停下演算的笔，喝了口水，朝闻歌勾了勾手指，神秘兮兮地说："当你觉得自己不行的时候，你就走到斑马线上，这样你就会成为一个行人。"

闻歌皱着眉："这是哪位哲学家说的至理名言？"

稚初拍拍胸口："本大侠我。"

闻歌反应过来，一个栗暴击过去。

倪亦之对稚初近日来的态度还算满意，稚初虽然是个不太爱在学业上用心的人，但她有一点是很多人比不了的——言出必行。

他想着是不是要慰问一下这个劳苦功高的践行者，午休时间专程去了校外，买了她最爱吃的榴莲酥，出来的时候看见店门口的公告：

"本店五周年酬宾——在约定时间吃完三十个芒果蛋挞，可赠送周杰伦禹城巡演门票两张。"

同他一起来的蒋鱼看着他，笑道："你也是周杰伦的粉丝啊？"

"算半个。"

"你看也没用，你不是对芒果过敏吗？"

倪亦之点点头："走吧。"

十分钟后，倪亦之突然折回店里。

此时不是用餐高峰期，店里没什么人。

"老板，我想试试这个。"他指着店门口挂着的黑板。

老板是个三十出头的女人，为人和气："你是十三中的学生吧。你想挑战的话当然可以，不过到目前为止，还没有过关的，你确定要试？很难的哦。"

"我朋友是周杰伦的粉丝，很想去看周杰伦的演唱会，但是演唱会的票已经被一抢而空了。"

"一定是对你很重要的朋友吧，她可真有福气。"

倪亦之扯了扯嘴角："谢谢。"

下午放学后，稚初去一班找倪亦之的时候，被告知他下午压根没来上课。

"本来下午他要代表学校去市里参加奥赛考试，但是他缺考了，我们班主任气得不轻，正到处找他呢。也不知道他是不是出事了，这么重要的事都被耽误，高考加分也拿不到了。"

见他班上的同学说得这么严重，稚初一颗心提起来。

回到大院，她卸下书包直奔倪家，但敲了半天的门，里面也没有动静。

她发了信息给他，他也没回。

她蹲在楼下的院子里，一只一只数着蚂蚁。

夜越来越深。

她实在困得不得了。

稚初看了看表，已是十点半，再一抬头，一张脸正盯着自己，她吓得差点叫出声。

等仔细一看，是倪亦之。

他一身全黑的运动外套，拉链拉到最上面，只露出一张脸，乍一看过去，甚是吓人。

"你怎么走路也不出声？"稚初捶了捶酸痛的小腿。

倪亦之没搭理她，直接上楼。

稚初追上去："你去哪里了，你班上的同学说你请假回家了，但我见你家里没人。"

"我出去跑了跑步。"倪亦之扔下一句，"你自己开灯写作业吧。"

稚初看到他脸上有些疲惫，说话也有气无力的，手背上还搭了输液贴。

倪亦之注意到她的目光，将手往身后背过去。

"你把衣服拉得密不透风不热吗？"她问。

"还好。"

倪亦之破天荒地没有看书，他躺在沙发上，眼神空洞。

稚初顺着他的视线看过去，他的目光一直定格在客厅墙壁的相框上，那照片年代比较久，有些褪色。

是他家的全家福。

倪亦之个头小小的，像个小萝卜头。

抱着他的是他爸爸。稚初见过倪爸爸，是个很有魅力的人，长得像电视里的明星。倪爸爸是个很会讲道理的人，每次都说得她声泪俱下，决心改正。不像她爸爸，每次犯了错只会打骂她。

这样好的人，却为了救偷偷进水库游泳的淘气孩子而溺水身亡。

白色灯光刺眼，躺在沙发上的倪亦之面色不定。

过了一会儿，她听见他说："我妈打电话告诉我，她准备跟李叔叔领证了，让我过去跟他们吃一顿饭。"

稚初低低"嗯"了一声。

很长时间两人都没有说话。

"稚初，你有没有觉得很孤独的时候？"他突然飙出一句话。

"唷，有过。"稚初接下去，"不过不知道跟你现在的感觉是不是一样的。"

倪亦之回头，示意她说下去。

"有次学习委员路过我的课桌跟我说了一句话，我就觉得很孤独。"

"她欺负你？"

"不是，她敲了敲桌子，跟我说，稚初，全班就只差你一个人没交作业了。"

他突然笑了，他笑的时候十分好看。

她走过去，突然没头没脑地问一句："你要吃橙子吗？"

倪亦之看了她一眼。

稚初转身下楼，两分钟后匆匆回来，气喘吁吁。

她递给他一个橙子。

倪亦之有点好笑："从小到大，你是不是只会这一招？"

稚初挠挠头。

他接过橙子开始剥，橙子皮的香气瞬间充盈着整个客厅。

稚初默默看着他扯下一瓣橙肉，一口一口地嚼着。

期中考试很快来临，全校进入地狱周。

这是入学以来的第一次大考，不管你以前在自己的初中是什么妖魔邪神，过了这关才算真正被老师认可。到了这时候，班主任的工作清闲很多，因为学习氛围太过浓重，学渣此刻也是摸着一本书在认真复习，班主任不用总是来讲纪律，只来溜达一圈就回了办公室。

这几天，稚妈的唠叨也少了很多。她轻手轻脚推门进去，见伏在书桌上的女儿，有点心疼，但什么也没多说出去了。

稚初眼角的余光瞥见房门被合上，悄悄地从书本下拿出周杰伦的画报，将那张帅气的脸摸了个遍，小声说，等我考试完了再来见你。

期中考试，由电脑随机分配了考场。稚初拎着笔袋下楼时，遇到了周子祁。他站在一楼大厅的镜子前，稚初睨他一眼，看到他身后的墙壁上挂着几个大字：以铜为镜，以正衣冠。

再看看周子祁穿得斜斜垮垮的蓝白校服，她翻了个白眼。

周子祁拽着她的马尾："小姑娘，瞪什么呢？"

稚初不理他，径直甩开他。

"好好考试啊。"周子祁在后面喊。

稚初快步跑走了。

这是稚初第一次认真地对待考试，尽管很多题目都是靠直觉做的。剩下最后几道大题，她正趴在课桌上苦思冥想的时候，倪亦之已经交卷，提着书包路过她的考场。

稚初抬头看着他，正逢他不经意地看过来。

她心虚地低下头。

周五的时候，考试成绩出来。

试卷一张张地发下来，她考得比平时好得不是一星半点，明显感觉到各科老师对她的态度也和善了许多。

成绩大榜贴在公告栏里，闻歌拉着稚初去看，倪亦之也在。

稚初顺着他的目光看到了自己的名字。

他的目光跟那天的阳光一样柔和，好像在说"看吧，我就说你做得到"，但嘴上还是什么也没说，越过她走了。

闻歌瞪大着眼睛跟她说："稚初你真厉害，我今后是不是要拜你为师。"

稚初成了班上进步最大的学生。

班主任说，不要骄傲，再接再厉啊。

连李威上课时都不再揪她的小尾巴了。

大家都在说恭喜，真诚的。

稚初有些不好意思，叉着腰装作满不在乎："这是小菜一碟，姐们儿还没使出全力呢。"

她开玩笑的模样引得一群人哄堂大笑，但谁也不知道她心里有多骄傲，这是她出生以来第一次凭自己的实力让人夸赞。

她将那张成绩单叠了又叠，最后递到倪亦之面前，他瞄了眼分数，什么都没说。

所有人都对她说恭喜，只有他没有，仿佛这是她本来就能做到的事，她很开心。

他递过来一本"练习册"，稚初浑身一软："不是吧，这都考试结束了，还不兴给人喘口气的时间了。"

她翻开来，发现"练习册"的扉页里夹了一张演唱会门票。

再翻开，这本"练习册"原来是她被收走的笔记本。

稚初心头一颤，眼眶有些湿润。

倪亦之愣了愣，瞥了她一眼"你别哭啊，你一流泪就显得眼睛小、脸大。"

稚初气结："你想死啊，告诉你总有一天我会瘦成一道闪电。"

"你最好不要以此为目标，因为闪电的平均宽度是五米。"倪亦之非常体贴地提醒。

稚初跳起来打倪亦之："我跟你没完！"

倪亦之一边抿着嘴角，努力压抑着上扬的角度，一边跑开。

她一路追杀倪亦之到校门口，见倪亦之放缓了脚步，她也停了下来。

校门口停着一辆黑色的车，有个穿西装画着精致妆容的女人从车上走下来，稚初认出了那个人，倪亦之的妈妈。

她乖巧地叫了一声"阿姨"，然后欲逃，却被倪亦之一把抓住："有大餐你还不蹭？"

人家家宴我去干吗？稚初压制住自己蠢蠢欲动的心，但当她要拒绝的时候，却不知不觉地跟着他们到了酒店，坐上了餐桌。稚初觉得自己像小时候玩的那种游戏里的贪吃蛇，见到食物就忍不住吞下去，还自我安慰是长身体的缘故。

不过这次她还是学会了克制，别人都没动筷呢，她这样想着，然后后脑勺被弹了一下。

"你什么时候变得这么矜持了？"倪亦之伸手在她眼前晃了一晃。

稚初瞪了他一眼。

秦可芳微笑着："不用等你李叔叔了，咱们先动筷吧。"

倪亦之把稚初平时爱吃的那道菜转到她面前，努了努嘴。倪亦之和秦可芳两个人都看着她，她夹也不是，不夹也不是。

那个李叔叔是在他们用餐到一半时才赶过来的，说是城西有一家餐馆发生了火灾。

原来倪亦之的新爸爸是一位消防员。

稚初的脑海里瞬间浮现出奔赴在熊熊大火前线的红色英雄形象，但仔细观察这个男人，有点过于老实、过于粗糙。倪亦之的妈妈是家属大院里最漂亮的女人，这样的两个人在一起怎么看都有些不搭。

这样的念头稚初藏在心里，而倪亦之却是挂在脸上的。

他一如既往的冷漠。

这种冷漠已经持续了两年，简直就像焐不热的臭石头。

那男人不太会讨好别人，只是偶尔给倪亦之夹夹菜，听着母子俩说话，不随意插言。稚初都替他尴尬，又觉得他手足无措的模样有点难受。

于是，她夹了一只大虾到他的碗里，笑着说："叔叔，您也吃吧。"

倪亦之狐疑地看着稚初，稚初把话写在眼睛里，求求你了，别摆出那副死样子，没人受得了。

倪亦之读懂般地扯了扯嘴角，露出一个笑容，僵持的气氛瞬间瓦解，两个大人如释重负。

秦可芳放下筷子，双手交叉在一起，语重心长地说："亦之，我跟你李叔叔商量过了，不打算办喜宴，就凑合着一起过日子。你别在大院里住了，我们在市区买了套房子，给你留了挺大的一间房，按照你的喜好布置好了，就等你搬过去。"

"我不去。"倪亦之头也没抬。

秦可芳急了："你一个人待在那里像什么话，不知道的还以为我缺你吃穿了呢。"

倪亦之语气淡淡的："所以你每月按时给我钱就好了。"

"你什么意思？"秦可芳有些生气。

男人做起了和事佬"亦之，你妈妈没有别的意思，就是不放心你一个人，那边条件有限，也没人给你安排三餐。"

"她做生意的这些年不也没管过我吗。"

"我这么拼命挣钱都是为了谁？你不能这么没良心。这么多年我独自抚养你，受了多少罪，怎么上了高中还不如从前懂事听话了？"

稚初和男人有些局促地坐在两人之间。

"妈，那些回忆你可以不要，但我不行。"

秦可芳怔住，眼中似有泪闪烁："你们吃吧，我去下洗手间。"她抓起手提包往包间外走。

包厢里的气氛又归于宁静。

男人搓了搓手："亦之啊，你妈妈说话急了些，你别多心。搬家的事不急，你什么时候想好了咱们再搬。"

倪亦之无言，低头舀了口排骨汤，却不经意瞥见男人的鞋子。那双鞋看起来大了不少，男人的脚穿在里面，显得空荡荡的，连他穿的袜子破了几个洞都看得见。

倪亦之移回目光。

这一顿饭吃得很尴尬，但总算匆匆结束。

散了席，秦可芳去停车场取车，三人站在餐厅门口等她。

这里靠近市中心，比他们住的地方热闹得多，夜幕降临，灯红酒绿。

"你们不办酒席，就去旅行吧。"倪亦之突然说，"我妈以前总跟我爸念叨着去国外，但一直到我爸去世都没机会，你带她去吧。"

他转身拉开书包，翻出一本册子，递过去："我在网上查了点资料，按照我妈的喜好选了几个合适的城市，还有攻略，作为我对你们的贺礼。要是英语不太会的话，我用卡纸写了些常用语，读音都用拼音标注过了，不会很难，也方便携带。"

男人双手接过，受宠若惊。

倪亦之犹豫片刻，继续道："以后不合脚的鞋就别将就了，在我面前不用这么客气。"

男人低头，有些不好意思："好，我知道了，谢谢你。"

"李叔叔，我妈就交给你了。"

稚初听着这话，有点想哭。

灯光下，倪亦之站得笔直，脸上写满了隆重和真诚，好像在做什么了不得的交接仪式。

回家的路上，倪亦之一直没有说话。

稚初看着他单薄的背影，突然觉得他好孤单。

公交车上，稚初问："为什么要在阿姨面前故意气她？"

"我觉得，"倪亦之转过头看她，"我妈其实是个很敏感的人，我藏着自己的想法装作大度懂事可能会让她更难受，倒不如直接点让她操操心发发火会好受些。橙子，你说我做得对吗？"

稚初瓮声瓮气："好是好，但你心眼实在太多了，谁知道哪天我就钻进你的套子里了，跟你做朋友实在太累了。"

倪亦之皱了皱眉头。

"所以我想了想，还是我罩着你好了。"她笑眯眯，将手指放在他的下巴上挠着，像逗猫一样，"唔啾啾，我们倪亦之小朋友，快叫稚姐姐。"

倪亦之脸色铁青地张开手掌罩在她头顶："嗯瑟。"

宠溺的神情又从他冰冷的脸上一闪而过，看得稚初有点恍惚，她不自觉地问出口："倪亦之，你是真的喜欢蒋鱼吗？"

男生的眼睛深邃得如星空，暗不见底。

半晌之后，他含混不清地说了一句："我很喜欢……你……呢。"

稚初糊涂了，他说的意思是"我很喜欢你呢"，还是"我很喜欢，你呢"。

基于之前的种种发现，头脑简单的稚仙女果断地认为他说的是"我很喜欢，你呢"。

那天晚上，她失眠了。

失眠的后果是第二天顶着两个黑眼圈去上学。

她的意志力让她坚持到了上午的第二节课，终于在物理老师的催眠中倒下。

课后，闻歌看着她，一脸恨铁不成钢："你怎么这么颓废呢，前两天老师还在夸你进步了，会前程似锦，你不该带着老师的谆谆教诲，一往无前，从此登上人生巅峰吗？"

稚初又在脑袋下垫了两本书，好睡得舒服一点。

"所谓前程似锦的意思你不懂？"

闻歌疑惑不解。

稚初掰扯着手指给她细细道来："手头紧，眉头紧，分数紧，时间紧，统称前程似'紧'。"

闻歌呆滞了片刻，感叹道："我有时候真想剖开你的脑袋，看看里面到底装了些什么。"

"自然是智慧。"稚初笑得意味深长。

第三章

原来是生倪亦之的气啊

"那时候我还不知道，原来你口中的'让你三分'，

包含着你所拥有的整个世界。"

——稚初

　　因着倪亦之的缘故，稚初顺利地进了学生会。她不知道他用了什么法子，毕竟站在那一群尖子生里，她显得很是突兀。

　　不过好像没什么关系，因为她扭头的时候看到了周子祁。他一身明黄色的篮球服，腋下夹着一颗篮球。他从门边拖着把椅子慢悠悠走到稚初边上停下："小丫头，我们又见面了。"

　　人在看到同类时，会觉得异常亲切，于是她破天荒地扯了扯嘴角，冲着周子祁笑了笑。

　　她的笑容仅持续了两秒钟，就停住了，因为她见到了蒋鱼。

　　蒋鱼的个子比稚初想象中的要高，鹅蛋脸，长直发披散下来，显得很是温柔。

　　蒋鱼步伐轻快地朝这边走过来。

　　周子祁很自觉地挪了挪位置。

这家伙比想象中殷勤啊。

稚初余光扫到坐在左侧的倪亦之身上，他低着头，正对着面前摊开的化学题册写写算算，旁若无人。

稚初前思后想，觉得得为倪亦之做点事儿，于是主动站起来对蒋鱼说："你要不要来这边坐？"

倪亦之罕见地停下了笔，抬头看着她。

稚初冲他使眼色，但他依旧木讷着一张脸，盯了她半晌。

蒋鱼友善地冲稚初笑了笑，细微的动作中都透露着几分可爱。

情商欠缺的倪亦之却一把抓住稚初的手腕，声音里带着一丝阴郁："你去哪儿？"

稚初指了指外面。

倪亦之目光扫了扫："这椅子上有钉子吗，你怎么就坐不住？"

稚初继续给他使眼色。

倪亦之说："你昨天空调吹多了？"

稚初站着没动，等着他下一句。

"面瘫了？"他站起来，收了收书，"我带你去医务室。"

"……"

稚初被倪亦之拉下楼，直觉告诉她，倪亦之很可能已经知道自己要表达什么，但装作不知道。也对，他是一个脸皮多薄的人啊，怎么可能明目张胆地追人家。于是，她稍微释怀了些，挣脱开，小声嘀咕着："我的脸没问题。"

"那你挤眉弄眼的？"倪亦之逆着光站在台阶下，阳光将他的影子拉得很长。

稚初摊了摊手："我真想打开你的脑子，看看里面都装的是什么。"

倪亦之冷笑："正好跟缺了根筋的你绝配。"

稚初有些无语，抱着胳膊看他，因为她站在台阶上，所以两人身高齐平，最起码气势上没输。倪亦之扯了扯她的胳膊，她没搭理，耍小性子一般站在那里。

她心里嘀咕，除了会怼人你还会干什么？你以为我真的愿意撮合你们，还不是看你一个人太可怜了。

很快，稚初就气不下去了，一阵风吹来，操场边柳絮横飞，引得她鼻炎有点犯了。

她又是吸鼻涕，又是打喷嚏，原来涨起来的气势，顿时去了三分。

倪亦之看不下去了，去摸摸她的头："别说不过又装哭。"

稚初低头，狠狠瞪他一眼，接连打了好几个喷嚏。

倪亦之正色了些："感冒了？"

该死，鼻子痒得实在受不了，眼泪真的往下流了。

她一抬头，瞥见倪亦之那张万年冰山的脸突然抽搐了一下，紧接着他的手朝她鼻子上伸过来，轻轻一戳，鼻涕泡在她鼻尖炸裂。

稚初只觉得鼻尖一凉。

脸真是丢尽了。

倪亦之瞄了眼她变成猪肝色的脸，突然哈哈大笑："你怎么还跟小时候一样。"

稚初垂着头就往前面走，看也不看后面乐不可支的某人。

她埋头越走越快，等她发现前面的电线杆子时已经停不下来了。她闭着眼睛撞过去，却没有感觉疼痛，软软的，像海绵。

她抬眸看过去，是倪亦之挡住了她。

稚初还没张嘴，就听到他干巴巴的一句："你练铁头功的吗，难怪天天念不进书。"

她心里的一点感激荡然无存。

回到教室的时候还是午休时间，走廊上站满了人。她从中间穿过，总觉得有人在她后面指指点点，她扭头，大家又若无其事。

稚初回到座位上，戳了戳闻歌的肩膀："你帮我看看，我后背到底有什么，怎么大家都盯着我笑呢。"

闻歌看了一下，也神秘兮兮地弯起嘴角。

稚初觉得莫名其妙。

闻歌从她的身后扯下一张字条，上面写着："如果发现她有发烧的症状，麻烦来高一一班找倪亦之。"

闻歌自顾自地喝了口水，慢悠悠地说："这语气我咋这么耳熟呢？"

稚初看她。

"哦，想起来了，我家狗病了，我妈也经常这么拜托邻居来着。"

"……"

稚初给了闻歌一记栗暴，趴在课桌上拿着字条左看右看，突然笑了。

十一月初学校开始筹备秋季运动会。运动会后还要举办艺术节，正逢是建党周年，学校号召大家把它办成一个红色歌曲合唱大赛，不用想，这个主意肯定是秃头提议的。

临近运动会的那一周，晚自习都停了，除了高三以外，其他两个年级都组织练歌，大家扯着嗓子号，一个班比一个班响亮，仿佛哪个班的嗓门高，流动小红旗就给哪个班似的。

高一三班的班主任有事请假，将这项重任拜托给数学老师李威，于是李威带着自己的一班和三班一起到主席台练习，大概是怕被比下去，三班的学生唱得特别卖力。

稚初站在三班第一排，唱得嗓子都快冒烟了，于是想偷点懒，偷偷溜到最后一排，瞥了眼一班队伍末尾的倪亦之，谢宇驰不知道什么时候也混到一班去了，搭着倪亦之的肩膀。

谢宇驰见到她说："你知道倪亦之这里备了好几瓶水在这里开店呢？"

稚初接过倪亦之递过来的怡宝，轻哼一声："咋了，你是店老板？"

"对啊，我正好缺个老板娘……"谢宇驰说到一半，突然惊觉倪亦之脸色难看，意识到自己说错话了，连忙找补，"咳咳，老板当然是倪亦之，我顶多算个销售员。"

稚初将喝了一半的水塞到谢宇驰怀里："别说了，你被开除了。"

"嘿，这么早就行使你老板娘的权利了？倪亦之，你怎么看？"

站在暗处的倪亦之"嗯"了一声，再没有说别的。

李威在队伍前面喊："三班还差个领唱，你们谁来？文艺委员是谁啊？"他喊了半天没人答应。

好不容易不用上自习，大家都顾着讲小话去了，李威正要发火，稚初的手臂突然被谢宇驰举起来。谢宇驰大喊："老师，她来。"

"池子，你干什么呢！"稚初扭头瞪他。

"这不是给你个崭露头角的机会呢。"

稚初硬着头皮走到队伍前面，李威上下打量她一眼："《唱支山歌给党听》第一句你起头，要有气势，试试。"

稚初平常说话嗓音响亮，给人一种很会唱歌的错觉，但那仅仅是错觉。全世界大概只有倪亦之一个人听过她唱歌，他曾经描述过她的歌声，像一支军队，所到之处血流成河。

此刻李威居高临下地盯着她，她被看得发毛，硬着头皮唱了一句。

下面的人发出稀稀落落的笑声。

稚初脸上挂不住，在自己班上出丑就算了，这会儿外人还看着呢。

李威顿时火大："让你们上来你们又不敢，现在躲在下面笑什么呢，我看她唱得蛮好，比你们都强。"

他个头矮矮的，发起火来却很可怕，底下的人顿时静了。

然后李威转过身来，脸色和悦了些，尽量压低了声音："再来一遍，找准音调。"

稚初摸了摸鼻子，却见李威悠悠递过来一个眼神，她立马张嘴又唱了几句。

同学们还是没忍住笑。

这回连李威的脸也憋成了猪肝色，倪亦之说得没错，她的歌声好像的确有横扫千军的气势。

李威愣了几秒，指着稚初："你回自己的位置上去，各班班长带领大家再多练习几遍。"随后，手背在身后，踱步走了。

谢宇驰搭着倪亦之的肩膀看她的笑话，感叹道："我终于明白这家伙为什么那么喜欢那个歌手了。"

"怎么说？"

"人总是对自己缺失的东西异常痴迷。"

"我觉得，她唱得挺好的。"

谢宇驰抽了抽嘴角："倪亦之你怎么也学会睁着眼睛说瞎话了，还是你的听觉神经异常啊？"

倪亦之侧眸看了谢宇驰一眼。

谢宇驰在心里有了答案，自然是第二种。

"对了，你有没有听到风声，这次运动会咱们一年级要跟二年级那帮家伙组织一场篮球赛，我听说那个周子祁挺厉害的，之前省篮球队还跑来挖脚，但被他拒绝了。倪亦之要不你也加入吧，不然光靠我们那几个歪瓜裂枣，真没胜算了。"

"不去。"倪亦之在身后的石阶上坐下来，李威一走，队形直接散了，地上东倒西歪坐了一堆人。

　　"你不去也行。"谢宇驰跟着坐下去，眼底闪过一丝狡黠，"我让稚初那家伙组织了啦啦队，到时候周子祁要是在她面前出尽风头，你别后悔。周子祁最近往我们班跑得可勤了。"

　　倪亦之肩膀耸动了下，面部表情略微不自然。

　　谢宇驰轻易地将这一幕捕捉到了，故意调整了下嗓音："到时候稚初要是给周子祁送水我也不拦着啦。"

　　倪亦之没动。

　　谢宇驰继续添火："那稚初到时候帮周子祁擦汗我也跟着起哄啦，说不定两人真能擦出什么火花呢，风云学长跟学妹之间的暧昧足够在校园里传一箩筐了。"

　　"胡扯。"倪亦之没忍住吼了一声。

　　一班三班一大群人唰地回头，看向他们。

　　谢宇驰在众人的目光中抱歉地笑了笑，看了眼身边霎时沉默的倪亦之，心道我还真以为你定力好呢。

　　"稚初，过来。"他朝前方招招手。

　　倪亦之突然醒悟过来，一把拽住他的手："你叫她干吗？"

　　"紧张什么，我叫她过来聊天。倪同学，你表现得太明显了，小心被发现。"谢宇驰扯了扯嘴角，一脸坏笑。

　　倪亦之看着逆着光走过来的稚初，突然莫名地泄了气。

　　稚初拉着闻歌走过来，瞅了眼面前两人怪异的姿势："你俩这是干什么啊？池子打算做什么坏事，可别拉上倪亦之。"

　　谢宇驰翻了翻白眼："你别把你整天写给周杰伦的同人文安在我们头上，小爷我可是根红苗正好青年。"

　　闻歌在边上帮腔："周董的名讳可是你这种无名小辈能直呼的？"

　　稚初连连点头："就是。"

倪亦之一如既往不爱参与他们的话题，他只是在大家偃旗息鼓的时候丢过来一个眼神。

稚初会意，咧嘴一笑。

他眼神突变，瞪了她一眼。

稚初顿时委屈，她又做错什么了。

很快她见他的眼神飘啊飘啊，飘到她的身后。

稚初扭头，看到了蒋鱼。

原来他这么反常是因为蒋鱼呀。

稚初从小商店的冰柜里取出一瓶冰可乐，拧开瓶盖喝了一大口，凉爽到心底。

"想什么呢？"闻歌戳了戳她的手臂，将她从神游中拉出来，"你还没付钱。"

稚初"哦"了声，取出零钱到柜台结账。

闻歌猜出稚初的想法："你不用操心这么多啦，倪亦之那么厉害，哪轮得到你为他谋划。"

稚初扣紧瓶盖："你对那个蒋鱼了解吗？"

"我听说她中考的时候不知道为什么缺考了，后来用了点关系到了咱们学校。她好像是个富二代，家里开个大公司，你看她平时穿戴都高咱们一个档次呢。"

"她成绩不是很好吗？"

"是啊。而且我之前好像在什么报纸上看过她的名字，乐器什么的也很精通，从小就是精英。"

"嗯。"稚初抿了抿嘴。

闻歌半开玩笑："稚初你表情能别这么凝重吗，看得人瘆得慌。"

明明跟自己没关系的事，那么关心作什么？稚初啊稚初，你脑子进水了。

"闻歌，我这样正不正常？是不是管得太多了？"

闻歌咬着吸管："这事要是放在别人身上或许是，但你跟倪亦之关系多特殊啊，青梅竹马，你们人生中一半的时光都是陪着彼此度过的呢，有句话怎么说的来着，不是亲人胜似亲人。"

稚初点头，拍拍闻歌的肩膀："你能说会道的本事已经得到政治老师的真传了。"

闻歌装腔作势："哈哈，只是皮毛而已。"随后，她又补充，"你要是想推倪亦之一把，我真心赞同，这家伙实在太闷了。"

稚初心下稍安。

她没回教室，而是往高二年级的楼栋走去。

谢宇驰不知道从哪里突然窜过来，吓了闻歌一跳。

谢宇驰说："你还是别跟着她瞎起哄。"

"你这人怎么老是这样，偷听别人讲话。"

"我光明正大得很，是你们自己说话太大声了。走吧，我请你吃冰棍。"

"不去，贫贱不能移。"

"少在那儿给我拽文。"

"蒋鱼那事儿，你怎么打算？"

"小爷我早就探过倪亦之的口风了，人家压根不感兴趣。"

谢宇驰笑得和煦，像暖暖的春风，看得闻歌怔了一瞬。

谢宇驰长腿一迈，三两步走到她前面去，路灯下的影子长长一道，像一块巨石压在她心里，让她喘不过气来。

稚初站在高二体育部的门口，等周子祁从里面出来。

周子祁睡眼惺忪，等看清了来人，困意走了一半。

"小丫头,你怎么想着来找我了?"

"你能不能不要喜欢蒋鱼?"稚初仰头看他,一副大义凛然的模样。

周子祁有些好笑:"要是我说不能呢。"

"你知道我的破坏能力是一流的。"

周子祁忍不住哈哈大笑起来:"你可真可爱。"

稚初脸一红:"你别转移话题。这就算我欠你的。"

"那你打算怎么还?赔我一场初恋?还是把你自己赔给我?"

"你别胡说八道。"稚初嘴角抽筋。

周子祁突然俯下身去,盯着她小巧的脸,话语充满了玩味:"你知不知道,一个女生跟一个男生说不要喜欢别的女生,很容易引起别人的误会。"

稚初别过头:"你知道我不是那个意思,我的意思是……"

周子祁不再想听:"我考虑下再回复你。"

稚初慎重地点点头。

"那这个。"周子祁递过来一张票,"我本来是想请蒋鱼看的,但你现在恳求我,我总得给你点面子吧,不如你陪我去看?"

又是周杰伦演唱会的门票!稚初吞了吞口水,怎么大家都往她这儿送票呢?

见她愣着没动,周子祁说:"你收不收?不收我去找蒋鱼了。"

"收,这么好的事我怎么会不要呢,天上掉馅饼嘛,你可不准反悔。"

周子祁意味深长地笑了。

稚初拿着票下楼,在心里思忖,这场交易里说白了最吃亏的是蒋鱼,本来她能去看周杰伦的演唱会,可被自己这么一搅和,啥也没捞着。

她眼眸一转,回家从前些年父母送给自己的生日礼物中挑出来一样,送给蒋鱼吧。不过,蒋鱼应该什么都不缺吧。

于是,她另辟蹊径,翻遍了所有辅导手册,用化学元素周期表编出来一首诗，当然这首诗的灵感也是从网上借鉴的，虽然隐晦，但学霸应该很容易就看懂。

稚初满意地点点头，将倪亦之送给她的门票和那首诗塞进信封，找了个时间悄悄送了出去。

稚初有时候想，自己干吗要做这种吃力不讨好的事情。

她想这个问题的时候，脑海里浮现出倪亦之淡漠的脸。

如果有可能，她希望他笑得灿烂一点，再灿烂一点。

要是全天下的星光都落在他一个人身上就好了，这样他是不是就不会那么孤单？

闻歌见她死气沉沉，问："谁又惹你了？"

"没。"

"那你怎么跟霜打的茄子一样？"

"没事啊。"

"你肯定有事。"

稚初挪了挪位置，把干巴巴的面包咽了下去："说好的来看碟，这都多久了人还不来，我走了。"

"原来是生倪亦之的气啊。"

稚初没说话。

后脑勺突然被弹了一下，稚初回头，一瓶牛奶落入她的怀里。倪亦之好像是跑过来的，汗顺着坚毅的下巴滴到锁骨，把衣领也洇湿了一块。

稚初脑海里突然浮现出一个词，诱惑。

倪亦之眯着眼睛看她："你想什么呢？"

稚初喉咙有点干，说不出话来了。她心猿意马地看电影，余光扫过去，倪亦之安安静静地盯着屏幕，神情专注。

"欸欸欸，稚初快看，周杰伦真的好帅啊，这发型是他专门为这部电影换的吧？"

稚初点头："嗯，有种邻家大哥哥的感觉。"

倪亦之冷眼扫过这两个追星族，眼神里写的分明是"不知道你们在高兴什么"，最后又冷冷点评一句："像只刺猬，真不知道哪里好看。"

稚初跟闻歌异口同声："门在右边，谢谢。"

谢宇驰在一边看热闹："求你们把目光聚焦在赛车上好吗，别一天到晚犯花痴。欸，来了来了，名场面来了。"

房间里的人屏住呼吸。

屏幕里画面突然换了滤镜，男主上衣纽扣一颗颗解开，低垂的侧脸轮廓英俊得非常耀眼。稚初正准备凑近了细看，一双手挡在她的眼前，她有些恼火："倪亦之你干吗？"

他冷嗤："少看这种没营养的东西。"

稚初目露凶光："又没看你。"

倪亦之反驳得好没道理："那也不行。"

"你以为你是法西斯啊，这也不准那也不准。"

"你第一天认识我？"

稚初气鼓鼓的，像只被抢走食物的小松鼠。

隔壁二位淡定地看他俩争论，真不知道就一个脱衣服的场景有什么好争的。

不过无所谓，已经结束了。

稚初气急，拎起书包就走。倪亦之等她出了门才慢悠悠起身："你们继续。"

闻歌抱着手臂，看着谢宇驰："我怎么觉得他是故意的，并且以气稚初为乐趣呢？"

"你才知道哦。"谢宇驰一脸神秘。

"你是不是知道什么内部消息，资源共享啊。"

谢宇驰挑眉："少来，咱俩等级不对等，等你再修炼几年再说吧。"

闻歌"喊"了一声，往窗外看，那两人已经走远了。

稚初一路踢着石块，把它们当成倪亦之。

突然，她感觉背上一轻，背包已到了倪亦之手里。

他歪着头："你怎么上了高中脾气变大了？"

喊，明明是你惹人生气的本事见长。稚初心里嘀咕。

"你干吗跟着我？"

倪亦之托着书包，答得简洁："送你回家。"末了不忘再吐槽一句，"你这包里装这么多书干什么，重得跟石头一样。你又不看，每天背来背去，不嫌累。"

"我乐意，我锻炼身体，我减肥。"

他抿抿嘴："有些人也太三心二意，有了双眼皮，就不要双下巴了。"

"倪亦之。"她咬牙切齿，"我跟你说，你现在的恶劣行径已经伤害到祖国的花朵，换句话说，你等于是在侮辱祖国的未来。"

"那就不做祖国的未来好了。"他声音低沉得只有自己能听见，"你只需要做好我倪亦之的未来。"

你自言自语个鬼啊，稚初狠狠踢他一脚，算是泄愤。

她的马尾在前面晃晃悠悠的，倪亦之突然觉得心安。

第二天，当倪亦之顶着跟《头文字D》里杰大一样的发型出现时，稚初简直笑喷了。她扶着他的肩膀，打量着他，足足笑了一分钟，直笑得倪亦之面红耳赤。

稚初大声说："倪亦之你什么时候学会攀比了？"

"我只是在论证，你的审美观跟你人一样，水平太低而已。"倪亦之抬了抬眼皮。

"不过你哪来的时间做这个发型？"

"昨天晚上。"

"所以你几点睡的？"

"十二点多吧。"

稚初咋舌，就因为她无意间夸了电影里的主角吗，这胜负欲真的没谁了。

"我建议你待会儿进校门的时候躲着点秃头，不然他肯定逮住你不放。或者你把我的校服顶在头顶，虽然有失美感，但能助你逃过一劫。"稚初言辞恳切，"我只能帮你到这儿了。"

倪亦之瞥了瞥她，走到她前面大摇大摆地进了学校。

令稚初瞠目结舌的是，查纪律的秃头不仅没有叫住他，还满怀慈爱地给了他一个笑容。

稚初起了一身鸡皮疙瘩，果然，说好的不以成绩区分等级都是唬人的，好学生的待遇自然跟她这种被放逐天际的吊尾车还是不一样的。

她闷着头往教学楼走去，突然，一道黑影挡在她面前。

周子祁敲了敲她的头："你是不是总喜欢走神？"

"要你管。"

"谁惹你了，跟吃了火药似的。"周子祁后退几步挡在她的正前方，"小仓鼠，来看我的篮球赛吧。"

男生发神态认真，稚初便不再跟他玩笑，点头："有时间就去。"

"你不是怕见到我最帅的一面，迷上我吧。"他抱着手臂，漆黑的瞳孔直勾勾地盯着她。

正值上学高峰期，来往学生十分多。

稚初推开他，大踏步走上楼，嘀咕了句："神经病。"

运动会当天，稚初作为学生会的一员，不仅要负责组织纪律，还得随时做好跑腿的准备。不过好处就是，整天戴着个红袖章四处瞎转悠，整个人神气了不少。

神气完了，体力活儿还是得做的——搬椅子去食堂三楼的礼堂。

稚初个头矮，力气也小，那一把椅子有她半个人高呢，她逞能一口气拿了两把。周子祁实在看不下去了，腾出一只手来帮她。

她无意间窥见有人提着一筐布娃娃经过，好奇地问："那是拿来干什么的？"

周子祁扭头看了一眼："好像是篮球赛的奖品。学校也太抠门了，给一群大老爷们儿发这种东西。"

稚初笑："我倒觉得挺好看的，多可爱啊。"

周子祁凑近："你喜欢？想要的话求我啊，到时候我把我的那份送给你。"

"得了吧，你就那么笃定你一定会赢？"

"我是篮球届的常胜将军，从没败绩。"

稚初"喊"了一声，从周子祁手里接过椅子，十分勉强地继续搬着。

也不知道倪亦之什么时候来的，堵在她面前："你搬不动怎么不叫我？"

稚初看了看周子祁，又看了眼倪亦之。

这时蒋鱼从他们身边经过，停了下来。

"方便搭把手吗，我这边东西有点多。"蒋鱼抱着两个大纸箱子，看起来真的有点吃力。

两个男生都没动。

过了一会儿，倪亦之深深看了稚初一眼，转身接过蒋鱼手里的其中一只箱子，头也不回地走了。

蒋鱼小跑着跟上去。

　　楼上有人叫周子祁过去帮忙，稚初催他走。

　　她拖着两把椅子远远地被两人甩在后面，今天的阳光有些刺眼，她盯着前面男才女貌的背影眼眶有些酸。

　　大概是因为心不在焉，她也不知道什么时候走到足球场的射门区的，等她反应过来的时候，一只足球正朝她飞过来。

　　那群穿着白色足球服的男生使劲地朝她喊，她转头的时候，只觉得一个白影离自己越来越近，然后不偏不倚撞向她，她受到巨大力量的撞击，重心不稳，倒在了椅子上。

　　具体也不知道哪儿受伤了，反正就是疼。

　　很快，一群人走过来，其中一个个子较高的男生关切地问："你没事吧？"

　　没事？我砸你一个试试？

　　她本来是想发火，但一抬头看到那张歉疚外加长得格外好看的脸，就把话吞进了肚子里。

　　那男生伸出手想拉她一把，但被突然窜进来的一个人影挡了回去。

　　稚初看着挡在她前面的人，心里狐疑，他不是跟蒋鱼缠缠绵绵到礼堂了吗，怎么又回来了？

　　倪亦之一张脸冷峻得很，好像下一秒就要出拳揍人，但他克制住了，声音寒得像千年寒冰："你们没长眼睛吗？"

　　话一出口，周围的人面面相觑，他们也不知道会突然冒出个小姑娘啊。一时也不知道怎么好了。

　　稚初有些心虚，毕竟是她闯到别人的活动区域的。

　　他现在发火，多尴尬。

　　"不关别人的事。"稚初脱口而出。

　　倪亦之静静地看着她，没有动。

　　稚初在人群里跟他对视，仅仅一眼她就感受到他散发出的怒气。三秒之后，他蹲下身来，吓得她往后缩了缩。

"你过来，我看看你哪里伤到了。"他扯她的动作变得轻缓了些。

在看到她小腿肚子上磕出的几个伤口，瞬间又爆发了："你一双眼睛长着是为了出气吧？"

他吼的这句，让稚初眼眶红了。

"我都伤成这样了，你还凶我。"

"那还不是你自找的。"

"你再说一句？"

稚初血气上涌，像头发怒的狮子。

围观的人谁都不敢惹，识趣地散去了。

倪亦之简直要被她气死了，他盯了她半晌，终于认输泄了气，关心她的伤势："你过来给我看看？"

"我给你看个屁。"某人生起气来一百头牛都拉不回。

"我也不知道怎么的，看到你受伤就很生气。你从小就这样，粗枝大叶总是弄得自己一身伤，人总是要学会自己照顾自己啊。"

稚初在话里嗅出了其他意味，想也不想就脱口而出："那你别在我这儿耗着呗，去蒋鱼那儿做护花使者多好。"

话刚说完，她就后悔了，因为倪亦之的脸色比之前更加难看。

"稚初你是真不明白还是假不明白？"

"我明白什么？不好意思，没你想象中的聪明。"

"你觉得我跑过来好玩是吧，我是脑袋搭错筋了才这么着急。"

稚初红了眼："我又不像别人善解人意，你第一天认识我啊，你要是不喜欢我离你们远远的就是，这世界离了谁还不能转了咋的。"

"我也想不喜欢，但我就是做不到。"倪亦之扒拉着她的脑袋，"平时叫你少吃点垃圾，你非不听，现在连人话都听不懂了？"

"谁听不懂人话了？"

"那你为什么要把自己跟那些不相干的人比，你的那些神气呢？"

稚初闭嘴，看着满脸涨红的倪亦之。

对峙了三秒，她破了功，随即叹了口气。论吵架，她是永远都吵不赢他。

不过，他的话似乎有些道理，她干吗要跟蒋鱼比呢，别别扭扭的。

"我带你去医务室。"他一副命令的语气。

"哦。"她乖乖搭上他的手臂，边走边回头看，绿茵地上两把浅黄色的木椅歪歪斜斜倒在地上，她突然有点好笑。

"那球怎么还能踢到这么远？"

她的自言自语被倪亦之听到，他不咸不淡地来了句："要不要我重新给你补习下抛物线的原理？"

"……"

呃，还是不要了吧。

作为伤员，原本分摊到稚初身上的任务都被其他人分走，篮球赛的时候她被安排帮体育老师记比分，有了最佳观赛位置，她很是满意。

赛前半个小时，倪亦之换好球服，坐在更衣间打游戏。

谢宇驰从倪亦之后背轻手轻脚走过去，好奇能让这个超级学霸这么专注的娱乐工具到底是何方神圣。等他看清，当下熄火，语气里充满了鄙夷跟不可思议："这种老掉牙的游戏早就被淘汰了，你竟然有闲心玩？"

倪亦之头也没抬："稚初一直在练升级，我陪她而已。"

谢宇驰额头三道黑线，他就知道。

他看了半天："你这技术也太菜了吧，树上的苹果都长这么大了还不收，专程等着别人来偷吗？"

倪亦之头一次觉得，谢宇驰这家伙在某些方便还是有些聪明劲儿的。

"你笑什么，脑子念书烧坏了？"

倪亦之没理谢宇驰，起身要走，被谢宇驰扯住："干什么去，马上要比赛了。"

倪亦之难得一笑："找那个偷我苹果的贼。"

稚初正在笔记本上涂涂画画呢，一道阴影投下来，她抬头看，又是那个搜出天际的人。她挡住笔记本上的画，没好气："你干吗？"

"衣服给我拿着。"倪亦之随手一扔，衣服正好盖住她的头。

稚初扒拉下来，他已经去热身了。

她身边不知什么时候站了个女生，是高三的学姐。此刻球赛还没开始，她们坐在一棵大榕树下乘凉。

"那男生跟你关系不一般吧？"学姐突然发问。

稚初左顾右盼，见她盯着自己，才知道是跟自己说话。

稚初解释道："发小。"

"哦——"学姐的声音拖得老长，"原来是竹马啊。"

稚初点头。

"你很喜欢他吧？"

"啊？"稚初摆手，"不是的。"

"哈，你看你周围拿着男生衣服的女生，十个有九个是怀着别的心思。真羡慕你们这些学弟学妹，好像有用不完的时间跟精力，好好珍惜哦，等你上了高三就会明白，好多东西都会变成奢侈。"

稚初低头轻轻握了握手里的校服，他专门过来让她拿衣服，又是揣着什么心思？

她还没琢磨明白，比赛便开始了。

球场两边围满了人，啦啦队十分卖力，疯狂地喊着加油。

一年级里表现最亮眼的是倪亦之，她都不知道他篮球打得这样好，好似球星，引得不少迷妹哇哇大叫。

双方比分追得很紧，中场休息。

周子祁擦着汗朝她这边走过来，笑嘻嘻地问："小丫头，有水喝吗？"

稚初看了眼桌上的矿泉水瓶，犹豫道："我喝了一半了，你要是不介意……"

她还没说话，谢宇驰搬了两箱农夫山泉过来，一人发了一瓶："倪亦之请的，人人有份，友谊第一比赛第二。"

周子祁伸过来的手僵在半空中。

稚初的视线越过周子祁，去找一年级的大本营。倪亦之站在太阳下，脖子上的汗渍都在反光，不知道是不是她的错觉，他有意无意地扫过来一眼。

口哨声响，下半场比赛拉开序幕。

一年级的默契明显要优于二年级，二年级全靠周子祁死撑，倪亦之防他一直防得很死，不让他有传球的机会。只是一年级的命中率低于二年级，还有几次失误，临近比赛结束，一年级落后二年级一分。

此时篮球在谢宇驰手上，他弯着腰，篮球在他手下前后左右不停地拍着，突然，他一个假动作，将球传给倪亦之。

飞过来的篮球因为重力偏离了轨道，但倪亦之将它救了回来，旋即转身，跳步，暴扣，一气呵成。

简直不要太帅。

这一进球在气势上打压了对手，场上气氛更加激烈，全场的观众起身为他欢呼。

球进之后，倪亦之第一个眼神落在正在计分的稚初身上。

口哨吹响，比赛结束。

一年级以一分之差险胜。

倪亦之下球场的时候，几个胆子大的女生过去搭讪。稚初看着被包围的他，心里突然有点失落。

她一直知道他的耀眼，于是躲在角落里偷偷欣赏他。

稚初低头看了看自己，平凡得不能再平凡。

她突然想起某堂数学课，李威讲过的一个理论，渐近线。

当曲线上一点沿曲线无限远离原点或无限接近间断点时，这个点到一条直线的距离无限趋近于零。

无限接近，却永不相交，真是段遗憾的关系。

她突然一瞬间无法迈动脚步，目光测量的这段距离，似乎有些明白了。

她低头收拾东西，一个绿色的玩具娃娃突然甩过来。

"给你。"娃娃的主人别过头，没看她。

稚初抬眸，操场另一边几个女生纷纷朝这边投以揣度的目光，她也没扭扭捏捏，直接收下："谢了。"

"你想不想摸下篮球？"

"我不会。"

"你之前不是说喜欢詹姆斯？"

"什么时候？"

倪亦之抿抿嘴，刚上初中那会儿，她每场 NBA 都追，那个时候的倪亦之哪里像现在这样运动细胞一流，他以前的一千米测试可永远是落在最后的那个。

她永远不知道她的一句喜欢，值得他付出多少努力。

"让我三分？"稚初跃跃欲试。

"嗯。"倪亦之突然笑了，他伸手过来，将她耳边的碎发捋到耳后，"我一辈子让你。"

许是他这句话接得过于自然，稚初愣住。

当事人还不知道自己短短几个字有多直击心扉，稚初那瞬间像被闪电劈中，身体僵直。

他的笑容在阳光下好看得不得了，突然将她这么久莫名其妙的郁结一扫而空。

那一刻，她明白了一件了不得的事。

那些因为另一个女生的出现而产生的小小嫉妒、郁闷、难过，全部转换成简短两个字作为结语。

那两个字叫作，喜欢。

她喜欢倪亦之，很久很久了。

第四章

无所不能的超级英雄

"那天我看你，山河都在我眼里。"

——倪亦之

运动会结束，教室里空荡荡的，她跟闻歌留下来值日。因为停课，同学解放天性，地上一片狼藉，她提着水桶扛着拖把去操场边的洗水池，遇到正在洗脸的周子祁。那家伙也不知道是不是故意的，占着两个水龙头，还弄得水花四溅。

"你知不知道，中国目前有多少人连水都没得喝？"

少年哈哈一笑，露出两颗好看的虎牙："多少人？"

稚初没想到他这么问，顿时吞吐："反正很多，你脑门前就写着'节约用水'四个大字，还明知故问。"

周子祁点头，扭紧了其中一个水龙头，身子往右边一侧，示意稚初过来。他突然手掌使劲一甩，水花飞溅。被水花击中的稚初凉得一个激灵，她下意识地去挡，手肘处的创可贴露出来。

周子祁皱了皱眉："怎么伤的？"

"走路不小心。"

他鄙夷："早就知道你小脑不发达。"

见稚初没说话，他脑袋往她面前凑了凑："要不要我帮忙？"

"不用。"她费劲将拖把提起来。

周子祁扫了眼她笨拙的动作，将护腕从口袋里拿出来，使唤："那你帮我把这个也洗了吧。"

稚初白了他一眼，放下拖把去接。

男生手一转，直接将她面前的水桶跟拖把单手拎走，留下她在原地发愣。

稚初回教室的时候，周子祁已经拖完两排桌子。

闻歌提着垃圾桶回来，见状打趣："哟，咱们班什么时候多了这一号苦力了？"

周子祁呵呵笑着："你就当我是稚初的预备家属吧。"

稚初拿着黑板擦站在讲台上，心情复杂："他猪油蒙心脑子勾芡，别理他。"

周子祁做事比她想象中的快，他拖完了整个教室，一脑门子的汗站在稚初面前，朝她怀里塞了一大盒奶油布丁，轻拍她的脑袋："小丫头，赶快回家，我去训练啦。"

稚初："……"

闻歌嘿嘿笑着凑过来："无事献殷勤，非奸即盗。"

稚初将那布丁往她怀里一扔："自己把嘴堵住，别逼我动手。"

运动会上，三班成绩不算差，起码比一班好。稚初班主任因为受够了阳光班的压迫，终于在其他方面扬眉吐气，这几天他对同学们的态度都好了很多，还一个劲地交代大家要在艺术节上再接再厉，争取拿个奖项回来。

为此，他专门让他媳妇儿过来给大家化妆。

稚初脸上涂了层厚厚的粉底，又打了腮红，跟个猴屁股一样，她捂着脸出化妆间，闻歌跟谢宇驰贼兮兮过来观赏。

"仔细看还有点像王菲。"闻歌惊叹地说了句，也不知道是安慰还是真心。

稚初稍微有点安慰，结果谢宇驰在一边暗暗来了句："那边的人才真是好看。"

两人扭头，见一身白色连衣裙的蒋鱼从边上飘过。

闻歌"嗤"了句："大家都穿校服，就她穿得跟搞文艺会演一样，真把自己当主角了。"

谢宇驰翻了翻白眼："你这纯属嫉妒。"

"你再多话把你头割下来信不信？"闻歌性格火辣，短发一甩，大有绿林好汉为民除害的威严。

吓得谢宇驰吞了吞口水。

稚初拖着个小凳子坐下来。整个礼堂像个沸腾的池子，闹哄哄的。她抠着指甲，没过多久，高一一班的人跟着入场，她伸着脖子看，没见到倪亦之。

"别看了。他是主持人，估计这会儿正在串词呢。"

稚初嘴硬："谁说我看他了？"

闻歌毫不留情地拆穿："我跟你做了多少年的朋友了，你打个喷嚏冒出的鼻涕泡是什么形状我都知道得一清二楚。"

"什么形状？"

闻歌伸手过来将稚初抱住，咯咯咯地笑："自然是爱我的形状。"

"闻歌你真脏。"稚初缩着肩膀一脸嫌弃，她又朝着乌泱泱的队伍张望了下，然后嘱咐闻歌保护好她的凳子，站起身往女厕所方向走。

初秋，夜里。

跟礼堂大厅不同，走廊静得出奇。她在厕所的镜子前，用卫生纸把脸上的白粉擦了又擦，见脸色正常了，这才折回大厅。门口的柱子边站了个白衣少年，稚初蹑手蹑脚过去，拍了下他的左肩。

倪亦之盯着那张脸，脏兮兮的。

她问："你干吗呢？"

他亮了亮手里的打印稿："背串词。"

稚初干脆绕到他身边，扫了眼那些密密麻麻的字，忍不住道："这么多啊，你背完了？"

"没有，我又不是复印机。"他站了半天，腰酸背痛，抬了下拿稿的手臂，搁在女生的头顶上，人体拐杖还不错。

稚初没有动，想到了什么说："教给你个方法，你可以把不会的写在手心里，到时候要是忘了，偷偷瞄一眼。"

倪亦之低头扫了她的手一眼，抓起来掰开手指，果然。

上面写着几句歌词，字真丑。

他冷嘲："这都多久了，歌词还记不住，你的脑容量真的比鸡的还不如。"

"呵。"稚初辩解，"我只是以防万一，谁说我记不住了，不信我给你唱一遍。"

她张张嘴，第一句调是什么来着？

倪亦之勾了勾唇，这家伙倒是让他的紧张缓解了不少。

他侧头看她露在光线中的半张脸，红一块白一块的。他嫌弃地伸出手指擦了擦："你这都是在哪儿弄的这些？"

她弯腰挣脱了他的胳膊站到了他的正对面，仰着小脸："怎么，不好看啊？闻歌说了，像王菲呢。"

"哪个王菲？"

算了，跟这个书呆子说了也白说。她说："你就说好不好看吧。"

倪亦之合上串词纸，漫不经心地塞进口袋里，然后俯身去打量她的五官。

稚初被他盯着有些不自在，别过头。

　　倪亦之默不作声地回身，然后很快开口，语气沉闷："别人的美千篇一律，你的丑万里挑一。"

　　稚初抓狂："你确定你刚才是睁着眼睛的？"

　　"……"

　　"算了算了，反正早就知道从你嘴里说出的没好话。"稚初嘴角直抽抽。

　　倪亦之没了跟她沟通的欲望，白球鞋踩上石阶。

　　他目光一斜，稚初脚上那双鞋跟他同一型号，是情侣款。

　　"你蹲下来些。"稚初朝他招招手。

　　她站在台阶下的草地上，正巧对着礼堂舞台的位置，灯突然亮了，泛黄的灯光衬得她小脸容光焕发。

　　他神情寡淡，依言行事，等着她下一步动作。

　　夜幕笼罩在两人的身上，风声也消失了，只留下两个人的呼吸声，和加速的心跳声。

　　他白衬衣的领口歪歪斜斜的，有一边没有理好，稚初伸出手来帮他将衣领翻出来拉正，手指碰到他的脖子上温热的皮肤，他顿时一个激灵。

　　四目相对，两人都愣了。

　　稚初现在这个姿势有些尴尬，她双手环在他的脖子上，继续也不是，抽回来也不是。

　　倪亦之沉默。

　　稚初突然觉得，随着年纪的增长，他俩之间也多了些其他的气氛，却又说不出来是什么。

　　"你别仗着长得好看，就不注意形象。"稚初干笑。

　　"嗯。"

　　他默了一会儿，然后拽过她的手，放到了自己的上衣口袋里。

　　她上辈子一定是属蛇的，所以一年四季手才这么凉。

两人就那样站了好一会儿。临走前，稚初说："倪亦之你不要紧张，在我心里你是无所不能的。"

倪亦之抿抿嘴，表示他听见了。

稚初的背影消失在光影中。

他站在原地，对着漆黑如墨的夜色看了半晌，又掏出纸重新看了起来。

该死，之前背到哪里来着？

他心烦意乱，一时无法静下心来。

倪亦之抓了抓头发，那些铅字全部往他脖子上钻。

到底哪里来的幻觉，那家伙……是不是属妖怪的啊。

临上台前，倪亦之将纸揉成一团，放进口袋里。

一边的蒋鱼见状，以为他是过于紧张而导致满脸通红，笑着道："你怎么出这么多汗？"

倪亦之没回答。

"你要不要喝点水让自己冷静下？"她不太放心，又折回来问他。

"不用。"

他简洁的拒绝让蒋鱼有一瞬间的尴尬，她捏了捏话筒，安慰道："你平时就不爱说话，我不该推荐老师让你跟我做主持人的。"

他理了理衣服，检查好话筒的状态，目光往坐在台下的学生里一扫，根本看不清哪个是她。

不知道为什么耳边却响起刚刚她说过的话。

——在我心里你是无所不能的。

好像是比什么都管用的镇定剂。

这场艺术节各个班的出场顺序都是按抽签决定的，评委现场打分，高二体育班结束了就是稚初所在的高一三班。她鼓捣着班长发下来的塑胶向日葵，跷着二郎腿扯着花瓣。这种合唱比赛好似靠音量取胜，她在后台耳膜都快被震裂了。

"嘿，巧了，小丫头你也在啊。"

稚初歪着头看过去，周子祁正龇牙贼兮兮地冲她笑。

他身后来来往往好几拨人，用看智障的眼神看着他们。

幼稚鬼。

他手里拿着面红旗，穿着八路军的衣服，帽子斜斜挂在头上，邪痞邪痞的。他多看了她几眼，笑着说："果然人靠衣装马靠鞍，你今天挺好看的。"

稚初二郎腿跷得更起劲了："我哪天不好看。"

周子祁顺着她的话往下说："今天格外好看。"

他笑得灿烂，像极了她手里的塑料向日葵。稚初被夸得不好意思："你也不赖啊。"

"那是，郎才女貌，天生一对。"他没脸没皮。

稚初一肘子捣鼓过去："呸，我真该让蒋鱼看看你这个德行。"

"好学妹，你要是把你的脾气改了，绝对人见人爱，花见花开。"

稚初不理他，闭目养神。

他丝毫没注意稚初的冷淡，或者对这种冷淡毫不在乎，凑近了她，神秘兮兮地说："等会儿结束了要不要跟我走，有好玩的事。"

稚初半睁开一只眼睛："什么？"

"我爸新送了我一辆摩托车，我带你兜风去。"

稚初毫不留情地拒绝："得了吧，你那车技我可不敢上，万一摔断了腿，岂不是要进入残障人士行列了。"

周子祁笑了声："我可是名副其实的跑跑车王，这一片都没有谁能比得上的。"

稚初呸他："这句话怎么这么耳熟呢，昨天篮球赛你也是拍着胸脯保证能赢的，结果连高一的学弟都打不过，你是满嘴跑火车王吧。"

"能别在人家伤口上撒盐吗？"

"总之不去。"

"别啊，你真的不好奇？"周子祁见稚初无动于衷，开始打感情牌，"其实今天是我生日来着，但你知道的，我这个人人缘太差，没人理我……"

稚初掀了掀眼皮，这倒是真的。

周子祁见稚初在考虑中，知道演技奏效，嘴角上扬，露出一个老父亲般的慈爱笑容。

"行吧。"她犹豫着做了决定。

"那校门口见啊。"他脚步轻快地走远。

闻歌围过来一本正经地看着她："这桃花运可以啊，火箭都追不上你俩的速度。"

"说人话。"

"你真的打算跟他出去？"闻歌帮她顺了顺头发，"你就不怕倪亦之知道生气？"

"他为什么要生气？"

"我觉得他会，以我对他最近的观察来看。"

稚初虽然虎着脸，心里却有一点点愉悦："那我们就打个赌吧，十包辣条。"

"祝你好运。"

稚初低着头，瞅着手边被自己扯得看不清形状的塑料花。班主任从门口出来了，她立马坐直身体，重新将它理了理。

"等会儿上场大家都给我大点声，别像几天没吃饭似的，一个两个都给我打起精神来，唱出咱们三班的精神气。"班主任加油打气。

李威从边上路过："你们班这几个学生再怎么动员都一样。"

班主任气不打一处来，大手一挥："我说你们唱得好你们就一定唱得好，不用管别人的。"

稚初看他俩一个唱红脸一个唱白脸，扭头跟闻歌对视，扑哧笑了。她余光扫过礼堂对面那栋依然灯火通明的楼，里面奋笔疾书的都是高三的学长学姐，耳边又响起篮球场边那个学姐说过的话：好好珍惜哦，不然你会发现，以后一切都会变成奢侈。

在不久的将来，她也会成为为了光明前途争分夺秒的那一类人吧，而现在跟这群可爱的人正在发生的故事也许已经进入倒计时。

不知道是不是因为带着这样的心态，还是因为先辈们创作出的歌曲本来就极具感染力，她站在舞台上，当强烈的灯光打在她的脸上时，竟有种眼眶泛酸的冲动。

比赛结果公布，三班拿了个不错的名次。最后颁奖的时候，班主任笑得满脸褶子。

他组织大家留影合照："欸，主持人也过来大家一起照一张吧。"

班长小声提醒："他俩不是我们班的。"

"我知道，同喜同喜嘛。"他一副儿子中榜的表情。

稚初站在第一排，侧目看过去，倪亦之也默不作声地看过来。

身后的闻歌跟谢宇驰使劲儿挥手："倪亦之过来。"

大家意外地热情，倪亦之过来的时候，稚初特意后退一步，给他留出位置。

倪亦之脑袋往后偏了偏，目光定格在她的脸上，声音有点低："你站到我身边来吧。"

明明是很寻常的一句话，但他当众说出来，稚初突然红了脸，她心里自然是乐意的，嘴上却不饶人："才不要，跟你站一起拉低我的颜值。"

稚初话刚说完，蒋鱼大步走来，她笑起来眉眼弯弯："倪亦之你干吗，人家是一个班的，怎么会跟你站在一块儿。"说完，有意无意扫了稚初一眼。

她话说完，稚初身体僵直了一秒钟，脸沉了下来。

于是，整个照相过程中，她都没有看向镜头，而是一直盯着倪亦之的后脑勺，把心里的气运到手指尖，暗自从他后背推出去——画个圈圈诅咒你。

合影结束后，一群人围在摄影师的身边看照片，稚初被闻歌推出去扫了一眼，她的脸被蒋鱼挡去了大半，而在她前面并肩站在一起的男女，因光圈的晕染，整个画面柔和得仿佛一幅画，他俩站在画中央，好看得不行。

她撤回视线。

闻歌没有察觉到她的低气压，问："你要不要也洗一张做纪念？我跟你一起去找班长登记。"

"不用了。"她兴致缺缺，"我才不要做背景板。"

"你说什么？"

"没什么。"

她浑身笼罩着低气压，去后台去收拾扔的乱七八糟的道具。她淹在一堆向日葵中，脚下被一根电线绊住，重心不稳一个趔趄，撞在一个硬硬的东西上，怀里抱着的东西也散了一地。她用空着的一只手去摸，碰到了一块温热的皮肤，触电一样缩回来。

被摸的男生盯着她，表情也有些不自然，原来是倪亦之。

"你们班没有男生了，用得着你来干这些？"倪亦之蹲下身替她把东西都捡起来放在一起。

"我只是无聊而已，你找我干什么？"

"这么晚了你不打算回家？"

"哦。"稚初突然想到什么，"你先走吧，我留下有事。"

倪亦之起身看她，眼神里颇有审视的意味，他不去审犯人真是可惜了。

稚初东找西找，最后想到一个充分的理由："学习上的事儿。"

倪亦之不高不低地嗤了声，稚初再傻也听出了里面的讽刺，硬着头皮："怎么，别以为就你一个人爱学习。"

倪亦之没再说话了。

稚初松了口气。

谁知道周子祁从门口经过，兴致勃勃地朝里面吹了声口哨。

稚初拼了命给周子祁使眼色，白痴周子祁置若罔闻，扶着门廊往里面伸长了脖子："校门口等你啊。"

倪亦之顺着她的视线往外看，对着快要消失在走廊的男生背影怔了一瞬，然后回头看她。

稚初心里万马奔腾，真不是故意要骗你的，真不是。

她清了清喉咙："我有门功课念不好，他说要辅导我来着。"

"我也会，你怎么不问我？"他眼底漆黑如墨。

"天天问你，我也会不好意思的啊。"

他沉默了一瞬，半晌之后才晦闷地答了句："懒得管你。"转身出了房间，门口一把椅子挡住他的路，他狠狠踢了一脚。

稚初已经很长时间没见他发这么大的火了。

她一路心事重重，连摩托车发动机的声音都没打断她的沉思，周子祁刻意将马力加大了些，摩托奔驰在无人的马路上。速度太快，她扯了扯他的衣服："你这样要是被交警看到了，咱们会有麻烦吧。"

"没事，这条路车少。你心情不好？"

"没有啊，我不说话嘴角向下，就是心情不好啊，人就不能有安静放空自己的时间了？"

周子祁笑："你说谎不打草稿的时候，真的挺有趣的。"

"我没有。"

"好，你说没有就没有吧。"

跟周子祁插科打诨了会儿，她的郁闷已经被呼啸而过的风声吹得差不多了。

沿街飘得都是夜市的烤串味儿，她越吸越饿，但也不好意思让男生停下来。摩托车开到游乐场门口，周子祁率先下车，然后转身帮稚初取下头盔。

周子祁笑话她："小丫头你的头可真大。"

可某人还说她脑容量不如鸡呢。

"饿不饿，我去给你买肯德基？"

稚初指着不远处的路边摊："就那个也行。"

过了会儿，他拿着一把烤鱿鱼串从人堆里挤出来："买个烧烤也得排半天队，我们毕业了也来出摊吧，派给你个轻松的活，就当老板娘吸引客人就成。"

"你就不怕我伙同别人把你的钱都卷跑了？"

"那也不亏。"

稚初咬着鱿鱼串，含混不清地说："一看你就没什么做生意的脑子，算了。"

周子祁摇摇头："说得好像你有似的。"

十多根烤串吃得稚初一肚子油，虽然还是没什么饱腹感，但也吃不进东西了。

他们围着游乐场转了几圈，边走边消食。因为时间的原因，大多数游乐项目都停了，只有摩天轮还开着。

周子祁指着它问："来都来了，坐不坐？"

"行啊。"

一人一次十五块钱，稚初跟在他身后，偷偷将自己的那份钱塞进他的背包里。

她没想到第一次坐摩天轮是跟这个人，好像才认识一两个月，但又似乎有一辈子那么长。他对她来说是亲近又陌生的学长，虽然大多时候涎皮赖脸的，但其实是个很不错的人。

"欸，小丫头，你小时候做过最荒唐的事是什么？"周子祁在对面突然发问。

稚初想了想："好像是第一次主动跟人交朋友，用一只青蛙把他给吓哭了。"

"你也太皮了，这要是我得讨厌死你。"

稚初声音沉了沉："他没有。"不但没有讨厌，还成了她这辈子最重要的朋友。

"你可真幸运。不知道为什么，对我来说得到别人真心相待是件很难的事，身边的那些哥们跟我交朋友，多半是因为我家境好，所以我一般只会是他们买单时第一个想到的人。"

啊，传说中的冤大头。

稚初有些可怜地看着他，这就是传说中有钱人的苦恼啊，像她这种人大概永远也体会不到。

周子祁看向远处，陷入沉思："但我觉得你跟他们不一样。"

稚初哑然失笑："哪里不一样，是不是因为我没找你要过钱，那是因为我情报能力不行，我要知道你钱多没处使，我早屁颠屁颠追着你不放了。"

周子祁哈哈大笑："你现在知道了还来得及。"

"白来的便宜我不爱占，等我找到机会再说。"

"我其实有很多缺点，做事没个定性，脾气阴晴不定，说实话我不知道这样算不算带坏你。但我真的很喜欢你这个小姑娘，所以我会小小心心的。我们做朋友吧，稚初。"

稚初避开他的目光，这些话怎么听着，不像纯洁的友谊呢。

她咳嗽了声："知道了。"

"我说的是一辈子的那种。"

稚初对上他真诚得过分的目光。她转身从书包里抽出一本书，递过去："生日礼物。"

周子祁接过看了看书名，是本外国文学。他忍俊不禁，新不新旧不旧的。

"什么意思？"

"你多看些书，免得说话词不达意的。"

周子祁梗着脖子，有些不敢看她，"哦"了一声。

气氛凝滞了一瞬。

男生想起了什么，说道："要不作为回礼我也送你个东西吧，不如我让我爸买套房子给你，你要什么地段的？"

正在喝水的稚初差点喷他一脸："周子祁你家到底多有钱？"

他指了指脚下越来越远的游乐场："这样的，大概，能买得起几十个吧。"

此刻，稚初有些不淡定了。

他可真够低调的。

她突然有些烦恼，怎么她周围的都不是凡人啊。她瞅了瞅对面的人，他捧着自己给他的那本书，当个宝贝似的，哪里有半点富二代的样子。

她转头看向外面，在十几米的高空，禹城的夜景尽收眼底。不知怎的，她却有些心不在焉。

为什么在看到这样的美景时，心里隐隐约约有点可惜呢？

——要是倪亦之在就好了。

他一定要死不活地看着她激动到语无伦次，然后鄙夷地抽抽嘴角。

该死的，为什么这么想他呢。

稚初蹑手蹑脚回家的时候，客厅的灯还亮着，餐桌上摆着几碟子家常小菜，还热着。稚妈在厨房里洗碗，歪着身子看了她一眼，语气比平时和缓许多："你怎么学到这么晚啊，电饭煲里的饭还热着，赶紧吃。"

稚初皮笑肉不笑地咧了下嘴："我先去洗个手。"

她放下书包，去推卫生间的门，正巧里面一个拉力，她劲儿没使到地方，上半身窜出去，如果前方没有物体抵住，她一定飞了。

好闻的沐浴乳的味道。衬衣也很眼熟。

她抬头，被撞的人有些不好意思。他用干毛巾擦了擦头发，发梢的水滴在她的手背上。她有些不淡定了："你怎么在我家洗澡？"

"我们那栋楼停水了，阿姨叫我来的，你……"

"你……"两人同时停住。

稚初怔了一瞬："你要说什么？"

"待会儿再进去。"他有些不自然。

稚初贼兮兮地凑过去，眼睛弯成一轮月亮："你做什么坏事了？我偏要进去看。"

看着男生那双干净的眼睛，她顿时被自己的想法恶心到了，于是拍拍手打算过了这茬，刚走到他身侧，手腕突然被抓住，男生一绕，在她还没弄清他的意图时，她已经被扯到她的卧室了。

他眼睛死死盯着她，另一只手将房门关上。

狭小的空间里，只剩下他们两个人。

稚初脑子顿时有点空，但她觉得气势上不能输，直视着他的目光回瞪过去。三秒之后，他突然大踏步走过来，推着她的肩膀按压到了墙上。

稚初后背受到撞击，却没有觉得疼，因为他的手臂替她挡住了。

不知道为什么，这一刻，稚初竟然觉得莫名兴奋。

她想起漫画里的场景，下一步的动作他会不会俯下身来，吻……我？

一晃神，她的头发被倪亦之揉成个鸡窝。

"去哪儿了？"

"都说了学习。"

"骗鬼呢?"倪亦之顿了顿,"你坦白说什么我都不会怪你,但有一点,你不能骗我。"

稚初挣扎:"我骗你什么了,我不就跟周子祁出去玩了一会儿嘛,至于……"她快速闭嘴,果然脑袋不灵光的人容易被套路。

"你脑子里装的是水吗?大晚上的跟陌生人出去?"倪亦之眼底倏寒。

"他不是陌生人,是朋友。"

倪亦之冷笑:"一起挨处分挨出感情来了是吧?我还不知道你交朋友的底线这么低。"

"倪亦之你能不能好好说话?"稚初被他一激,眼眶泛酸,"是呢,我就是个没底线的人,才缠了你这么多年,你要是不乐意,咱们绝交吧。"

倪亦之血气上涌,被她气得七窍生烟,只差化成一潭水了。

"你少跟我扯这个。"

他脸上火烧火燎的,在跟她分开后的几个小时里,他迁怒似的写了三张试卷,心里一个劲儿地跟自己说,你睡觉吧,该吃吃该喝喝,她死了都跟你没关系。可还是不由自主地往院门口望,在公交站牌边踱了又踱,跟失了魂一样。

倪亦之,你这辈子的没出息都给了她一个人了。

稚初看着他目光炯炯,一个字也不愿再跟自己多说,心生去愧疚:"对不起。"

"你对不起我什么,安全是你自己的,你想做什么谁也拦不住你。"

稚初有点无辜:"保证这是最后一次,以后一定按时出现在你的视线范围内,写个检讨书行不行?"

倪亦之定睛看着她,拿她没办法:"下不为例。"

稚初连连点头。

"以后别惹我生气了，要是有下回，你退一步，我就退一万步，回家锁门，再也不理你，而且还会躲在角落里，小声骂你，哄都哄不好的那种。"他吓唬她。

稚初没脸没皮："那不正好吗，以我的个性，我撬都要把门撬开，缠着你缠到你累了，自然就会理我了。"

倪亦之小声嘀咕："你还真有一套，我还真吃你这套。"

女生呵呵笑着，歪头看他的脸色。

"以后绝交这两个字，想都不要想。"倪亦之斜了她一眼，"去厕所洗了手出来吃饭。"

"你不是不准我进去吗？"

"现在可以了。"

倪亦之说完，心里的郁结去了大半，拉开房门大步出去了。稚初的世界又重新回到春天，说不好哄都是骗人的，这不挺好哄的吗。

她去客厅觅食的时候，稚妈坐在沙发上看电视。那个时候韩剧也开始被各大电视台引进，数《天国的阶梯》最为风靡。

稚初盛了碗白饭出来，稚妈正对着电视机抹眼泪，这里面的角色连口型都对不上，不知道老妈在感动什么。

"桌上那只鸡腿给小倪留的，你别偷吃了。"稚妈红着眼眶不忘叮嘱。

稚初气得瞪眼睛："他是你亲生的还是我是你亲生的，你偏心起来闺女都是浮云。"

"你要是像小倪那样听话，每门功课能考到他的一半，别说鸡腿，星星我都摘下来给你。赶紧吃完了找小倪温书去，别磨磨蹭蹭的。"

稚初抗议："妈，明天是周末，能不能放我一马。"

稚妈唾沫星子横飞："前天让我放你一马，昨天让我放你一马，我是你妈，不是放马的。"

"……"

稚初哀怨地看了倪亦之一眼，她发誓，如果重来一次，一定不再招惹这个人，传说中的别人家的孩子，一个让她的人生多了无数对比的人。

她愤愤不平地坐下，一双筷子伸到她面前的碟子里，夹起仅剩的一只鸡腿放到她的碗里。

她忽然觉得自己根本就是在以小人之心度君子之腹，嘿嘿笑两声："倪亦之，你这么乖一定很受班上同学欢迎吧？"

倪亦之嚼着米饭，喉咙滚动了下，冷声说："不要用这个词来形容我。"

"我这是在表达你善良贴心。"稚初吸了下鼻子，"而且人也好看，你的睫毛真的好长。"她说着说着，手伸过去，撩了下他垂下的眼睑。

倪亦之上半身突然僵直。

她很喜欢他的反应，得寸进尺地捏了捏他的耳垂。

倪亦之强忍着站起来的冲动，一把抓住她的手腕，眼睛瞟了瞟沙发那边的动静，厉声说："你规矩点。"

"行啊。"稚初停了下来，复又开口，"你把地理作业给我抄，我就不弄你了。"

倪亦之扯了扯嘴角："我看你的脑子是被洋流抽到大西洋去了吧。"

稚初腹诽，这家伙怎么尽说些听不懂的骂人话呢，看来成绩好也有好处啊。

"演唱会六点开始，明天下午早点出门，我先去图书馆，晚点过来接你一起去。"

稚初往嘴里塞满了饭菜，含含糊糊地回答他："不用这么麻烦，就约体育馆门口吧。"

倪亦之没多想："也行。"

她突然想起已经把门票偷偷塞给蒋鱼那事，当下四肢无力，埋头吧嗒着米饭，不少都粘到了脸上。

倪亦之抿唇看着她这副模样，突然又觉得实在好笑，嘴角扬了扬，帮她把米粒一颗颗摘下来，不忘点评一句："呆瓜。"

稚初噘着嘴："我是呆瓜你是什么？"

他闲闲地说："种豆得豆，种瓜得瓜。"

听着怎么辈分这么乱呢，他可真爱占人便宜，稚初不服："你是不是还想让我叫你一声爷爷。"

倪亦之低下眼，轻轻笑了笑："那是葫芦娃。"

"……"

倪亦之走了之后，稚初坐在客厅的沙发上发呆，她没有心情好，也没有心情不好。只是想起不久前，在一起写作业，无意间从倪亦之的课本里抖落出的那张照片。

她第一次知道他的心思，竟然藏得非常隐秘。

可是当他的秘密跟自己的秘密碰撞时，她突然变得有些矫情。电视剧里那些情敌桥段没有在现实生活中上演，她只是亲手将倪亦之推过去，哪怕她躲在一边黯然神伤也没关系。

啊，她什么时候变得这么伟大了，还是她在脑海里自觉将自己归类于悲情的角色，也许是言情小说洗脑过度的缘故。

而这些倪亦之又怎么会知道呢，太阳还是会照常升起，他依然是走在人群里骄傲而又冷漠的少年。

他是别人的少年，不是她的。

倪亦之出门的时候特意换了件白色衬衫，是她喜欢的款式。下午他提前一个小时从图书馆出来，骑着自行车去禹城体育馆。

秋天的人行道上，梧桐树叶落了一地，车轮碾在上面呼啦作响。

他竟然愉悦地哼起歌来，因为平常歌曲存取量少，他耳边回响着艺术节的合唱："风在吼，马在叫，黄河在咆哮，黄河在咆哮。"

因为有了节奏的缘故，他蹬着脚踏板的频率更加快起来。

一路上他留意街边的小店，以那家伙的饿性结束后一顿夜宵是少不了的，他对比了几家烧烤店后，最终选了看起来稍微干净的一家。

他在体育馆等了又等，没等到稚初，反而是蒋鱼过来了。

她今天穿了个鹅黄色的碎花短裙，衬得肤白如雪。她很满意今天的搭配，踩着小白鞋过去跟他打招呼，声音细如蚊蚋，带着青春少女的羞赧："倪亦之。"

谁知男生顾着时间，看都没看她一眼。

"已经在组织入场了，我们先进去吧。"她小声提醒。

倪亦之这才将目光转过来，盯着那张脸眼睛都不眨："我们？不好意思，我等的不是你。"

"不是你给我的票吗？"

倪亦之站定，好像明白这是怎么回事了。

"我去打个电话。"他翻开手机，直接拨出了排在通讯录的第一个名字，整个动作略带火气，但没有表露太多。

电话嘟嘟响了两声，接通了。

"你在哪儿？"还未等稚初说话，他先开了口。

"在来的路上呢。"

"昨天说的话你没长记性是吧？"他刚想发火，就听马路对面脆脆的一个女声："大只。"

他听见有人叫他的小名，转身见稚初咬着根棒棒糖正冲他挥手。

他正准备挂断手机，穿过马路，脚步却顿住了，稚初身边站着的人是周子祁。

他怔愣的瞬间，绿灯已经亮起，他看着并肩过马路的两个人。稚初小升初的时候因为一场交通事故留下阴影，每次都习惯拉着别人衣角，只是这次拉的是另一个男生，不是他。

倪亦之眼神一暗。

在两张票都在她手里的时候，她行使了选择权，而他成了她排除出去的那一个。

所以当他们走到倪亦之面前的时候，他一点笑容也没有。

这时，被冷落在一边的蒋鱼也过来了，她有些吃惊："原来你们也在啊。"

稚初表现得依旧活泼，冲蒋鱼点了点头，她是第一个注意蒋鱼鞋带散了的人，正准备出言提醒的时候，蒋鱼自己也注意到了。

但今天裙子穿得太短，她也不好意思自己蹲下系，表情有些为难。

倪亦之感应到她的求救目光，从不做与自己干系不大的事情的他，破天荒地为一个女生系了鞋带。从稚初这个角度看过去，他甚至面带笑容，侧脸轮廓无限温柔，蒋鱼比她先发现，因为下一秒她的脸上露出了陷入爱情的感动与欢喜。

他们俊男美女，美好得像一幅画，而稚初站在画框外，感觉自己吃了一千颗柠檬。

她努力将向下的嘴角往上扬。

"原来你让我不要追蒋鱼，是为了他啊。"进场的时候，周子祁从她肩后冒出头。

他声音大得恨不得让所有人听见，稚初只想把他头捂住暴揍一顿，或者干脆将他从看台一脚踢出去一了百了。不过以她的力气，后者实施起来的难度太大，于是她只在脑子里想了想。

她今天穿了双新鞋，走了太多路，已经感觉到脚后跟破皮了，虽然走起路来吃力，但没有耽搁，毕竟见偶像比较重要。

"采访你一下，好朋友即将被别人抢走，心里什么感受？"周子祁同情地看了稚初一眼。

稚初的眼神动一动，只差把他就地解剖了。她勉强从人堆里找到自己的位置，挪过去坐下，脱下鞋瞅了眼，磨得不轻。

她舔了舔快起皮的嘴唇，噌地站起来冲周子祁交代了句："我出去买瓶水。"

周子祁那句"陪你去"还没说出口，她已经逆向钻进人群里去了。稚初今天有点不对劲，虽然她依然嬉皮笑脸，但他心里懂得，那种说不上来的茫然无措的失落感，来自于另一个人。他抬抬眼皮看过去，倪亦之也正回头看他，随后对方走过来，指了指他旁边空着的位置。

"橙子呢？"

周子祁张张口，倪亦之已经等不及，走出去了。

当时他在心里想，这两人简直一个脑回路啊，都是不爱听人说话的。

他回头看了一眼，那个穿白衬衣的背影，有点不得不承认，帅得一塌糊涂。

周子祁反应了几秒，瞬间有点同情自己，还有蒋鱼。

稚初其实也没那么渴，她纯属想出来透透气。她坐在体育馆最偏的一角石阶上，玩着手里的矿泉水瓶，刚刚付钱的时候，她无意间发现钱夹里的小照片，那是小学毕业的时候照的吧，她穿着校服，避免被他的身高碾压，刻意踮起了脚。

她回想着过去，只觉得颈窝一热，扭头，倪亦之站在她身后盯着她。

她读不懂他眼神里的意思，但下意识觉得这目光让她无力招架，于是迅速放弃对视，垂下头，继续捏塑料瓶："你怎么出来了？"

"我怕你迷路。"他挨在她边上坐下来。

稚初"喊"了一声："少把我当小孩子。"

"想多了，我只把你当傻子。"

稚初瞪了他一眼，却见他忽然低头，冷漠又毒舌的形象瞬间转变得温柔无比，她使出金钟罩铁布衫来对阵，也败下来。

他伸出手，见状，她无力地挪了挪自己的脚，免得他的碰触。他再伸，她再挪，最后都要被挤进墙里面去了。

"让我看看你的伤。"他皱着眉。

稚初嘴硬："没有。"

"残废了看有没有人要你。"

"有没有人要又碍着你什么事，我吃你家大米了？"

倪亦之冷淡地勾勾嘴唇："以后的事，谁说得准。"

稚初不知道他说的是否是她听出来的意思，脸红了红，她那无人知晓的心事里，有个类似于烟花一样的东西，在心里"嘭"的一声炸开。

"别光顾着好看，就穿小一码的鞋子。"倪亦之顿了顿，"喜欢你的人总不会因为你脚大就嫌弃你。"

稚初皮笑肉不笑地回敬："借你吉言，谢谢。"

倪亦之就不是那种你退一丈就放过你的性格，他眼皮子一翻，变本加厉："你是不是光长脚不长个啊，不知道还以为你是小学生。"

明明眼神那么干净，嘴巴却这么毒。

"倪亦之。"她作势要揍他。

倪亦之身子一斜，把门票丢到她身上，闪过去了。

"你干吗去？"他要走，稚初扯住他的手臂。

倪亦之忽然凑近，呼吸喷过来，吓得她连忙后仰。他说："上个厕所，你要跟我一起啊？"

稚初狠狠掐了他一下。

体育馆前坐满了举着横幅的人，看样子是没买到票的歌迷，一个黄牛突然走到她边上坐下，跟她套近乎："小妹妹，你要是不看演唱会，把门票卖给我怎么样，两倍的价格收了。"

稚初没搭理那人，那人断断续续说了一阵才走。

倪亦之回来的时候，演唱会快开始了，他满头大汗蹲下身，帮她把袜子褪下来，在指腹上挤上膏药，顺着她的伤口涂抹着。

周围的人很多，盯得稚初浑身不自在，她的脚踝被他抓着，动弹不了。抹药的男生一言不发，叫都叫不答应，她只好去捏他耳朵。

光线下他的耳朵红得透亮，像放在博物馆里的瓷器，会发光。稚初冰凉的食指顺着他的耳朵滑下去，他顿时一个激灵。

稚初有点尴尬地笑笑："差不多就行了。"

倪亦之停下动作，拧好药膏的盖子揣进口袋里，木着张脸站起身。

稚初穿好鞋，抬头见他拿着瓶水就喝，咧了下嘴："这是我喝过的。"

"哦。"他低低应了一声。

他往前走，后背的衬衣上被汗水洇湿了很大一块，黏在皮肤上。稚初看着挪不开眼，十几年来她第一次明白"性感"这个词。

第五章

可乐配啤酒，完美搭档

"跟闻歌打的那个赌，我输掉了，但感觉还不赖，

不对，比这更强烈一点。

简直……简直太爽了。"

——稚初

重新入场的时候，稚初才想起去找门票，但翻遍所有口袋都没找到。她突然想起那个搭讪的黄牛以及他最后离开时候的眼神，严重怀疑是不是他趁自己不注意"顺"走了。

"就知道你不靠谱。"倪亦之说了一句。

稚初白了倪亦之一眼，多嘴。

"你去跟检票的大妈说说，咱们之前已经检过一次了，这回不要票行不行。"她诚恳地乞求。

倪亦之嗤笑："祸是你惹出来的。"

"可你好看啊。"稚初尽可能笑得谄媚，见倪亦之看了过来，绞尽脑汁补充，"像你这种干净纯良的男孩子，全天下的大妈没有不喜欢的。"

经不住稚初一阵糖衣炮弹，他不大情愿地去找检票大妈说情。

"我们这边是按照严格的制度来的，你说你们票丢了没有证据啊，我要是放你们进去了，对其他人是不是很不公平。"大妈面对美色不为所动。

倪亦之扯了扯嘴角，脸上的神色没什么变化："我们是从很偏远的山区过来的，就为了来看这场演唱会，我妹妹她身体一直不好，今天是她生日，我专程带她过来见朝思暮想的偶像。"

关键时刻还是得拿她出来当枪使，不过现在不是计较这些的时候，她领会到倪亦之丢过来的眼色，立马捂住胸口，使出浑身解数表演："咳咳，阿姨，医生说我活下去的日子不太多了，这也许是我这辈子最后的愿望，还请你通融通融。"

"你们有这个追星的时间，不如好好回去读书。"大妈面无表情。

稚初吐血。

一旁的倪亦之实在憋不住笑意，眉毛耸动了几下。

稚初泄了气瘫坐在门口，抱着膝盖发呆，旁边是一群没有买到票的歌迷。倪亦之怕她晒着，脱了白衬衣盖在她脑袋上。稚初没管他，任由他两只手在她头顶翻腾。

"我们哪里露馅儿了？"

"你这次演技有进步。"他不动声色地道。

"真的？"稚初来劲了，"那我上大学念表演科怎么样？"

"嗯，群演大队需要你。"

"滚！"

"说真的，跟你在这儿坐着比在里面看有趣。"他从背包里拿出面包，掰了一大半给她。

她愣愣地接过他手里的面包，再愣愣地点头："嗯。"

倪亦之伸手刮了刮她的鼻头，一本正经地道："以后不许把我给你的东西给别人。"

稚初继续发怔："嗯。"

她现在有点像小时候偷喝了爸爸的酒之后，整个人都染上了醉意的样子。倪亦之估计她是被丢票打击过头了，于是用一种看着二傻子的眼神看着她，安慰道："以后我让周杰伦再来禹城唱给你听。"

稚初嘿嘿笑了，倪亦之将她头发揉搓成个鸡窝："傻子。"

稚初对期待已久的演唱会细节记不大清了，留在脑海里的只有满目的应援灯，和陪在自己身边坐在一堆女生中间也没有丝毫不耐烦，居然还能看得进课本的倪亦之。

狂欢之后便是暴风雨，稚初回家的时候窗外一阵雷鸣，她吓得一激灵，扭头看见稚妈拿着成绩单黑着脸从卧室走出来。

谁知道小考的成绩会被寄到家里，她一点防备也没有。

"能不能告诉我，为什么你的英语成绩是个位数？那么多选择题，你靠运气也不止这点分。"稚妈敲了敲桌子。

稚初抖了两下。

那场考试她睡过头了，醒来时就剩半个小时，抱着要把所有空白填满的觉悟，她花二十分钟去写一篇作文。哦，对了，因为词汇量实在过少，她全部用的拼音。

但她不能如实汇报，小心翼翼地答："我做题太认真了，时间没把握好。"

"你放屁。"稚妈气得连茶杯都端不稳了。

稚初在心里腹诽，我的母亲大人啊，您好歹是念过大学的高材生，怎么能满口脏话呢。

"我特意给你们班主任打过电话，他亲口说的，这次的题目送分都送到家了，你都接不住，我要是你班主任早就给气死了。"

"说明您未卜先知，早早料到教师是份高危职业。"稚初嘿嘿一笑。

稚妈愣了愣，反应过来后将手里的成绩单摔她身上，这时稚爸刚好从门外进来，看到这充满暴力的一幕，连忙将稚初护在身后："这又是怎么了，好好的干吗打孩子。"

"你看看你的好女儿，每天不务正业，成绩都差成什么样了。"

稚爸扭头看了眼稚初，低头捡起成绩单，从前往后找了半天没看到女儿的名字。

"翻页。"稚妈没好气提醒。

稚爸笑了："这不是有进步吗，还不算吊车尾。"

"你就护着吧，我看你能不能护她一辈子。"稚妈气急，将茶杯狠狠掼在桌子上，回卧室去了。

稚爸给稚初使了个眼色，稚初心领神会，蹑手蹑脚地出门。

稚爸想到了什么，从冰箱里拿出一袋零食递给她："出去转一圈就回来，别再气你妈了。"

稚初转身出了门。

外面黑压压的，快要下雨了。

她本想去找倪亦之，后来又想算了，被赶出家门这副样子实在太窘迫。于是她给闻歌打了个电话，但没人接。她到闻家小院的时候，闻歌正在水龙头边洗菜，她正准备叫闻歌，一旁一个女人扭着腰肢吐着瓜子皮跟她擦肩而过，走到闻歌身边，语气鄙夷："一个女孩子家家的，家务事都做不好，真不知道你亲妈怎么教的。"

说话的那人是闻歌的继母赵雪兰，大概全天下没有血缘关系的母女都一个样，属于有事没事总爱给对方找点碴儿的类型。

稚初见闻歌默不吭声，气更加不打一处来，挡在闻歌面前："你说什么呢，我看你的脑袋是被门挤了吧。"

"小破孩少来我家掺和。"赵雪兰哼了一声，侧身回屋了。

稚初还想再回敬过去，被闻歌拦住："算了，她在我这儿也就嘴上能讨到便宜。"

稚初嘴巴噘起老高，眼睛余光扫到戴着耳机进门的男孩身上，她不由得吞了吞口水，干笑道："看你弟这发型……我觉得他以后会挺有前途的。"

闻歌也跟着笑，笑过之后眼底又有些愁云："他最近跟职高那群男生走得挺近的，我说了也不听。"

"算了吧，就算你插手帮他，人家领不领情还是另说，睁只眼闭只眼得了。"

"他毕竟是我弟。"

"异父异母的弟弟，他没帮你后妈骂你就感恩戴德了。"

"我不想他走歪路。"

"你就是心太软。"稚初的手往闻歌肩上一揽，"喝一杯？"

闻歌弯唇笑了笑。

可乐配啤酒，完美搭档。

闻歌在炫耀她的 T 恤，上面是周杰伦的亲笔签名，她背着稚初去参加一个电台节目赢回来的，稚初对她这种重色轻友的行径深以为耻。

天台上不知道什么时候，又多了两个人。

稚初酒量浅，喝了两瓶啤酒，嘴巴苦得厉害，她想喝点可乐润润喉咙，食指在拉环上扯了半天没扯开，可乐罐放在桌上没一会儿，便被身边的人挪了去，再看过去的时候，拉环已经被拉开，放在她面前。

稚初去看他的脸，男生都没往这边看，跟谢宇驰聊天，聊得正欢。

她醉意上来了，晃动着两只大胳膊，对着手背吹个不停。

闻歌咯咯笑，看着稚初怪异的行径乐得停不下来："她在干什么啊？"

倪亦之跟着看过去。

“呼呼……”她忽然叫唤了声。

已经夜深了，周围静悄悄的，稚初的动作被无限放大。她两颊酡红，一举一动煞是可爱。

他跟着凑过去，低声问：“哪里疼？”

“呼呼……”她又重复了句。

倪亦之这才觉得她醉了，跟往常一样，她醉了就会胡言乱语，脑子里完全放空，尽管那脑子里平常也没装什么有用的东西。

他顺着她的意思，对着她指着的手背，小声地呼了声。

闻歌“扑哧”一声，简直不敢相信刚刚那声音是从倪亦之发出来的，这人为了稚初，真的什么都做啊。

笑完之后，她又觉得羡慕了。

稚初也咯咯跟着笑，食指戳在倪亦之的眉心：“你在呼什么呀？”

倪亦之将她滑落到肩膀下的外套扯上来，倾身挨近她，声音微不可闻：“我在乎你啊。”

她微微扬起头，倪亦之跟她的距离近。她的眉眼在灯光下好像发着光。

倪亦之吞了吞口水，别过头去，再不敢看她。

稚初的身子一软，倒在了他的肩上。

“走了。”倪亦之扶着她起身。

稚初半醉半醒地在他臂弯里扑腾。

四人很快散了。

倪亦之将稚初抱到自行车后座上，驭着她飞驰前行。

夜晚凉风习习，他怕她带着酒气回家挨骂，于是绕着家附近那条街道一直打转。

今天是十二月二十四，平安夜。

他本来下来找她是为了给她送礼物的。这礼物是他费尽心思所得，说来也奇怪，自从跟她认识了，他说谎的技能也提高了不少。

那次偶尔听闻歌跟稚初聊天，知道她们最近热衷的一档广播节目里会给粉丝送去嘉宾的礼物，于是他频繁地去留言板写评论，得到了一次电话互动的机会。在热线里，他用没什么感情的声音表达了一个残疾少年对这档节目的喜爱顺便成功得到了周杰伦的新发专辑纪念版，简直没出息到家。

谁知去稚初家才知道，这家伙又挨骂了。

风一吹，稚初清醒了些，他扶着她坐在大院广场的一棵榕树下，陪她醒酒。

稚初有点坐不稳，身子总往后歪，倪亦之扶着扶着就笑了："欸，你右脑去哪儿了？"

"肯定是被你偷走了，你有两个脑袋，要不然你怎么这么聪明呢，不对，你是不是想把我另一边也偷走，这样配成三头六臂，就可以召唤神龙了。"

倪亦之笑容渐深："我要你脑袋做什么，里面装的全是水。"

稚初眼睛眯起来，双手枕在他的右肩，头搁在上面："你们所有人都觉得我傻，可能我是真的傻吧。做人真累。"

倪亦之凑近："你说说怎么累了，嗯？"

"又要成绩好，又要有能力，还得讨人开心，还得学着善良爱别人。"稚初掰着手指头一个个数，"难道不累吗？"

"橙子。"他轻声叫她，替她挡住了迎面刮来的一阵风，"你只要好好地被爱就好了。"说完，剥了一颗糖塞进她嘴里。

"唔，什么味儿的啊？"稚初咂咂嘴。

"葡萄。"

"啊，我不爱吃葡萄，我要你嘴巴里的。"

"我没吃。"

稚初不信，去戳他的嘴巴，嘿嘿奸笑。

倪亦之被她弄得受不了，再次别过头："稚初，别闹。"

稚初耸耸肩，没再继续。

倪亦之眼尾扫过来，见稚初低头玩着糖纸，有些无奈："下次给你买。"

"好耶。"稚初喜笑颜开。

"那你现在听话，乖乖回家。尽量少跟你爸妈说话，免得露馅儿，直接进卧室睡觉。"倪亦之叮嘱。

他在楼下的花园边等着，一直到她的卧室灯亮了才离开。

稚初第二天醒来的时候，把醉酒后的事忘得一干二净。她抱着从衣服口袋里凭空而降的专辑去学校，上课下课都把它揣在怀里。

谢宇驰说："不知道的，还以为你揣着个定情信物呢。"

稚初白了他一眼，见闻歌座位是空的，抢了谢宇驰半个橘子，边嚼边问："闻歌去哪儿了？"

"早上还在呢，午觉的时候被她弟叫走了。"

稚初快被酸掉了牙，皱着眉，神色微愠："别又是找她拿钱吧？她弟在职高就不能好好念书吗？"

谢宇驰"扑哧"一笑："你说这句话的时候，不会脸红吗？"

稚初懒得跟他贫，掏出手机拨电话号码。

忙音。

她心里觉得不妙，职高那群人不知天高地厚，什么都做得出来，闻歌别是出什么事了吧。

"你不上课了？"谢宇驰见她匆匆忙忙收拾书包。

稚初抬了抬眼皮："嗯。"

下楼梯的时候，她特意避开了倪亦之的班级，被他知道了，估计又要被骂她骂到恨不得找个地洞钻进去。她朝校门口的方向跑，低着头撞在一个人身上，她一抬头，周子祁俯身下来，一副看穿人心的模样。

"小鬼，你又打什么坏主意呢？"

稚初抓抓头发，硬着头皮："我翘课。"

"一个人应该挺无聊的，带上我啊。"他立刻道。

她想了多个人多个帮手，这人头脑简单、四肢发达，光个头都能震慑那群毛头小子了，于是点点头。周子祁还不知道她要拉他入坑呢，眼睛里带着光，笑了。

稚初厚颜无耻地说："我这次是去为民除害的，为避免误伤到你，到时候你最好自己保护好自己，我没空管你啊。"

周子祁有点好笑，但认认真真地"嗯"了一声。这有什么呢，只要你愿意，我的人生你也一便做主好了。

只要你愿意。

有了周子祁做靠山，稚初像个江湖老大一样直起了背，路过职高校门的时候，她稍加思索了下，一群人吵架肯定不会选择热闹的地方，而整个职高地方小得可怜，足够隐蔽的地方只有后山。

她目光倏寒，忽然掉头。

树林幽深，隐隐约约能听到不大不小的争吵声。

稚初庆幸，闻歌今天穿了件亮眼的绿色。她被一群男生围在中间，暂时还没发生什么事。

稚初抬步过去，被周子祁拉住："稚初。"

稚初下意识"啊"了一声，他不会是关键时候掉链子吧。

树影下，周子祁脸色晦暗不明："你躲到我身后去。"

稚初张张嘴，想辩驳什么，周子祁又补充了句："快点。"

他低沉的嗓音滑进她的耳朵，言辞中有种不容拒绝的意味，跟以往那个跟她嘻嘻哈哈的男生一点都不一样，她呆了呆，竟也没拒绝。

她跟着周子祁过去。

那帮人看到他们的校服，挑了挑眉："哟，还找了帮手过来啊。"

稚初趁他们不注意，将闻歌拉到自己身边来。

闻歌手心里全是冷汗，转过身对上稚初的视线，稚初什么也没说，只是帮她整理了校服的领子。

"你怎么过来了啊？"闻歌声音轻轻的。

稚初垂眼："我还想问你怎么背着我单独行动呢，咱们姐妹团的宗旨是什么你忘了吗？"

"有难同当。"闻歌笑了。

"傻子。"稚初评价了句。

闻歌叹了口气："你不也傻。"

周子祁别过头，提醒道："你俩别聊天了，现在这个情况怎么弄？"

稚初上前一步，沉声道："你一对多，能应付吗？"

"那肯定。"周子祁下意识别过眼，"只要你别让我分心。"

那一刻，稚初心头一热。

因为他好像是，除了倪亦之以外，头一个跟她这么默契的人。

周子祁将帽檐往后转了转，衣服拉链拉好，看向那群围着他们的男生："你们是一个个来，还是一起？"

不到三分钟，五六个人被周子祁制得服服帖帖。

带头的那个被周子祁按在地上，嘴巴还在骂骂咧咧。周子祁拧着他的头往地上一磕，他不说话了。

"你们要交代什么。"周子祁问站在边上围观的两个女生。

"让他们以后别纠缠闻歌弟弟。"

周子祁把稚初的话对着压在地上的男生重复了一遍。

"好好学习，少做坏事。"

周子祁继续重复。

稚初语塞，终于忍不住："周子祁你是复读机吗？"

"我这是有良好的家庭觉悟，对女生的话言听计从，有没有魅力？"他笑眼微勾。

稚初拉了拉闻歌："走了。"

周子祁松开手跟过来。

稚初这才看清他一额头的汗，她递过去一包纸巾："擦擦吧。"

周子祁又没皮没脸地套近乎："这么关注我啊？"

"我不欠人情的，人家对我好，我又不是石头。"

"那我喜欢你，你也会喜欢我吗？"

"好了，你可以闭嘴了。"

稚初往左，他跟上。稚初往右，他继续。

于是她怒了："你到底打算怎么样？"

周子祁飞起笑眼，大踏步朝前，挡住她的去路："我们怎么着也算是经历过风雨的关系了，今天能不能顺路送你回家？"

"我们不顺路。"

"知道，我这是给你机会，多跟我独处。"

稚初无语，没说行也没说不行。

周子祁只当她同意，他的眼睛里被稚初瘦小的背影塞得满满当当，不知道什么时候，她才会相信，他的眼里只有她。

因为逃课，她一时没办法回家，但也没有要回去继续上课的意思，关键是身后还跟着一个甩不掉的拖油瓶。闻歌因为有事，提前回家去找她弟弟了。

两个人干脆步行回家，到大院门口的公交站的时候已经天黑了。周子祁坐在凳子上没有要走的意思，任凭面前的车过了一辆又一辆，稚初不耐烦："你到底要坐多久？"

周子祁对着其他人的时候都是扑克脸，唯独对稚初是一直笑着的。他把她也拉下来坐着："你陪我坐会儿行不行，今天不想那么早回去。"

"为什么？"

"我妈今天回来了，哥哥也在家，我回去凑什么热闹。"

稚初之前听闻歌提过周子祁的哥哥，那个挂在学校照片墙上的学长，每次学校开大会都会拿出来做正面例子的完美学生，太阳一样的人物，活在他的光芒下应该很累吧。

稚初语气柔和了些："也许他们现在正在等你。"

周子祁沉默了一瞬，想到什么道："今天要不是遇到我，你真打算跟人单枪匹马干起来？"

"那又怎么了，也不是第一回了。"

"你这小身板，看不出来啊。以后祁哥罩着你啊。"

"才不要。"路灯下，稚初的表情极度认真，"欺负别人跟养活自己，我都得自己来。"

周子祁愣了一下，哈哈大笑："想不到，你这个小丫头片子，有时候扮起成熟来，还挺像样的。"

不知道为什么，他突然觉得自己的心一下被击中。

稚初后知后觉，鄙夷："你也就比我大一岁，别总叫我丫头。"

"行吧，那稚初小仙女你打算怎么养活自己，听说你成绩很差。"

稚初只差挥动拳头了："谁说只有成绩好才有出路的，条条大路通罗马，我以后要做记者，就是电视上出镜的那种，酷酷的，正义的化身。"

周子祁点头："那我一定好好努力，争取成为你第一个采访的对象。"

"好吧，这个殊荣我赐给你了。"

"谢谢仙女殿下。"

稚初笑的时候眼底有光。

她督促着周子祁回家，他站起来，口袋里掉出一包东西。

稚初蹲下身去捡，目光扫过上面"吸烟有害健康"六个字。

她张大嘴："周子祁你竟然……"

话说到一半，她的嘴巴被捂住，周子祁说话磕磕绊绊："别叫唤，明天给你买可爱多行不行？"

稚初眨巴眨巴眼睛，周子祁松开手。

她活动了下下巴："你要贿赂我啊，给我一支闻闻什么味道。"

"别闹，不是你们女生该碰的东西。"

稚初不由分说，冲那包东西嗅了嗅，并没有想象中好闻，她皱皱眉。

好巧不巧，倪亦之刚从公交车上下来，她大叫了声："倪亦之。"

穿蓝白校服的男生停下步子，朝声源处看过来。他有些近视，微眯着眼睛，目光落在稚初的手上，稚初也跟着他低头，心虚地将烟盒别在背后，偷偷塞回周子祁手里。

这时，蒋鱼也从车上下来，两人并排走着。蒋鱼有意无意地对倪亦之说："我以为她只是成绩差，没想到还抽烟啊。"

倪亦之停下，淡淡看了她一眼。

"我觉得女生还是该自重些……"

她还没说完，被男生打断："今天就到这里吧，你回去吧。"

蒋鱼错愕，不知道自己哪句话说错了。

"不是说好一起温书的吗？"她吞吞吐吐，"今天数学课上最后那道题目挺难的，我还想听你讲解下。"

"我也不会。"他话语极简，翻脸比翻书还快。

那题他还摸索了简便算法，哪里是不会，是在下逐客令。蒋鱼不可置信地看着他跟自己擦肩而过，抓了那个女生的胳膊，虽然依旧冷着张脸，但跟对自己的状态比较起来，温和太多。

稚初扭头给周子祁使了个眼色，然后哈巴狗一样跟倪亦之走了。

蒋鱼敏感的内心突然难堪无比，不敢再抬头看那对背影一眼。

"你这么晚才回来，是跟蒋鱼一起啊？"稚初试探着问。

"嗯。"倪亦之此刻尤为沉默。

两个人缓行到稚初家楼下，她发出邀约："我妈说做了夜宵。"

"好，你上去吧。"他抬了抬下巴。

稚初愣了愣："你不跟我一起吗？"

倪亦之看了她一眼，没有接话。

稚初心里有点气："也好，说不定没做你的那份。"

他的眼睛里像凭白长出个黑洞，像要将她吸附进去似的。

稚初看着他有些懊恼，这样说好像也太让人难堪了，显得她很小肚鸡肠。稚初挠挠头，上楼去了。

因为内疚，她飞速地扒完饭，将妈妈刚炸好的南瓜饼端着往倪家跑。

他刚换完衣服，披着件外套来开门，稚初亮了亮手里的东西："我妈让我送的。"

"替我谢谢阿姨。"

他说了句话，又安静下来。

稚初没话找："你怎么每天除了写作业就是写作业啊，都没别的乐趣，你看周子祁，高咱们一届思想觉悟就是不一样，劳逸结合才行啊倪倪同学。"她说着说着，不知不觉歪楼了，"你是不知道今天，他一个人两下就把职高那群坏小子放倒了，术业有专攻，学体育的就是不一样。"

"你又出去打架了？"倪亦之突然出声。

稚初头摇得跟个拨浪鼓一样："没有，我瞎编故事呢。"

"我给你的习题册你看完了吗？"

"啊，呃，我想先把基础题学一遍，你给我看的那些太深奥了。"

她一说谎就绞手指。

倪亦之瞳孔暗淡，他站在客厅一角，用食指关节揉按自己的眉心。

一起考大学的约定，你早就抛到脑后了吧，原来当了真并为之战斗的只有我一个人。

突然心生这样的念头，让他的动作持续了好几秒，随即嘲弄似的开了口："全校的学生都在忙着准备期末考，你又打算混过去？"他一语中的，"能不能不要再这么没出息了。"

后一句话声音有点小，他像是自言自语，但落在稚初耳朵里，却是挖苦讽刺。

"倪亦之，我从小到大成绩就差，你第一天认识我？你要是觉得跟我做朋友拉低你的水平了，门在那边请便，慢走不送。"说完这些，她突然想起来，这里是他家，她竟然想要赶主人出去。

方才倪亦之的话语像一盆冷水将她里外浇了个透。也许他说那些话是为她好，可她心里实在不是滋味。

稚初瞪着他，心想，所有人都在说教我，但你不能，你得站在我身边。我其实没有大家想象中那样差。

气氛凝滞。

稚初背过身去，竭尽所能憋住眼泪。

倪亦之看着稚初轻耸的肩膀，一时之间也乱了："你别哭啊。"

"倪亦之你知不知道，今天我准备一个人过去帮闻歌的时候其实心里怕得要死，说到底我也只是个平凡的女生啊，我害怕被你骂也不敢告诉你，但我不后悔，闻歌是我最好的朋友，她有危险我要是视而不见，那才是没出息。我把你当成不一样的人，但其实我也错了啊，你跟他们都一样。"

她说完要走，倪亦之抓她没抓到，抓在她后背的衣服上。

禹城已经进入冬天，她只穿了件白色打底衫。

倪亦之只觉得手感有些不对，他又轻轻往回拉了拉，有……弹性。

他轻轻抬头，稚初僵着背，一动不动。

他忽然知道握在手里的是什么。

前一秒还是争吵的状态，这一秒气氛却有点暧昧。

"你……放手。"稚初声音有些异样。

倪亦之突然反应过来，触电一般松开手指，只听见内衣带子弹在皮肤上清脆的声音，瞬间尬到极点。

"疼不疼？"话一出口，他才明白自己在问什么，恼得恨不得捶自己两拳，"橙子，我现在有点生气，我没有气你，是在气我自己，等我缓会儿，我就来哄你。"

稚初本来气哭了的，听到这句话，却差点被逗笑了。但她还想着把从家里带过来的碟子拿回去，她转身走到茶几边，手却没抓稳，"刺啦"一声，碟子从她手指尖滑落，摔到地上碎了。

现在这个情况有点尴尬。

倪亦之多半以为她在发火。她也拉不下脸来解释，把衣服扯好，从他身侧挤过去拉开门跑出去了。

房间里只留下倪亦之怔愣着。

稚初下楼的时候，发现早就没有生气，有的只有丢脸而已。

从那之后的几天，一种微妙的气息在两人之间蔓延。倪亦之本来就话少，没有稚初闹腾，更寡言了。

中午在食堂，三个人坐在一块，全程只有闻歌跟谢宇驰吧啦吧啦讲话。

稚初戳了戳盘子里的米饭，余光扫见倪亦之在她对面坐下来，于是她将头埋得更低。

他吃饭的时候很认真，目不斜视，给人一种心情不好的错觉。

稚初低头嚼饭，食不知味。这不是她跟倪亦之第一次争吵，但感觉却是不同的。她想着想着，对面一只鸡腿停在半空中，倪亦之可能也被自己的惯性动作吓一跳，给也不是不给也不是。

稚初索性收了盘子，站起身走了。

倪亦之慢慢收回手。

谢宇驰幸灾乐祸："你俩吵架了？"

闻歌一脚踢过去，让他不要哪壶不开提哪壶。

谁知倪亦之一反常态，眸色呆呆地看了两人一眼，喉结滚动了两下，犹豫着开口："怎么哄？"

谢宇驰乐不可支："你这个学霸也有解不开的难题？我突然有种祖坟上冒青烟的感觉。"

倪亦之神色茫然。

谢宇驰则喜闻乐见。

"四个字。"他伸出四根手指，慢悠悠给这个难得不耻下问的同学排忧解难，"死缠烂打。"

倪亦之抿抿嘴，黑着脸走了。

闻歌又狠狠揣他一脚，一脸嫌弃："你这出的都是什么馊主意，别把你那些见光死的滑头教给倪亦之，人家根红苗正好少年。"

"那又怎样，平时看着人模狗样，碰到喜欢的人还不是没辙？"

闻歌打住："欸？喜欢谁？"

"你还看不出来？"谢宇驰笑得张扬，"看来我是第一个发现的。"

"他不是喜欢蒋鱼吗？初儿说的，他在课本里偷偷藏了蒋鱼的照片。"

"那是我不小心放错了。"

"所以说，是你……喜欢蒋鱼。"闻歌愣住，还以为他跟以前一样，只是说说而已。

过了一会儿，闻歌突然问："那你要追她吗？"

谢宇驰迟疑着，有些不好意思："不知道。"

"别尿啊。"女生话里带着笑，谁也听不出她喉头的颤抖。

倪亦之从食堂出来，被学生会的一个男生叫住，因为最近市领导来学校视察，学校的早操改成了交谊舞，得挑三对学生在前面领舞，这担子落到高一学生会身上。

两人进了教学楼，在楼梯口他看见了稚初。

她磨蹭着上了五楼，倪亦之在后面站了会儿，让边上的人先走。

他想了想，突然叫了声："橙子。"

稚初犹豫了会儿，还是回了头。她以为他要说什么，但他停住脚步，看了她一眼，什么也没说。

稚初转身继续上楼，倪亦之跟在她后面。

两人刚进学生会教室门，教舞的老师停下动作看向他们："你们刚好一对，不用再费心找搭档了。"

稚初还在狐疑着，便被叫到女生队伍的末尾。

她抬头看了眼被强行拉过来的倪亦之，呆了呆，老师已经在前面开始教授动作了。

"双人舞的技巧在于默契，其实舞步是很简单的，有几个规律大家记住就行，咱们男生要带领好节奏，来，右边的队伍往前走一步。"

他的身影落过来，稚初感觉到了压迫，她没抬头，将手放在了他的手里。

男生浑身僵硬，气息略微紊乱，稚初跟着他的步伐旋转再旋转。

阳光落在教室里，她低头看见地板上跳跃的光影，像飞舞的燕子。被握的右手湿冷，他的掌心在出汗。

稚初从小就属于那种身体协调性不好的人，在踩了他无数下之后，她自己都觉得有点不好意思，于是停下来，一动不动地盯着倪亦之发黑的鞋子。

这人怎么像个傻子呢。

倪亦之的声音清清凉凉地落在她的头顶："你怎么了？"

你冲别人发了一顿火，又颠颠儿地跑过来找罪受，是受虐狂还是专程耍着人玩呢。

稚初没说出来，准确地说，她还没来得及。

她一抬头，倪亦之低低"啊"了一声。

稚初心想你"啊"个什么劲儿呢，脚上的疼痛现在才传到大脑是吧。

倪亦之后退几步，稚初错愕地看着他有血从鼻子里流出来。

她这才有了感觉，刚刚头似乎撞到了什么东西。

"倪亦之你流鼻血了。"她慌张无措。

所有人都停下动作，看过来。

她找了纸巾递过去："我送你去医务室吧……"

他直接打断她的话："头疼不疼？"

稚初一愣，摇了摇脑袋："不疼……"

她要跟他走，额头被他按住。

他的声音依旧沉稳，稳得像是什么都没发生："我没事，你在这儿待着就好。"

稚初沉默着没说话，看着他的背影走远。

她突然想起，倪亦之跟着自己好像一直很倒霉，记忆里这应该不是最惨的一次。

最惨的，应该是初中那年跨年，手里拿着烟花棒的她去捂他的耳朵，本来是怕鞭炮的声音吵到他，结果烟花棒把他的头发给点燃了，在除夕夜那天。

她低下头，如果她是他的话，也不会喜欢这样的总是给他人生带来事故的冒失鬼吧。

第六章

你在哪里，我东西南北都向你

"你是全宇宙最可爱的那颗小星星，

而我穿越了数万光年，只为跟你碰头。"

——倪亦之

稚初这段时间的变化，倪亦之感觉到了。谢宇驰说，可能是受到某种打击，悄悄地开始捧着作业本做题了。他阴笑着蹭了倪亦之一瓶可乐，仰头喝了一大口，打了个气嗝："多半是你教导有方。"

打发了谢宇驰，倪亦之赶着去上体育课。

运动了十几分钟，出了不少汗。他去洗水池洗了把脸，最近忙着物理竞赛，成天刷题，头都是蒙的。这次的竞赛，参赛选手都是受过系统训练的，想拿到名次不算容易，他有想过干脆简简单单参加高考算了，但内心呼之欲出的情感让他片刻都无法忍耐，早点毕业就好了，这样的话，他就能早点有所准备。

他甩甩头上的水珠，目光落在教学楼四楼最后一个教室的窗户上。

他有好几天没见到稚初了。

她最近早出晚归，好似一直躲着他。他发现，自从上了高中，两人的相处越来越别扭了，而她也越来越会脸红了。

再也不是当初那个，拿青蛙吓唬他的小破孩。

冬天的阳光带着少见的柔和落在窗沿上，她正撑着头，面前立了一本书，咬着笔头对着上面的题目冥思苦想。

看来谢宇驰没有骗他，她挨了顿骂果然收心了。

他靠在水池的壁沿上紧盯着窗户边的人，身后操场上人声嘈杂，一阵风过，树影在他脸上晃动。

倪亦之远远站着，心脏仿佛漏了一拍。

他眼眸明亮，嘴角不自觉勾起，也许他自己都没发觉。

蒋鱼小跑着过来，叫了两遍他的名字。

倪亦之微微偏过头，女生脸上堆满了笑："你看什么这么出神呢？"

倪亦之目不斜视："没什么。"

"那个，咱们不是马上要排交谊舞吗，要不，咱俩一队吧？"蒋鱼犹豫了很久，但还是鼓起勇气。

"不行。"他收回视线，淡声说。

"怎么，你是有约好的同伴吗？"

倪亦之想了想："我最近在准备竞赛，没打算参加。"

"这样啊。"蒋鱼虽然失望，但心情也稍微好了点，"那要不我去跟班主任申请，以后像这种无关紧要的课你就不用上了吧。"

多管闲事，倪亦之没理她。

他从口袋里拿出手机，塞上耳机，戴上。

他翻找着想听的歌曲。他手机里的歌都是稚初给他下的，从头翻到尾，只有周杰伦。他关掉手机，看向始作俑者，她一手扶着书挡住自己的脸，另一只手偷摸着从课桌肚子里翻着零食，趁着老师不注意塞进自己嘴里。

倪亦之看到她一系列的动作，愣了愣。

在他的注视下，她吃了一个红豆包，一盒奥利奥，外加一瓶酸奶。然后下课铃声就响了，她放下课本，摸了摸胀起来的肚子，舒舒服服地打了个饱嗝。

目击这一切的倪亦之先是弯了弯嘴角，随后更深的笑意从胸腔里发出，他的面部肌肉放松，再也忍不住笑意。

"江山易改，本性难移。"

许是他话音太过宠溺，蒋鱼从来没见过这种情绪出现在他身上，神色变了变。

他穿着第一次进班时的那件淡蓝色衬衣，外面套着校服，身子挺括而清瘦。被他注视的那个女生普通到丢进人堆里很快就会被湮灭，可那又如何呢，只要被他喜欢着，本身就是不同的吧。

她有些难过，又有些生气，所以他不喜欢她，把她当猴耍吗？

她目光阴郁，再一抬头，就看到刚才还贪吃的女生此刻趴在课桌上睡得香甜。

稚初还纳闷呢，怎么好像突然一下就跟蒋鱼亲近了。

她因为迟到次数太多，被班主任罚去打扫体育器材室，碰巧蒋鱼来还排球，说了句"我帮你好了"，没半点架子，撸起袖子陪她从日落打扫到天黑。

原以为像蒋鱼这样家境好、成绩好、长得好的三好学生，会端着点架子，但意外的是，她竟十分亲切。

两个人满头大汗地坐在器材室门口，夜幕已经降临。

"自习课已经开始了，你不回去上课吗？"稚初问。

蒋鱼摇头："突然想偷个懒。最近班级的总体成绩在市里面落后了很多，班主任抓得可严了，真是一口气都不让我们喘。我每天下自习回家，还要写两个小时的作业，基本十二点才能睡。"

稚初叹气："你们班主任是老李吧，他确实挺没劲的。每天除了抓紧学习，好听的话一句也不会说。"

"关键还长得难看，一件衣服能正反两面穿一个月不换。"蒋鱼瘪瘪嘴。

稚初侧头："你也发现了？我还以为就我一个人注意到。估计全校，也就倪亦之勉强能讨他一点欢心吧，不仅成绩好，还是小白脸。"

蒋鱼没忍住，哈哈大笑："你的脑回路还真是奇怪啊。我知道你跟倪亦之是从小一起长大的，他知道你这么评价他吗？"

"嘘，别让他知道，不然又得甩脸子了。他那么人虽然看着高冷，其实对自己的形象可在意了。"

"是吗？我还以为他生来就傲，不过也正常，像他那样优秀的人，有点傲气才正常吧。我还记得他刚进班的时候排名成绩吊车尾呢，班上的同学都不爱搭理他来着，后来有一回我们学校接待日本前来合作交流的学校，数学课上对方故意刁难，出了一道高数题，大家都被难住，花了好长时间都没算出来，以为丢脸丢定了，他那时候一直在睡觉来着，突然站起来去黑板上，算出了正确答案，而且完全避开了出题人的算法。"

稚初看蒋鱼那副花痴的样子，就知道倪亦之肯定给人灌了迷魂汤了，蒋鱼的话匣子一开，完全合不上。

"后来真正相处起来，才发现他其实不过是面冷心软，班上有需要他出面的，他虽然从不多说，但做起事来绝不含糊，我对这种男生真的没什么抵抗力啦。只觉得人生好奇妙，你根本无法预料下一秒出现在你生命中的人，究竟会留下怎样的痕迹，就像我们无法预料突如其来的雨一样，那个人也是突然出现的。"

她笑得好像天使："稚初，你明白这种感觉吗？"

稚初突然被点到，怔了怔，摇头。

青春的大伞释放着暧昧，突然将所有人纳入伞下，却不是给了每个人说出来的机会。她突然有点羡慕蒋鱼，她对倪亦之的感情要放在心底，因为一旦说出口，维系了十年的友情立马土崩瓦解，她无力承受。

拒绝破灭的方法只有一个，那便是不要开始。

她出神的瞬间，边上的蒋鱼站起身拍拍衣服上的灰尘，伸了个懒腰："该回去了。"

稚初给器材室的门落了锁。

两人往教学楼上去，十三中的晚自习是不按班的，自习室的空位随意坐。

稚初推门进去，一眼就看见了倪亦之，但蒋鱼比她先一步过去。

倪亦之没打算给蒋鱼挪位置，抬眼看了看稚初，冲她抬了抬下巴。

蒋鱼很快被其他同学拉过去。

稚初在倪亦之里面的位置里坐了下来。

她靠近窗户的位置，被冷风吹着，鼻炎好像又犯了，一直吸鼻涕，铅印的黑字根本看不进去，她半托着下巴，眯了十分钟，后来干脆趴在桌上，呼呼大睡，半梦半醒间，手机振动了一下。

她划开了手机，是周子祁的短信。

"往对面看。"

稚初抬头，穿着橘红色羽绒服的家伙正在冲她挥动手臂，这颜色还真适合他，红红火火恍恍惚惚。

周子祁突然站起来，打开窗户，指了指窗户下的墙壁，弓下身用白色粉笔写了几个大字。

"一起回家吗？"

稚初看着他一笔一画写完，他全神贯注着手里的动作，全然没发现讲台上的老师拿着三角尺朝他走过去，揪着他的耳朵拽回了座位。

稚初汗颜，小声道了句疯子。

她在手机上回了条信息："我们不顺路。"

"你在哪里，我东西南北都向你。"

她刚打了行字，还没回过去，一只手伸过来，将手机收了过去。

"如果你是打算来玩的，那把这个位置让给有需要的人吧。"

稚初噎住，指望这个人能痛哭流涕给自己服软认错，简直是痴心妄想，亏了她在心里一直生气一直在意呢，结果他早就忘了。

她挡住要被他收走的课本，要赖："我是在想题呢，你看这个题根本就不对。"

倪亦之看了她一眼，缓缓移过去："哪里？"

稚初瞎掰："我觉得光速不是最快的。比如啊，我们打开手电，发出的光就是光速吧，但如果顺着光把手电筒扔出去呢，不过给了光一个初速度，也算超过了光速呢。"

倪亦之："……"

"我说得不对？"

"恭喜你推翻了相对论，你这个论点要是扩散出去，说不定也能影响一代人。"

稚初眼睛发亮："真的？"

"嗯，你总有让人惊讶的本事啊。"

"有眼光，具体怎么说？"

"有把一个正常人刺激成智障的本事，我怀疑爱因斯坦就是被你气死的。"

嗯，这夸奖怎么说着说着变味儿了？

怎么有种被耍的感觉呢？

自习课后，稚初收拾书包回家，发现桌子里面多了一瓶草莓牛奶，下面压了张字条。

"不想成为你嘴里幼稚又小心眼嫉妒心爆棚的讨厌鬼，所以我以后不会再搞砸了，被你冷落的世界才是人间疾苦。"

稚初看着眼眶泛酸，倪亦之你大爷的，道歉的话也要写得这么酸吗？拽什么文啊！反正只要你一句软话，我想也不想都会原谅的。

她快步追上那个清冷的背影，奋力扑上去，倪亦之像是早就料到她的动作，承接住她的力量。

"期末考结束之前我们一起复习吧。"

她笑眼灿烂，像一只神采飞扬的狐狸，轻易将他收进她的媚术中。

原本郁闷的心情一扫而空，仅仅是一瞬间的事儿，他又恢复了往常的力量。

闻讯赶过来的闻歌跟谢宇驰也纷纷加入复习大队，用谢宇驰的话说，有一个学霸做朋友，连报培训班的钱都省了。

"你也就是沾沾我的光。"稚初挑眉。

谢宇驰不平："咋的，倪亦之是你的人了？"

"至少暂时是。"她绽放笑容，露出两颗虎牙。

谢宇驰扭头，拍了拍身边男生的肩膀："作为当事人你是不是应该澄清一下？"

倪亦之掀了掀眼皮："她说得对。"

听完话的谢宇驰瞪大眼睛，仿佛吃了一千颗柠檬，酸得牙都快掉了，他跟上倪亦之，喃喃道："算了，懒得跟你们计较，我自行车轮胎漏气了，你载我一程总行吧？"

"不行。"倪亦之没有任何考虑，手指钩了钩前面女生晃荡的马尾，"你，上来。"

谢宇驰呆愣地站了会儿，泄气地将书包举到头顶。

闻歌看他那样笑了："你第一天知道啊，倪亦之的后座可不是一般人能坐的。"

"同是一起长大的，他俩怎么不一般了？"

"要不说你追不到女生呢。"

"……"

谢宇驰想了想，扯住闻歌的衣服："那不如这样，你教我英语呗？"

"我？"闻歌笑了，"年级第一在前面，你要退而求其次也不用退这么多吧。"

"少来，这次测验是你单科全年级最高，都以为你在碰运气，但其实我知道，你下了不少功夫，一个字，教不教吧？"

"懒得理你。"闻歌笑容渐深，趁着夜色走远了。

临近寒假，意味着距离期末考的时间越来越近了。

"这次考试牵扯到高一下学期的分班，如果你们不想再听到我的唠叨声，最好认真对待知道吧？"

班主任在讲台上贴了复习计划表，教室里顿时有小小的骚动，但很快趋于平静。

禹城这个很少下雪的城市，被无数报纸报道过全国最宜居的城市，此时也雾霭沉沉，好像永远散不去的模样。

稚初趴在麦当劳的桌上背一篇文言文。

"齐人未尝赂秦，终继五国迁灭，何哉？与……与……"

倪亦之敲了敲桌面，出声提醒她："与嬴而不助五国也。"

稚初恍然，接着背下去。

"'赢'字写给我看一下。"他将稿纸推过去,见稚初挠挠头,笔点在纸面上,半天没动,"笨蛋。写十遍。"

稚初冷汗,本以为选了个最容易的科目,看来也不是那么好学的。

"我去给你买吃的,回来之前你得把这篇课文背完我检查,少偷懒。"倪亦之手伸过来将她的头发揉成个鸡窝。

终于不用再被他监控了,她松了口气,扭动了下脖颈,环顾着四周。

这家新开的麦当劳店都快变成复习室了,放眼看过去全是学生。

手机嗡嗡响了两声,稚初偷偷看向取餐台,摸出手机看了信息。

闻歌:"谢宇驰怎么突然想起学习了?"

"我听倪亦之说的,这次期末考要是砸了,他爸估计得从北京回来把他狂揍一顿。你们什么时候过来?"她打字打了一半,突然黑屏了,手机关机了。

不只是手机,整个店突然陷入黑暗当中,店里的学生惊呼一片,紧接着楼道的警报声突然响起来了。

她眼前一片模糊,只听到一阵慌乱的脚步声,连同她身边的凳子也被踢倒在地上。黑暗中,她行动困难,心里害怕得很,只好大声喊:"倪亦之,倪亦之。"声音里带着哭腔。

店门口有人进行疏散:"发生火灾了,大家不要慌,从安全出口走。"

稚初往前摸了摸,什么都看不清。

她有夜盲症和色弱,先天的。这个病在医学上有个很长的学名,视网膜色素变异,看了很多医生,最终无果。

那一瞬间,从胸腔里迸发出的悲伤和恐慌,占据了所有情绪,她茫然无措,化在舌尖只有那短短的一个名字,那是她现在能抓住的一切,是她的救命稻草。

他不会丢下她不管,他不会。

她尝试着去抓身边的物品，朝着声源的方向缓慢移动，挪到一个走道的时候，撞到一个结结实实的人身上。她闻到了熟悉的气味，那只温暖的手抓在她在空气中胡乱挥动的手上，紧紧地握在一起。

"橙子，别害怕。有我在。"

她闻到他身上可乐的味道，不知道是不是因为突然变得安心，她的眼泪无法抑制地翻涌而出。

"到我的背上来。"他说。

他在她面前弯下背脊，她趴了上去。

他在浓烟中摸索着下楼，还好火势不大。

出来时一片漆黑，应该是整条街都断电了，四周没有任何光源，倪亦之将她背到一个花坛边坐下。因为不安，她身体还在不住地颤抖，他伸手去碰她的脸，湿冷的。

倪亦之蹲下来，视线跟她齐平，他双手捧住她的脸，轻声道："我们现在已经出来了，安全了。"

稚初哽咽着点点头。

他的话语简短，却有镇静剂的效果。

"你在这里坐一会儿，数一百个数字，我就回来。"

稚初原本死死抓住他的衣角，听了他的话，松开来。

倪亦之转身跑远了，他第一次羡慕身为体育特长生的周子祁，如果是周子祁的话，不会让她等那么久吧。

他朝着对面街道拐角有光亮的便利店奋力奔跑，寒风打在他的脸上，让他想起她的哭喊声，如同此时扇在他脸上的寒风一样，如果再慢一秒，他会恨死自己。

为什么会让她陷入如此孤立无援的境地，他真该死。

他跑回去的时候，稚初垂着头坐在花坛边上，瘦弱单薄，像一片薄薄的纸，风一吹就要倒下。他离开之前披在她身上的羽绒服掉在地上，他走过去捡起来，重新给她披上。这时候有消防车队过来，停在他们正对面的马路上。

稚初双眼失神，突然觉得眼前有光亮，她顺着光亮去看，倪亦之的脸近在咫尺。

一只手电筒竖在两人之间。

稚初眨眨眼，看清他的脸。

他满头汗，没说一个字，但眼神里的温柔要溢出蜜来，将所有的温暖都烫在她身上。

"还好吗？"他问，手伸过去抚摸着她的头发。

她嗅到一股香气，那是初恋的味道。

"对不起。"他嗓音里有深深的愧疚。

稚初的嗓子有点疼，她张了张嘴，艰难地发声："你对不起什么？"

对不起没有保护好你。

对不起没办法替你承受。

最终，他的喉结动了动，什么也没说。

"小倪。"身后有人走过来，喊了他的名字。

倪亦之转过身，男人的脸在手电筒的光照下清晰起来，是李叔叔。

李叔叔问："你怎么在这里？"

倪亦之还没来得及回答，李叔叔便被同行的人喊走，临走前，李叔叔扭头不放心地看了他一眼，然后走进光火中。

稚初惊吓过度，晚饭都没吃就睡下了，第二天醒来时才听到爸妈的谈话。

稚妈说："所以说，现在的商场真是一点消防常识都没有，幸好当时撤离得及时，没有什么伤亡，这要是等到后面瓦斯爆炸，后果真是不堪设想。"

"昨天新闻里好像听到哪个消防员受了重伤……"稚爸见女儿从卧室里出来，给妻子使了个眼色，两人止住话语。

稚妈见女儿状态好了很多，从厨房端来早饭："别多想了啊，吃早饭了你爸送你去上学，来。"

稚初接过妈妈递过来的筷子，勉强吃了几口，匆匆收拾了书包："不用送，我自己去。"

她站在大院门口等，一直到快上学时间，倪亦之才缓缓出现，只是他不是从家里过来的，而是从外面回家，看他身上穿的衣服，羽绒服里的白毛衣上还洒了可乐，没换下来，证明他一夜未归。

稚初拽着他的胳膊："你去哪儿了？"

倪亦之的眼眶红红的，脸上疲态尽显："我今天不去学校了，请了假在家休息。"

稚初看出他不想说话，于是松开手："那我也不去了，我陪你。"

"你想逃课，还拉我垫背。"倪亦之嘲讽地扯了扯嘴角。

稚初瘪瘪嘴："小人之心度君子之腹。"扭头朝公交车站走了。

倪亦之在原地待了会儿，手机上来了电话，他接通："妈。"

女人的啜泣声随着电流传进他的耳朵。

"是不是李叔叔醒了？"

"没有，医生说，现在这个情况这边的医疗技术有限，得尽快转到省医院去，我联系了北京那边的同学，已经安排好医院了。小倪，我中午就走，你一个人在禹城好好照顾自己。"

在他的记忆里，自从爸爸去世之后，妈妈再也没哭过，她是众人眼中的女强人，即便是放在男人堆里，能力也是数一数二的。

倪亦之的脸被晨日晒着，滚烫的。

"我现在回家收拾东西，跟你一起去。"他没有任何犹豫。

临走之前他想着是不是应该发条信息给稚初，后来想想，告诉她也只是平添她的担心而已，还是算了。

路上他还是给闻歌打了个电话，接电话的人一脸诧异："倪亦之你找稚初啊，她现在不在，被老师叫走了。"

"我找你。"

"啊？"

"我可能要离开禹城一段时间，稚初那儿你能不能多看着点些，她每天早上一定要有人督促才不会迟到，晚上一个人回家怕黑又不好意思喊人陪，遇到事情脾气上来什么后果都不顾需要有人拉着……她不会很乖，会有小脾气，毒舌，内心就是个小朋友。"倪亦之从来没像此刻喋喋不休过。

闻歌叹气："打住，你就走几天，又不是不回来了，至于吗？"

倪亦之挠挠头，有些不好意思："也是。"

"这个世界上除了她爸妈，也就你一个人把她当小孩子。没你天天管着她，她开心还来不及呢。"

闻歌本来只是玩笑一句，电话那头的男生莫名怅然若失："是吗？"

反而是闻歌有点不好意思了："我是让你安心处理自己的事。"

"谢谢。"

他最后说了一句，有些不好意思地笑了笑，挂断了电话。

稚初也不知道是怎么等到最后一堂下课铃声的，拉着闻歌就往公交车站跑，到倪亦之家怎么敲门都不见人来开。

闻歌怕她把人家门给砸坏了，拉住她："走吧，他压根儿就不在家。"

稚初站定，脖子扭过来："你知道什么是不是？"

"不，不知道。"闻歌一说谎就结巴。

稚初盘坐在地上，耍起赖来无人能敌："你不说，我就在这儿耗着，你也别想走。"

"我只是听他说离开禹城一段时间，具体因为什么、去哪儿，既然他不愿让你知道，怎么会跟我说，明知道咱俩是一伙儿的。"

也是。

稚初彻底不知道怎么办了，他头一回不辞而别，这让她觉得恐慌。之前她从没想过，有一天倪亦之会从她的世界消失，好像，这是成长这条道路上必然发生的吧。

想他。

想跑去找到他，在他身上擂上几拳，让他长长记性，知道无缘无故就从她身边蒸发的后果。

再过几天，她连后面的动作都不想做了，变成想找到他，想见他。

就好像那天，在漆黑一片的世界里，无数嘈杂叫喊声乱了她的心神，他的手突然伸过来将她握住，轻声在她耳边呢喃了句"我找到你了"。

像是在对她轻语，又像是在让自己安心。

稚初知道，她再也不会遇见像他一样的人了。倪亦之头脑聪明，一定是他从很多年前就开始预谋的，他用尽所有手段对她好，给她看了这个世界上最好的风景。从此以后，她宠辱不惊，面对一切都丧失了心动的能力。

这是一种瘾，也是一种病。

一连几天稚初都无精打采，连周子祁的玩笑都不接了。早操课下了之后，她顺着人流往教室走，周子祁朝她伸了伸腿，她看都没看他一眼，直接避开了。

"小丫头，你看起来不太对劲。"周子祁跟过去。

"哪里不对？"

"你那么爱笑的，现在怎么跟个行尸走肉一样。"

稚初用手指扒了扒脸皮，笑得比哭得还难看。

倪亦之你看，现在所有人都知道了，你不在，我连孤魂野鬼都不如。

她仰天长叹了声，手臂别在背后，像只进错了窝的小鹌鹑，平时那阵劲儿也不知道去哪儿了。

周子祁看着她垂头丧气走进人流，一个朋友走上来："别告诉我她现在又变成你的目标了，人家才高一啊。"他将最后几个字拉得很长，显得特别夸张。

周子祁捂住他的嘴："之前那个蒋鱼也是高一，你怎么不说。"

"那好歹是级花，这个未免也太过普通了点。"

周子祁对他的眼光不屑一顾："你知道个屁，像你这种没见过世面的，根本连沧海遗珠是什么意思都不懂。"

被骂的人咂咂嘴，这家伙还来真的。他说："吹得跟天使一样，人家还不是不理你。要不要我教你一招？"

周子祁煞有介事地看了他一眼。

"送花啊。"

"什么花？"

"这世界上没有哪个女生不喜欢玫瑰。"朋友语气笃定。

"喊，俗不可耐。"周子祁踱着步走了。

等到晚上下课，所有人都离开学校，周子祁带着一帮人偷偷摸摸溜进学校："你负责操场这块，你过来跟我走。"

被他使唤的是他开了大价钱请过来的体育队里的队友："欸，我们悄悄把学校花坛里的花全拔了，要是被教练知道了还不得罚我们一个月的五公里负重？"

"钱你还要不要了？要就赶紧干，再说——"周子祁甩了甩手背上的泥，"现在是冬天，这些草都枯成这样了，我这也算是为学校的绿化出了自己的一份力。"

"少把泡妞说得这么高尚。"

……

稚初被闻歌拽进操场的时候，看着满目繁花的景象差点没惊掉下巴："咱们学校的培植老师换人了？还是今天又有市领导过来视察啊。"

稚初没看的心情，挣开闻歌的手进了教学楼。

课间十分钟，教室里忽然有些骚动，不少人往窗户边跑，凑在一起窃窃私语。

"稚初，你快过来。"闻歌喊她。

稚初本来没打算凑这个热闹的，只是班级里的所有人都回头看着她，好像发现在楼下的事跟她有关一样。

"你有没有觉得，这个家伙虽然傻，但人似乎还不错。"闻歌吸了吸鼻子，脸上全是艳羡，"咱们下去看看吧，还挺漂亮的。"

稚初没动。

她抱着手臂依靠在窗户边上，看底下冻得缩成一团的男生，看样子他在外面待了很久了。

他身边的花坛里插了数不清的玫瑰，中间是用满天星做成的笑脸。那些花在冷风中摇曳，鹅毛大雪突然从天空中落下。

虽然她看不太清，但从周围人的神色里多少能感觉到，一定很美吧。

周子祁富二代的本质显露无遗，果然是有钱人才做得出来的事。稚初有点可惜，这些钱能买多少瓶养乐多呢。

她恍惚的时候，教导主任拿着教鞭赶过去，一把拧住周子祁的耳朵，提着他往教务处去了。

周子祁不停地回头朝稚初的教室边看，稚初终于绽放笑容，让他觉得，虽然满头大汗，但也不算白折腾。

"你说什么是喜欢呢？稚初你有喜欢过一个人吗？"语文课上闻歌传来字条。

"不知道算不算。"她卖着关子。

闻歌好奇心被勾起："你又瞒着我。"

"初一的时候，我们排舞台剧，当时学校的舞台搭得很简陋，天花板的吊灯忽然落下来，我就站在那下面，所有人都在叫我的名字，只有他，冲过来，当时我们之间隔了许多阻挡物，他手撑着面前的桌子腾空跳起来，像风一样，我的心突然被戳了一下。"

闻歌托着下巴看向她，嘴巴变成了"〇"形。

字条很快被回传过来："倪亦之？"

稚初神色变了变，扶了扶眼镜，赶紧在那个名字上划了一道横线，用很粗的笔回复："怎么可能。"

闻歌若有所思地撑头看过去，刚才还一本正经的稚初现在咬着笔头傻乎乎地冲她笑着，露出一点点小虎牙，让人看不出那笑窝里是不是真正的欢喜。

这时候语文老师踩着高跟鞋走过来，敲了敲稚初的课桌，点她起来背《六国论》。

闻歌替稚初捏了把汗，稚初对这些拗口的文言文从来都是避而远之的，她说想要活动舌头还不如去食堂多啃几个馒头，但现在在老师沉默的目光注视下，她一字不差地背完。

闻歌看向窗外，随后给谢宇驰发了个短信："下课了来找我拿英语复习资料。"

爱情是一个魔鬼，偷走你的三魂七魄，让你看不清自己是谁。

稚初慢慢悠悠回大院的时候，稚爸坐在小区广场的秋千上发呆。稚初背着书包坐在另一个秋千上，用凝重又悲凉的眼神看着爸爸："你又被我妈赶出来了？"

"瞎说。"稚爸脸不红心不跳地辩驳，"这家当家做主的是我，我想在哪儿待着就在哪儿待着。"

"你脚上的凉拖出卖了你。"稚初晃荡着双腿。

稚爸默默低头："那初初你说，你喜欢爸爸还是喜欢妈妈？"

"我当然是……"稚初音调拖了拖，故意延长时间，逗爸爸开心，"我当然是最喜欢爸爸啦。"

"这还差不多。"稚爸扬扬得意，"你也就是遗传了我的好脾气，这要是随了你妈，遇不到像我这样事事顺着她的，指不定吃多少苦。"他顿了顿，确认女儿是否听进去，继续说，"你以后谈男朋友可得擦亮眼睛，找个知根知底的，我看小倪就不错。"

稚初差点跳起脚来："他哪儿不错了？"

"成绩好，人品好……"稚爸还要说，话被稚初接了过去——"还能陪你下象棋是吧？"

稚爸拍了下她的后脑勺，不满意道："就你牙尖嘴利。"

稚初从秋千上站起来，往爸爸面前蹭了蹭，声音又软又糯，撒着娇："我只想陪在爸爸妈妈身边，哪儿也不去。"

稚爸感动，嘴角弯了起来，刮了刮她的鼻尖："小傻瓜哦。"

"我妈呢？"

"说小倪要来电话，她在家等着呢。要说小倪这孩子是真孝顺，你李叔叔出了事故，他怕你倪阿姨一个人应付不过来，陪着去北京看病了……"

"李叔叔怎么了？"稚初错愕，倏地站起身，一瞬间无数想法从脑海闪过，为什么他一直瞒着她，什么都没跟她说？

稚爸还未来得及回答，却只觉得刮了阵无名风，刚刚还蹭在他胳膊边赖着不走的女儿，已经撒丫子跑远了。

稚爸摸了摸鼻子，明明才说最喜欢爸爸的，这丫头小小年纪就开始会糊弄人了。

稚初以冲刺的速度跑回家，从妈妈手里抢过电话，又气又恼地冲着电话喊了句："倪亦之。"

电话那头的男生明显愣了愣，迅速镇定回来，低低唤了声"橙子"。

"你跑去哪儿了？这几天学校也不见你，你还知道打电话回来。"她刚想说我不听解释了你过来找我，就听倪亦之说了句"我在北京"。

稚初一下熄火了，那么遥远的距离让她在听到倪亦之声音的时候突然吸了下鼻子，她的眼睛有点酸。

倪亦之料到了稚初生气时候的样子，但没想到她会哭，犹豫着安慰她，又不知道怎么开口。他只能说："我最多再过一个月就回来。"

一个月，期末考试早就过了。

"李叔叔好些了吗？"

"嗯，刚出重症监护室，应该很快就会醒。"

"我最近在好好复习。"

"嗯。"

稚初顿了顿，声音有些不好意思："我听说下学期会根据名次重新分班。我想考到二班去，就在你们重点班隔壁。"

电话那头的人沉默了一瞬。

倪亦之微微抿了抿唇。

稚初嘴硬："你不要误会啊，我可不是想跟你离得近些，我只是为了方便看住你，要是你再像这回一样不交代一句就走了，我发誓一定敲爆你的狗头。"

倪亦之顺着她的话点了点头，又想起他们现在之间隔着无数公里，回道："知道了。"

"还有，你手机得按时开机，你不在的这段时间，我无聊了。"

倪亦之听着她断断续续的话，只觉得心头落下一颗火球，烫得他连血液都沸腾起来。

稚初见他一直不说话："你这个人，走的时候胆子那么大，这会儿被我骂几句就尿了？"

"……"

"说得严重点，你这算恃帅行凶，是要被我稚初小姐姐判刑的。"

倪亦之突然觉得好笑，他都能想象到，稚初气极时两颊一鼓一鼓的画面。

"那你打算判我多少年？"

"无期。"稚初恐吓。

"那我要多叛逃几次，把我下辈子也划给你。"

稚初脸突然一红，想到妈妈还在身边，嘴角一抽："挂电话了。"

倪亦之放下电话，手心的电话还有余温。

妈妈从病房里走出来，拍了下他的肩膀，见儿子神情有些说不上来的奇怪，问："你在跟谁打电话？"

"稚初。"他垂下头笑了笑，下巴线条冷硬得有种成熟的味道。

"我听她妈妈说，前段时间你们闹别扭来着，两个人赌气话也不说，现在和好了？"

倪亦之点头："嗯，哄了好久。"

秦可芳一副"儿子，你终于开始上道"的表情："我还以为这准儿媳妇泡汤了呢。反正我不管，你得把人盯紧点，我跟你说啊，你们这个年纪的男生追女生可有一套了，你这个木讷的性格我生怕你把人吓跑，我做梦都想有个女儿，一晃你们也大了。"

倪亦之靠在窗户边，眼底映着灯火星河，心里软到不行。

"您可以早做准备了。"

第七章

倪亦之，你也有秘密吗？

"是不是喜欢一个人会变成超人，超傻的人。"

——稚初

这个冬天简直漫长极了，因为鼻炎的缘故，稚初不得不每天喝中药，再这样下去，她都快成药引子了。好不容易挨到最后一门考试结束，她抱着一卷被用得差不多的卫生纸出来，碰到在楼梯口等她的闻歌。

闻歌问："考得怎么样啊？"

"反正就填完了，剩下的听天由命。"

两人一起走向操场边的小卖部去买喝的，到了门口稚初突然嘟哝了句："最近这么流行男生留长头发了吗？"

"哈？"闻歌突然回头。

"你看他们一个个的手腕上都戴根小皮筋。"

"……"

闻歌笑了下："那是红绳。"她贼兮兮地凑近，小声说，"都是女生送的，对外表示名花有主的意思。我听说倪亦之不在的这段时间里，他的课桌里被塞了好多。"

稚初站定："谁送的？"

"我哪知道，喜欢他的女生那么多。"

稚初气呼呼："还没长成器就这么拈花惹草的，我看他是欠收拾。"

"你这股气来得莫名其妙啊。"闻歌坏笑。

"我才没生气。"

稚初神情不太自然，耳根莫名其妙地发烫。闻歌再说什么她也没听清，她知道自己不正常，因为她已经偷偷在手机上找同款红绳了。

自己种的白菜总不能没有得到自己的允许就被人挖走了，这很正常。她在心里跟自己说道。

回课堂之后，稚初就开始正大光明地研究红绳了，连物理老师在讲台上点她名都没察觉，最后还是谢宇驰一个纸球飞射过来，她才惊醒，教室里所有人正扭头看她。

稚初赶紧将手机塞回课桌，站起来解释："我正在算您刚刚说的题目。"

"你上来，当着我的面算。"

物理老师板着脸，发怒时好似下一秒要把她吞了。

她拿着书上去，对着黑板乱写一通。

"搞了半天，你连我讲的是哪道题都不知道？"物理老师年过三十，声音洪亮如钟，"为了让像你这样的学生长记性，我专门用不同颜色的粉笔做重点标记，你在跟我闹着玩是不是？"

"我没看清楚。"稚初低着声音。

"那你长着一双眼睛干什么？多两个地方喘气呢？"

底下传来稀稀疏疏的笑声。

老师气一上来，多少有些不管不顾："你给我过来，题不会我可以教你，但你睁着眼睛撒谎明显是态度不对，人品有问题，在这儿站着，下课跟我去见你们班主任。"

稚初站着没动，冷声道："我没撒谎，您不可以冤枉我。"

"你还给我来劲儿了是不是？"物理老师一手拽住她的衣领。

稚初用力挣脱开："我是有不对的地方，但我尊重您，也请您尊重我。"

"你这个学生反了天了我发现，等你家长来了我看你是不是还这样一个态度。"

稚初没听他继续说话，转身出了教室。

她在天台上吹了会儿风，听见后面"咚"一声，她扭过头，周子祁盖在脸上的书掉在地上，冲她呵呵一笑。

"这个点你们不是应该在补课吗？我听说你们高一今年放假时间延长了，绝对是秃头跟校长建议的来祸害你们的。"

稚初背对着他，没说话。

"你怎么了，是不是又挨骂了？"

"你怎么知道？"

"我路过你们班，听说当时闹得动静挺大的。你不错啊，就得这么硬气。"

"……"

"老师们都这样自以为是，以为自己都是对的，遇到这种情况，你的做法没错。"

呃……

"要是我在场，绝对动手帮你出气，气死我了。"

稚初已经不忍往下听了："你别再安慰我了，我已经好了。"

"嗯，回血能力不错。"

"我要去北京了。"稚初拍拍手。

"欸？"

周子祁眨眨眼，他可没怂恿她逃跑啊。

"在这之前我决定把我所有的财产交给你，聊表谢意。"

"是，是什么？"周子祁皱眉。

"我偷偷藏了一个学期的养乐多，整整两大排，现在送给你了。"

"……"

"走啦。"

女生的背影潇洒而张扬，周子祁咽了咽口水，觉得自己好像当错了心灵导师。

一月份的北京刚下了一场大雪，雪在地上铺了厚厚一层。

倪亦之从病房出来，正逢午饭的点，医院门口来来往往不少人，但他还是一眼看到那个熟悉的身影，霎时，他没敢认。

身边有人经过，踩在雪地里咯吱咯吱地响，全世界都在照常运转，只有他们之间形成了一个静止的圆圈。

她身穿一件浅绿色的长款羽绒服，裹成一个小小的蚕蛹，一边搓手一边哈气。

倪亦之边走边脱手套，捉住她的手套上去。

稚初直勾勾盯着他，这里的一切都是陌生的，只有他依旧熟悉。

她有点忧伤地叹了口气，将在火车上憋了一路的委屈倾倒出来，声音小小的："倪亦之，我闯了一个大祸。"

倪亦之专注给她套手套，没有呵斥她为什么招呼都不打离家出走大老远跑过来，也没有问她到底干了什么坏事，好像此刻，将她冻得发紫的双手焐热是天底下最了不得的事。

半晌，他低低地应了一句，算作回应。

"知道了。"

这是她第一次来祖国的首都，以前都是在电视上或者课本里看到，但真正置身于此，她觉得一点都没有比禹城好，而且天气比禹城冷太多了。

她被倪亦之带到医院的家属看护房里，坐了不到一会儿，倪亦之拿着暖水壶进来，往塑料盆里倒了大半，试了试水温，然后端到她面前。

"脱了。"

稚初捂住自己的上半身，脑补了一场被劫色的大戏，瓮声瓮气地说："你要干什么？"

倪亦之抱着手臂看她。

她说："你不要以为这里我人生地不熟的，你就可以为所欲为了。"

"……"

"我要是告诉你妈，她肯定要骂死你。"

倪亦之动了动喉结。

"还有我爸，他打起人来，眼睛都不眨一下的。"

倪亦之抿抿嘴，把盆往前踢了踢："我让你脱鞋，鞋子不是湿了吗？一双湿鞋你打算穿到什么时候？"

稚初想原来是误会他了，挠头想了想，认真解释道："我刚刚是在考验你的演技，最近我妈在追一场富家女被劫到山寨的大戏可得劲儿了，我就想给你角色扮演一下，我演技好吗？"

她悻悻看过去，倪亦之没理她，提溜着她刚脱下的鞋往烘干机那边去了。

稚初忽然想起来，她坐了一整天的火车，鞋里该有多大的味儿啊，于是赶紧叫住他："倪亦之，你需要口罩吗？"

"……"

"我是说，北京的雾霾太大了……"

"你闭上嘴巴。"

哦……好吧。

倪亦之带她去李叔叔住的病房探望，虽然人已经清醒过来了，但听说他在火场中被砸伤头部，脑袋里还有淤血。

稚初站在病房外面看，倪阿姨握着李叔叔的手，偷偷摸眼泪，她看着心里有点难受。

"倪亦之。"她转过身看着他。

倪亦之假装不在意，沉默了一瞬，率先迈了步子："走吧。"

稚初再度开口："我会陪着你的。"

他的脚步顿了顿，扭头冲她挤出一抹笑容。

那是她来北京之后，他第一次冲她笑，虽然不算真正的开心，但已经很难得了。

苦难已经过去，以后一定会好起来的。

稚初跟着倪亦之往医院门口走，身边有推送急救病人的推车从身边路过，倪亦之抓着她的手。她被牵着走过斑马线，到了医院对面的一家饭馆。

"你饿不饿？"倪亦之低头看着菜单。

稚初也不好意思说自己一整天没吃饭："一点点吧。"

番茄鸡蛋、冰糖猪手，还有两碗炸酱面。

他的手还紧紧抓着她，她低头看了一眼，脸就红了。他丝毫没有想放开的意思，她绞尽脑汁思考着怎么不动声色地跟他说这个事。

于是她沉默了一会儿，有些崩溃地开了口："倪亦之要不你先把手放我腿上吧，你这样我总觉得啃猪蹄碍事。"

稚初盯得他把头转向另一边，攥着她的手忽地松开。

之后，他闷闷地说了一声："吃饭。"

真是尴尬死了。

不过她没工夫计较这个，饥饿让她的脸皮变得更厚了。她拌了炸酱面，之前听闻歌说的一定要大口吃才过瘾，于是她搅了一大筷子往嘴里送，口腔里全是面跟炸酱的味儿，嚼了半天咽不下去，脸涨得通红。

倪亦之拆了个空碗出来，递到她嘴边："吐出来。"

估计是被她吓到了，他把自己那份面也推到她面前："你全吃了吧。"

"我不是……"

"稚初，你饿成这样怎么不早说？"

她手上握着筷子抖了一下。

一会儿后，稚初叹了口气："还不是为了来见你一面，我把这么多年的压岁钱都花光了，你说你怎么这么败家啊。"

"……"

"你说吧，现在怎么办？"

她还真是赖上他了。

"说个数，我补给你。"他低笑了两声。

"先说好，我数学一向很差，万一我多加了个零，别后悔啊。"稚初晃动着脑袋，也不知道在里面盘算什么。

倪亦之彻底笑了，他将桌上的菜都往稚初面前推了推，又替她收拾好了吃剩的骨头。随后他才说："随你，反正都是你的。"

稚初将手伸过去放在他的额头，讶异："你没发烧吧？还是说你有当冤大头的癖好？"

"没有。"他拨开她的手，"我只是觉得，存了这么多年的钱，终于有人替我花了，也挺痛快的。"

"哇，倪亦之。"

他抬眸看了她一眼。

稚初继续说："你长大了以后，一定是个模范好男人。"

他含着笑，突然倾身上来，稚初忽然有种他会抚摸自己的错觉，那瞬间，她呼吸错乱，连眼睛也不敢直视他了。谁知道男生的手在她嘴角停留了一秒，摘掉粘在上面的面粒，退了回去。

恍惚中，她努力平息自己的心跳。

够了，稚初。

来见他一面，像这样跟他保持永久的朋友关系已经是最好的了。

你不能再贪心。

吃完晚饭，倪亦之带稚初去休息，他们在北京租住了一套小公寓，听他说倪阿姨有时住在家属看护房里，不怎么回来，于是房间里只剩他俩。

独处的时候略略微有点点微妙。

稚初肚子疼得厉害，想上厕所，忍了很久终于憋不住，冲进厕所。解决好出来倪亦之正从外面进来，拎了一大袋东西，她摸摸头，觉得自己真是多此一举了。

倪亦之将袋子递给她，拖鞋、毛巾、牙刷一应俱全，零食买的是她最爱的一款，毫无疏漏。

稚初笑嘻嘻地接过来："换洗的我都带上了，不用这么麻烦的。"

他将客厅的暖气打开，又回头嘱咐："我妈房间有护手霜，你抹上些，免得冻伤了。"

"不用了吧，我皮肤的修复能力很棒的。"她扬扬得意。

"这边的气温比禹城低很多。"他见她不动，有些无奈，"算了，你过来。"

稚初跟他走过去。

倪亦之犹豫着说："把手伸过来。"

稚初"哦"了一声。

"你怎么老不听话。"

他低头挤了乳白色液体到手心，搓热以后擦在她手背，滑滑的，很快两个人的手温都上升了。

倪亦之耳根子是红的，他一紧张就喜欢吐槽："我真是上辈子欠你的，你能不能别扭来扭去？"

稚初吞吞吐吐："太……痒了。"

倪亦之愣了一下，停下动作："自己涂。"

他到客厅的沙发上坐着了。

稚初磨磨蹭蹭过了一会儿，跟着坐过去，两个人对着墙壁发呆。

又过了一会儿，稚初忍不住开口："倪亦之你无不无聊啊？"

"不无聊。"

"我们聊天啊。"

"嗯。"

稚初凑过去玩他羽绒服上的帽子，郁闷地说："我又被找家长了。"

倪亦之看她一眼。

"我是真的没看到黑板上的字，谁让他用花花绿绿的粉笔写题，一个男老师癖好还这么多。"

倪亦之："……"

她瞪大眼睛："连你也不相信我？"

"我信。"他沉声道，"你眼睛又不好了吗？"

稚初心情好了些，往他这边蹭了蹭："一阵一阵的，我有时候真讨厌那个眼镜，我明明压根不近视。每次戴上它，就觉得我跟那些百里挑一的人是不一样的。"

倪亦之认真地想了想，开口："你知道为什么吗？因为你是我万里挑一的朋友，其他人在百里的范围里看不到你。"

稚初哈哈笑了："倪亦之我看你病得不轻。我只是色弱，你是眼瞎。"

"我会让你好的。"他慎重地许一个承诺。

稚初点头："在这之前还是别让我爸妈知道了，免得他们又急得上蹿下跳，到处找医生给我看病，小时候住的院太多了，导致我现在一闻到酒精味儿就脑门疼。"

"你以为他们会不清楚吗？我听我妈说，你爸有拜托她帮你留意北京这边的眼科专家，这些年他们一直没放弃过。"

"啊，是这样啊。"稚初心里疼了一下，"其实不用的，我已经放弃了呢。这家伙是上天给我的，我虽然有时候会讨厌，但已经接受了。只是我爸妈他们对我愧疚，觉得没有给我一个健康的身体。所以我要变得很快乐，让他们知道我一点也不在乎。"

倪亦之愣了："傻子。"

"我不说一声就跑了，他们肯定骂死我了。"

"没有。"他摸了摸她的后脑勺，"我跟你爸妈通过电话了，学校那边也已经解决了，你不用担心。"

她的小脑袋耷拉下来。

倪亦之声音软了许多："橙子，我发现有时候我们低估大人们的承受能力了，其实家人之间不用考虑得这么多的。"

他双眸盛满了灯光，璀璨又迷人。

"你知道吗？那个人从昏迷以来我都没什么太大的感觉，唯独那天，他手术后全麻还没结束，半清醒过来，突然在说什么，我凑过去听见他叫我的名字，他说'小倪，你有没有受伤'，不知道为什么，那一刻我突然很感动，我跟他明明没有任何血缘关系，但他在无意识的时候，担心的人仍是我。"

倪亦之看着她懵懂的眼神，细心解释："所以，你的爸妈一定比你想象中的还要爱你。"

稚初喃喃自语："原来大家心里都装着这么多秘密。倪亦之，你也会有秘密吗？"

"有。"他的视线一直落在她身上。

如果你多问一句，我就告诉你。

我所有未公开的秘密都是你。

可是，她说："算了，我还是道德些吧，别把你这个地主家的存粮都撬光了。"

倪亦之长睫轻掩，藏住所有心事。

过了会儿，沙发边有规律的呼吸声传来，他循声看过去，稚初歪在抱枕上睡着了。他帮她把眼镜取下来，稚初的五官没有任何遮挡，精致得让人挪不开眼。

他没敢多看，迅速地将她抱回卧室，关好了门。

黑暗中，稚初的眼睛突然睁开来。

倪亦之是否知道，这么多天，她一直在想着他吗？

而他呢，是不是也在想着她呢？

而这思念背后的原因她想不明白。

不知不觉时间过去，冬天已经结束了，新年伊始。倪亦之从北京回来，正好赶上开学典礼。

紧接着，夏天来了，高一下学期有一件很大的事在所有人头顶爆炸开来。学校公告栏里已经发放了文理分科的通知，而倪亦之顺理成章地选了理科，谢宇驰也是，闻歌学文，稚初的分科表上仍空白一片。

纠结一个星期后，闻歌跑过来给她吹风："你要不跟我一起学文算了，这样我俩做伴，也不孤单啊。"

"你是指哪方面？"

"自然是生活上。"

"喊。"稚初翻了个大大的白眼，"你是怕我不在，没人给你垫底了吧。"

闻歌双手撑在课桌上，噘着嘴："姐妹情深。"

稚初无动于衷，闻歌瞥了眼抱着卷子走进来的老师，悄悄回头："明天记得早点出门。"

"干什么？"

"你都忘了？姐妹儿给你记着呢，去年你过生日的时候怎么说的，要秀比基尼全套，姐妹儿我都买好票了，咱悄悄地去。"

稚初突然想起来，她要过十六岁生日了。

十六岁，书上说的，花一样的年纪。

她也得释放自己花一样的魅力才行呀。

第二天一大早，稚初驮着泳装出了门，远远看着大院门口站了一群人。

闻歌转过身来，冲她招呼："稚初快来，公交车快来了。"说完给了谢宇驰一肘子，皮笑肉不笑，"你把情报透露给倪亦之也就算了，谁让你把蒋鱼叫过来的？今儿要是惹寿星不高兴了，我拿你是问。"

谢宇驰求饶："这说明咱稚初太受欢迎，赖不着我啊。"

"我不管，小心伺候着。"她一回头，搭住稚初的肩膀，"今儿可真热闹啊。"

倪亦之伸手过去给稚初拿包，稚初下意识地抽回，里面的泳衣边边漏出来，看得倪亦之一愣，假装没看见别过头。

人多热闹，稚初没什么不高兴。

闻歌趁她不注意，往她脖子上挂了个吊坠，是只兔子。稚初低头左看看右看看，被谢宇驰取笑："别看了，不是金的。"

闻歌翻了个白眼："总比某些人空着手强。"

倪亦之在边上看着他们贫嘴淡笑着，而其余的人也都是嘻嘻哈哈。

去游乐场得一个小时的车程，路上颠簸，加上夏日的阳光实在让人昏昏欲睡，稚初在座位上晃着个脑袋打瞌睡，迷糊中找到着陆点，咂咂嘴睡得香甜。

醒来时，她发现自己的头搁在倪亦之肩上。她本来有些不好意思，但见倪亦之也睡着，她索性又靠了回来。大概是怕她把头颠出去，他两只手搭在前座的椅背上，给她下巴一个有力的支撑。

稚初看过去，他手臂因为用力，隐约有青筋浮起来。

她发了会儿呆，然后忍不住用手去摸，倪亦之原本阖上的眼睛突然睁开，四目相对，电光石火。

倪亦之蓦地撤回手，但很快放松下来，轻声问："你渴吗？"

稚初点点头。

他从书包里拿了一瓶养乐多，戳好吸管递过去。

她猛吸一口，喝得太急差点呛得心肺都要咳出来。

倪亦之找卫生纸帮她把溢得到处都是的酸奶擦干净，把她放在腿上的东西都移到自己的书包上。

"慢点喝，又没人跟你抢。"他鄙夷。

"这些厂家可太坑爹了，瓶子做得越来越小，完全不够喝。"

倪亦之翻了翻书包："这是最后一瓶。"

稚初叹了叹气："倪亦之你的锅，我本来不想的，这会儿你把我馋虫勾出来的。"

他笑了。

她巴掌大的脸，撒娇的时候眼睛睁得鼓鼓的，像只小跳蛙。

他看了会儿，轻轻开口："等会儿给你买。"

他突然又财大气粗地补充了句："以后，你所有的养乐多我都包了。"

稚初弯了弯唇。

两人各自安静着，一路没再说话。

车子到了海滩公园边的公交车站，倪亦之一下车，蒋鱼就往他边上走了过去，这哪里是给她过生日啊，摆明了是另有所图啊。

稚初黑着张脸去售票处取了六张票，在手心里甩得呼啦作响。

闻歌看不下去了，拉住她："你干吗啊？"

稚初有点郁闷："你把她叫来干吗？"

闻歌双手投降："这可不是我，谢宇驰干的好事。"旧火未去，她又忍不住往里面添了把新柴，"我觉得还挺般配的，这身高，俊男美女绝了。你站他身边，他跟挎了个菜篮子似的。"

稚初气得要炸了："你还是我亲闺蜜吗？"

"对不起宝贝。"闻歌乐不可支，"是你说不喜欢倪亦之的，这会儿气什么呢。"

"……"

闻歌嘴上气她，随后又试图挽回场面，轻轻拽了她的手臂："欸，你的护花使者来了。"

稚初眼尾往后扫，周子祁从一堆人里走过来，偏巧一阵风起，他像在走T台。事实上，他确实有够惹眼，一米八的身高，加上常年训练，身材紧致修长，莫名有种阳刚气。

闻歌眼睛都快看直了，稚初打了个大大的哈欠。

男生已经走过来了，咧着嘴笑："小丫头你怎么在这儿，好久不见啊。"

稚初嘀咕，明明昨天才在教导主任的办公室打了照面。

"你拿着票干吗？"

稚初觉得他没话找话，来游乐园还能干吗。但出于礼貌她还是回了句，"我跟朋友过来玩。"

"票给我吧，我去给你退了。"

"嗯？"

"这是我的地盘，我人在这儿呢，还轮得到你花钱啊。"他弯腰抽走她手里的门票，揣在口袋里走远了。

闻歌的目光追着他的背影，瞠目结舌："土豪都是这么追女生的吗，稚初要不你从了吧，我的后半生都靠你了。"

"……"

十几年的闺蜜，竟是个不争气的。

"我敢打赌，虽然喜欢倪亦之的女生不在少数，全年级也就蒋鱼有这个勇气正面跟你刚。"

稚初停下脚步，有点好笑："什么意思？"

"我听谢宇驰说的，有个女生明目张胆跟倪亦之表白，他拒绝的时候提了你的名字。你在全校女生的武力值里面那是出名的，谁敢跟你抢啊。"

"什么鬼？他说什么了？"

"他说，跟他恋爱可以，但要经过你的同意。"

"欸？"

他为什么要这么说？

稚初看着前面那个沉默的背影，费劲地将脑筋绕了几个弯，也无果。

稚初跟闻歌去更衣室换好泳衣出来的时候，谢宇驰吹了个口哨。

闻歌莫名露出副娇羞的模样，谢宇驰的视线在她身上绕了一圈，停在她身后。两人转身，蒋鱼从后面走了出来。

那腿又长又白……

于是，她俩尽量离蒋鱼远一些。

蒋鱼走在前面，像只高傲的孔雀。

稚初不自觉看了看自己的泳衣，是最保守的那种，后背还印了只张牙舞爪的兔子。

闻歌看着眼睛都看直的谢宇驰，拿着书包就往他脑门上敲去，咬牙切齿：

“你这只死狗。”

稚初心里的不快一扫而光，这对冤家。

倪亦之目不斜视，并没有留意到坐在身边的蒋鱼，他只是从包里取出外套，盖在了稚初身上。

稚初把外套取下来，皱皱眉："今天都三十五度。"

倪亦之重复了遍刚才的动作，冷声道："这会儿你不怕晒伤了？"

"来水上公园玩的人谁在乎这个。"稚初狡辩，"难不成你要我裹着件大棉袄下水吗，还不得被管理员轰出去。"

倪亦之盯了她几秒："随你，那我回去了。"

"欸，我穿上还不行？"她服了服软，"下水的时候脱掉行不行？"

倪亦之沉默着，没说话。

"你能不能不要把视线集中在我身上，你看看你周围，身材姣好的美女姐姐，这才是咱们来这儿的目的啊，而不是监视我。"稚初欲哭无泪。

"有什么好看的。"他半天闷出一句。

"你现在的样子就像一盘刚出锅的酸菜鱼。"

"少来，穿好，别废话。"

"……"

她语塞几秒，用同样的语气重复他的话："少来，穿好，别废话。你这个没有感情的复读机。"

虽然这样说，她还是乖乖披上了外套，好大，当裙子也不为过。

"倪亦之。"

她叫了叫他。

男生没搭理她，起身往一旁的便利店走去。

她追上去，抓住他的手，变了哭腔："你这人怎么这样啊，我过生日你还这么凶。"

"……"

"生日礼物都没有一个，还要干涉我的自由。"她谴责他。

倪亦之垂眸看着她，这人要无赖的样子要是用在学习上就好了。他没忍住，勾勾唇："我没凶你。"

"你还敢说不是凶？"她像只属性软萌的刺猬。

"好了，去玩吧。"

他转身走进便利店，笑了。

稚初其实是个名副其实的旱鸭子，她在小学的时候跟着爸爸学过几回游泳，但都以突破不了心理防线告终。所以每次下水，她都只敢待在浅水区。

"小丫头，你待在这儿晒太阳啊。"周子祁不知道什么时候过来了，取笑她。

稚初在心里想，这家伙是属什么的呢，哪里都有他。

"我才要问你，你在这儿干吗？"

"被我爸抓来干活，你朋友呢？"

"你是想问蒋鱼吧？她就在对面，你要是想献殷勤正好可以过去，正好她知道你请她门票的事，现在正感激你呢。"稚初心不在焉。

"欸，你这个态度不会在吃醋吧？以我多年的经验，你现在这个语气很不对劲。"他不等稚初回话，自顾自道，"再说我又没请她，她顶多是沾你的光，我现在一门心思在你身上。我跟她顶多是学长学妹最纯洁的关系。"

"是是是，比纯净水还纯洁。"

"你怎么不信我呢？"

"我信不信有那么重要？"

周子祁固执起来："首先你这个态度就不对。"

稚初抿嘴一笑，喊了声蒋鱼，蒋鱼应声看来。稚初说："有人找你。"

没过多久，蒋鱼朝这个方向游过来了，周子祁后退一步，黑着脸瞪了稚初好久。

稚初还在坏笑，一不留神，被迎面过来的浪打出去老远。

她在水里扑腾的时候，心想，完了完了，这下丢脸丢大了。

这世上有在浅水区淹死的人吗，估计也就她一个。

之后发生什么她记不清楚了，耳朵里只有嗡嗡声。她只记得在水底，有个黑色的人影向她游过来，好快好快，像头大鲨鱼。

她看着他离自己越来越近，然后抓住她扑腾的手臂，另一只手抓住她的腰，将她托举出水面。

那一瞬间，她想起《大话西游》里的台词。

"我的意中人是一位盖世英雄，有一天他会身披金甲圣衣、驾着七彩祥云来娶我。"

她在心里想，原来属于我的盖世英雄，是一头大黑鲨啊。

但好像，也挺不错的。

稚初傻乎乎地笑着，被人拍了拍脸。她迷迷糊糊睁开眼，倪亦之浑身湿透地坐在她身边。

她清醒过来后的第一句话是："倪亦之，你玩什么湿身诱惑呢。"

倪亦之松了口气，声音清冽低沉滑入她的耳中："以后再也不许游泳了。"

稚初叹了口气，真是霸道。

她躺平，看了看天空，还挺美。

"我怕我不在你身边，来不及救你。"

这是一句伤感的话，总有一天他会离开的。

稚初眼眶酸涩，高二之后听说文理不会在一栋楼，那么连在他隔壁似乎也是一种奢侈，变得再也不是努力就能做到的事，而以后，长大以后，努力也做不到的事会更多吧。

Orange

152

不知道是不是她的错觉，她偏头去看倪亦之的脸，分不清楚是不是太阳光线的缘故，他的眼圈也跟着红了。

约好的比基尼首秀因为稚初的落水而告终，等她神志回归的时候，倪亦之已经在给她收拾东西。

一旁的蒋鱼站不住，拦在他面前，忍了半天终于说："我看她已经好了，要不你留下来我们一起玩吧？"

他收拾好书包挂在肩上，背脊挺起，侧脸完美无瑕。

"不了。"他的声音没什么起伏，像一潭死水。

蒋鱼有点着急："可是你走了好没意思啊，本来我今天过来，也是因为你在啊，其他人我都不太认识。"

倪亦之终于看了蒋鱼一眼，蒋鱼以为他被自己说动了。她去抓他的手臂，却被回避开。

他语气终于有了一丝波动，一种不耐烦的隐火闪烁在他的眼波："我不可能让她一个人回家。"一字一顿。

蒋鱼的手垂了下来。

稚初还在晕晕乎乎跟周子祁说话呢，倪亦之走过来将她往自己怀里一扯，她瞟了眼他的脸色，一种无法令人理解的情绪。

她的头被倪亦之夹在腋下，像一颗篮球。

稚初暗暗发誓，有生之年一定要长得比他高。

公交车上，她气愤地喝掉一整瓶牛奶，倪亦之的脸色渐渐缓和下来。

他取出手机，插上耳机，分一只出来，塞到稚初的耳朵里。

放的是林俊杰的《美人鱼》。

"传说中你为爱甘心被搁浅，我也可以为你，潜入海里面……"

林俊杰刚出道那会儿，稚初指着电视上这个男孩子说，要是他能火我表演吃纸，没想到不过一年时间他的歌就唱遍大江南北。最终倪亦之没让她兑现承诺，不知道是不是她赌输的原因，倪亦之很喜欢林俊杰。

他好像会喜欢上一切能让稚初吃瘪的事物。

她垂垂眼，男生的手指放在腿上，跟着节奏一下一下打着节拍。

她笑了。这家伙别的都完美，却生来五音不全，怎么教都找不到调。小学的时候，他被稚初拉着参加学校的合唱团，单独表演的时候出了丑，整整一个月都没跟她说话。

现在打起节拍来却是很有趣的。

他的手长得真好看啊，就是这双手在黑暗中找到她，又在溺水时将她托举上岸。他指骨好长，感觉能包住她的两只手，以前怎么没观察到呢。

她看着看着，鬼使神差地挪过去，弯起手指，从他的手背一直滑到指尖。

倪亦之愣了愣。

他本来涨红着脸要冲着她说教一通的，但看到女生秀气的脸，一个字也说不出来，只是迅速地抽回手，将目光放到窗外，久久不敢移回来。

"倪亦之你害羞啦。"稚初没皮没脸，"你可以凶我啊，凶我我就不闹你了。"

倪亦之："……"

"你跟其他女生牵过手吗？"

男生神色有些不自然："没有。"

"嘁，我就知道。"

"难道你有？"

"当然了。"

倪亦之脸色暗淡下来，冷声问："是谁？"

"我妈呀，还有闻歌。"她捉弄得逞，哈哈大笑，"女生跟女生牵手又不是什么了不得的事。"

Orange

"……"

"你想什么呢？"稚初凑过去，他的脸在她眼睛里放大数倍，竟没有一丝一毫的情绪，他是脸部神经不太发达吗？

倪亦之破天荒耐心地跟她解释他在想什么："你到底是什么做的啊，刚经历了那么大一场事，一点感觉都没有吗？你这个人都不会害怕的？"

"那有什么好怕的。"

倪亦之认输："我怕，我怕你出事怕得要死。"

稚初目光深邃了些，她说话的声音霎时降低了许多："倪亦之你真傻。

"算了，告诉你吧，小时候三天两头往医院跑，我那时候不知道我得的什么病，还以为是绝症呢，我以为我会像童话故事里那个一碰到纺车就会死掉的公主一样，想象我身体里有某个开关，一旦触动我就会离开这个世界。你知道那时候我想的是什么吗？我想着可完了，我要是不在，再也没有人陪你玩了，像我这样完美无缺的朋友离开了，你一定伤心死。

"可后来知道，我不会死。那这世界上还有什么值得我恐惧的。"

她本来想说我怎么会舍得离开这个世界，怎么会舍得离开你啊，又觉得太矫情了。

一口气说完，旁边的男生没动静。

过了一会儿，他的手突然伸过来，抓住她的手背，紧紧的，一点都不想放开。

稚初笑眯眯地托着腮："其实我说这么多，只是想让你牵着我，你信不信？"

"祸是你闯的，你以后别后悔。"他深不见底的眼眸又探过来，让她莫名心跳加速。

他说以后，像在说一个未来。

稚初盯着他的侧脸，头一次脑补那个未来里，他以何种模样出现。她想了想："以后，倪亦之你一定也跟现在一样，优秀到让人仰望吧，而我，我还没想好做什么呢。我连学文学理都不知道。"

"所以你最近一直心不在焉是因为这个？"

"很明显吗？我以为我藏得很好了。但其实，学文学理是对你们有选择的人来说很重要，对像我这样的学生，学什么都一样。"

不知道为什么，面对倪亦之的时候，她平时再怎么嘴硬也会露出一点胆怯来。

"你在为周杰伦写小说的时候，开心吗？"

稚初错愕，很难想象在他这个开口闭口理论逻辑的公式怪嘴里，说出有关心情的字眼。

"橙子，最近每次进出学校商店的时候，老板都会放七大姑八大姨的苦情剧，那个时候我总会想，要有一天让你去写，肯定比这些烂编剧写得要好。"

"我？"

"你有没有想过，也许有一天，周杰伦在你的人生字眼里不再只是单纯的偶像，而是实实在在出现在你生活中的人物。也许他会演着你写的角色，面对面跟你讨论剧情。"

稚初的嘴巴张开又合上。

"能够用嘴巴说出来的那都不是梦想，考一个不上不下的分数，毕业之后成为一个朝九晚五的白领，过着拿着日薪的机械生活，那才不适合你。文理分科只是我们人生路上的第一个自主的选择，不是为了以后成为一个怎样的人，而是你在最好的年纪里，你也曾为了自己的选择用尽全力地奋斗过一次。你懂我的意思了吗？"

"我好像明白了。"她笑起来，又变回那个张扬而无所畏惧的女生。

"先把最简单的高考大关过了再说，我会帮你。"他眼睛里有什么东西暗涌着。

稚初吞了吞口水，最简单，呃……

过了好一会儿，公交车的广播里开始播到站通知。

与此同时，倪亦之的声音也重新响起，沉得像禹城难得一见的雾霾。

"有事就说，别吓我了。"

稚初小声"哦"了句。

两人下了车，在她家楼下分别。

"你回家休息吧，我去自习室。"

所以他是真的没给她准备生日礼物。

她闷闷不快，随意地抬了抬手，转身进了楼栋。

没过多久，身后突然有脚步声冲过来，她转身的瞬间，倪亦之已经跑到她面前了。

他气喘吁吁，去而复返，看得稚初一脸莫名其妙。

他嗓子眼儿像卡了什么东西，说话含混不清，把一个绒面盒子塞进了她手里："这东西还是给你吧，不然你得记一辈子仇。生日快乐，稚初。"

他风风火火又走了。

稚初拿钥匙开了门，背抵在上面，低头看那个盒子。

她打开看，是一枚戒指，吓得她手一抖，戒指差点掉到地上。

他为什么要送她戒指？她突然想起来，大概是某一年生日，那个时候她迷上了一个很火的日剧，男主最后给女主戴上戒指的样子帅得惨绝人寰。她就问他要一枚戒指。

倪亦之，你知道我为什么要你送我戒指吗？你知道我现在收到你戒指是什么心情吗？

你会知道吗？

第八章
小狐狸的故事

"——喂，跟我走吧。

这是我对你说的最接近告白的话。"

——倪亦之

　　稚初在分科表上填了文科。高二，她分在文四班，跟倪亦之所在的理科班同在一个楼层。

　　最近倪亦之生活中最有趣的事，就是早餐后的自习时间，每天准时准点见到稚初扛着扫帚在走廊上值日，她当然没那么勤奋，回回都优哉游哉地混到上课铃响。

　　这天照常，她突然给他发信息："倪亦之你在干吗？"

　　倪亦之很快回复："自习。"

　　"看的什么书啊？"

　　"理综。"

　　稚初将扫帚夹在腋下，腾出双手来发信息："我脸上是写着元素周期表还是电压电阻？"

　　那边没回应，稚初继续发："那个靠窗坐着的穿得像个黑熊一样，时不时往这边探头的男生是不是你？"

倪亦之看完信息一愣，朝对面走廊看过去。十几米距离之外，稚初咧着嘴伸出两根手指，指了指自己的眼睛，又指向他。

"我观察你很久了，被我抓到了吧。"

倪亦之看到这几行字，莫名被呛到，他咳得惊天动地，前座的蒋鱼递了瓶矿泉水过来，倪亦之抬眼说了声谢谢，但没接。

"我只是想提醒你件事。"

稚初皱皱眉："什么？"

"昨天教导主任通知了今天下午要开集会，你怎么还穿高一的校服。"

稚初垂头看了看，完了，出门走得急，给弄混了。自从上了高二，这事已经无数次在她身上重演了，上周她还被拎到办公室骂了一顿，要是平常也就算了，偏偏最近教育局下了新制度，学校就着装问题已经三令五申了，她顶风作案免不了又是一顿检讨。

稚初正想着怎么办呢，新短信进来。

"我跟你一样，所以不用担心。"

"那你好意思提醒我？"

那头没回了。

稚初心情却好了些，反正死也有个垫背的。

那头的倪亦之不由分说去脱同桌的校服，同桌男生被吓得只差站起来："倪亦之，你你干吗？"活像个遇到不轨之徒的良家妇女。

"救你。"倪亦之将自己的校服递过去，"我们换。"

同桌的男生没敢接，这人跟自己同桌一学期了都没怎么说过话，现在莫名其妙要把自己穿错的校服换走，难不成自找处分？想了半天他才憋出一句话来："你看上我们新换的女教导主任了？"

"……"

那场集会里，全年级上千号人乌泱泱地坐在操场上，如果真的有上帝视角的话，一定会发现里面与众不同的两个人，隔着重重人头，她从缝隙里去找倪亦之，倪亦之也以同样的动作在寻找她。

她突然很感谢这一次错误，将他们划分到一个世界里。

但最终的代价却是，领导讲话的整整一个小时里，他俩被罚站在主席台边，并受到了严厉批评。

事后闻歌说："我今天头一次发现，你跟倪亦之还挺般配的。"

"胡说什么呢？"稚初虎躯一震。

闻歌哈哈笑了："你有没有觉得全年级就你俩穿着高一的蓝白校服，有种在穿情侣装的感觉？"她脑洞越来越大，"或者是择定佳期的新人，你这个免费的伴郎伴娘有点多啊。"

稚初惊恐地捂住她的嘴巴："闻歌你闭嘴。"她脸红了。

"我逗你呢。"闻歌拽下她的手，声音骤低，"我都知道了，你最近背着大家去外面打工，想要挣外快给倪亦之买礼物，你不会是想在今年的圣诞节赶进度吧？"

"胡说八道。"

"看来咱们同病相怜，对好朋友生出别的心思。"

"欸？"稚初掰开手指数了数，她口中的"好朋友"不会是——"你也喜欢倪亦之啊？"

"我才不会选择这种高难度的对象给自己找罪受。"

"那是……池子。"

闻歌没说话，算是默认。

"池子喜欢蒋鱼你知道吗？之前你看到倪亦之书里的照片其实是他不小心放错的，之前他闹着找我复习英语来着，也只是想最后跟蒋鱼一个班吧。"

稚初发了愣。

原来喜欢蒋鱼的，不是倪亦之。

两个人在操场上坐着动也不动，她们看着都跟过去没什么不同，但似乎又有一些变化。

闻歌压抑在心头的郁闷终于散出来，她眼眶热了热，咬牙切齿地骂道："他就一傻子。"

"你现在打算怎么办？"

"能怎么办啊，顶多硌硬些，但那又怎么样，迎难而上最终的结果才有意义，何况这是我美好的爱情啊。"闻歌突然傻乐。

稚初伸手去挠挠她的头，想让她清醒些，一只手停在半空中。

算了，看得清楚就会畏首畏尾，还不如像现在这样大梦不醒。

晚修下课铃响后，稚初收拾书包照旧去找周子祁。

他就等在楼梯口，稚初取笑他："你都高三了，怎么时间比我还多。"

"太晚了，我送你过去。"

"不用了，我去挣钱又不是去玩的，还得谢谢你介绍我做这个活儿，省得我去发传单了。"

稚初提着书包往校门口走，拐过街角。

周子祁从她书包半敞的夹层里看到掉出的半根红绳，趁她不注意抽出来，往自己手腕上一系："既然要感谢我，把这个送给我吧。"

她追着他让他还回来，但他欺负她个儿矮，双手举过头顶，她抬头望了望，想着算了。

"你要缺钱我给你啊，没必要这样。"他得了便宜就卖乖。

"少来。"

她视线一转，脚步停顿，站在红绿灯下。倪亦之就站在街角对面，目光调转，看着她。

稚初扯着周子祁往另一边走，小声道："你别让他看见我。"

"至于这样神神秘秘吗？"

"不然叫什么惊喜？"

"你再这样我吃醋了啊。"

"德行。"

指示灯转成绿灯，倪亦之站着没走，谢宇驰不知道他在想什么，问："你要是介意的话，怎么不把她拉回来？"

倪亦之逆着光，最终什么也没做，拉了拉衣服拉链，微微抬抬下巴："走了。"

稚初打工的地方是一家台球社，值夜班。周子祁本来要一直跟着的，被她支走了。今天只来了一桌客人，在二楼的包厢里，老板走之前提前给她结算了这半个月以来的兼职费。

稚初在收银台将一沓钱数了又数，大概能买下上次跟闻歌逛商场时候看中的那双球鞋。

她将东西放到书包里收好。

去公共区打扫白天客人留下的垃圾，有客人匆匆上楼，撞到她的左肩。她穿一件很宽松的毛衣，领口挎到胳膊上，露出皙白的肩膀。

她惊慌地往上拉了拉。

男客人收回视线："抱歉，撞到你了。"

"没事。"她低低头，拿着扫帚走远了。

男客人跑上楼，二楼走廊里站着他朋友，笑他："咋了，看到美女走不动道了？"

男客人扭头："她就是周子祁带过来的女生？"

"嗯，你高中的时候跟他是不是有过过节，要不咱们捉弄下她给你出出气？"男客人的朋友探出身子看向稚初，笑里藏刀。

"别太过了就行，我没异议。"男客人耸耸肩，进包厢去了。

稚初下班的时候，商场还没关门，她在里面转了一圈，找到看了很久的那双鞋，付了款回家。

她走在路上心情很好，低头给倪亦之发短信。

——等会儿楼下见吧。

字打了一半，又删掉了。

她推了推眼镜，走进一条巷子。

突然，她觉得不太对劲，刚才从台球社出来就走在她身后的人，此刻还跟在后面，不会这么碰巧吧。

她定了定心神，快走了几步，那人始终跟她保持着同样的频率。

稚初掏手机出来的时候手有些颤抖。

她找联系人，给闻歌打电话，无人接通，再继续拨电话的时候，身后那人突然朝她扑过来，她的身体重重倒下去，磕在巷子拐角的垃圾箱上，霎时疼得眼泪飙出来。

不是害怕，只是生理反应。

她没太清楚那人的意图，上手扑打，食指在对方的脖颈处抓出血痕出来。那人吃痛地松开，她得以喘息，从他身下爬起来，却又被绊倒。

她再也没有反抗的力气。

混乱中，那人去翻找她的背包。

稚初什么都没打算要，只死死地抱着那双球鞋盒子。

那人视线一转，好像是看到了了不得的东西，开始去拽她怀里护的东西。

"小丫头，你最好把东西给我，这样你会少受点苦头。"

伤痛让她手臂没了知觉，她的大拇指被撕裂出血，疼得无法握住任何东西。

鞋盒被拿走了。

她想说那东西不值钱，但发现嗓子哑了，发不出声音了……

稚初不知道自己是怎么走回家的，但倪亦之等在公交站边，不知道是不是在等她。

稚初将围巾绕了几圈，挡住脖子跟脸，只露出一双眼睛。

倪亦之肯定看出什么了，但没有拆穿她，他说："早点回家吧。"将一只暖水袋塞到她手里，头也不回地走了。

稚初愣了下，忽然有泪涌出。

这事不算完，第二天稚初进教室的时候，闻歌一把抓住她，问："你昨天是不是出什么事了？倪亦之给我打电话说你的手机没人接，快急疯了。算了，先不说这个了，你快去校门口看看吧，他跟周子祁打起来了。"

稚初心下一紧，走到窗户边往下看，倪亦之和周子祁对峙着。

这里是学校，不怕受处分吗？

她来不及深想后果，跑下楼。

稚初出现的时候，倪亦之正抓着周子祁的衣领，亮出了拳头。她推了他一把，挡在周子祁面前："倪亦之，你疯了吗？"

倪亦之没看稚初，冷冷盯着周子祁："我倒想问问他，为什么你昨晚跟他在一起，最后却一身伤回来。"

"不关他的事。"她说。

倪亦之话音里冒着寒气，眼神冷厉："你就这么护着他？"

"你知道这所学校有多少双眼睛在盯着这儿吗，我是坏学生也就算了，你别把自己搭进来。这件事不用你管。"稚初盯着他。

倪亦之眼睛轻眯起，想将她看清。

被她护住的男生伸手揽住她的肩，倪亦之看见周子祁手腕上的红绳，忽然轻笑了声："也是，是我多管闲事了。"

他弯腰捡起落在地上的校服，心头苦涩。

稚初想叫住他解释，但人已经走了。

她打掉周子祁的手："你别瞎弄。"

"你伤哪儿了？"

"你闭嘴吧。"

"稚初，你干吗冲我发火？"

她突然苦笑一声，正儿八经地盯着周子祁的脸。周围的人已经散去，只有他还待在她面前。

"因为，我喜欢他。"

周子祁声音寒得像井里冰凉的水："那刚刚你怎么不站在他那边？"

"我怕你伤到他。"稚初站定，缓缓说，"我跟你不一样，我喜欢一个人是放在心底的，不会天天缠着他让他知道。"

周子祁微微颤抖了下，脸色霎时白了。

禹城连日阴雨。

一团黑云笼罩在学校上方。

不知道为什么，稚初心里总能想起那天倪亦之走远的背影。

闻歌见她神色凝滞，搭上她的肩："走，今天出去吃顿好的。"

稚初还没回答，手机里有短信进来。

"改天吧，周子祁好像出事了。"她看了一眼，然后攥着手机便出了教室门。

闻歌追出去的时候，在楼梯口碰见从办公室出来的倪亦之，她叫住他："稚初找我借的地理笔记，她走得急忘记拿了，你帮我给她。"

倪亦之没打算接。

闻歌硬塞进他手里，赶紧溜了。

他的视线在笔记本的扉页停留几秒，想塞进书包里。

有字条从里面飘出来，落在地上……

稚初跑到一条巷子的时候，给周子祁打了通电话，无人接听。

她想起他在语音里给她的留言，他说，我不会让你白受欺负的。

她站在巷口等了又等，有两个男生架着一个满脸是血的人走了过来，身后还跟着三个人。她很快看清了受伤人的脸。而那个架着周子祁的人，她也认识，是那天抢她球鞋的男生，眼睛下面有一条刀疤。

刀疤男生上下打量了稚初一眼，吹了声口哨："哟，你魅力够大的啊，没想到他还真的单枪匹马地来。"

稚初喊了声："周子祁。"

周子祁的眼睛睁开看了她一眼，冷若寒霜："给我滚。"

稚初笑了："你没死就好。"

周子祁愣了愣，没想到她一点没被吓到，这女生胆子大得能上天。

刀疤男生松开手，周子祁瞬间摔倒在地。

刀疤男生双目一转到稚初身上，调笑："你倒是挺特别的啊。"

她双手插在口袋里："比你们这种渣滓稍微差了点。"

刀疤男生饶有兴致地盯着她。

周子祁脑海里警铃大作，他怎么样都没关系，但不能让她受伤。他想把她支走，但已经来不及了。

刀疤男生的手直接搭上稚初的肩膀："你这个直爽的个性我倒挺感兴趣的。"

身边的小弟坏笑道："哥，你什么时候喜欢这款了？"

刀疤男生调笑："叫声哥哥来听听。"

他话音刚落，女生一个啤酒瓶朝他砸来。

刀疤男生的笑容凝在嘴边。

稚初警觉地后退几步，将周子祁扶起来。

刀疤男生抹了把额角的血，笑得更欢了："这反转，够味儿。"

变态！

周子祁将稚初往身后扯，但稚初倔劲儿上来了，寒着目光扫了刀疤男生一眼："你们想怎么样？"

"你打了我，不如陪我一晚，咱们一笔勾销，这笔生意你不亏吧。"他眼珠子滴溜溜转了一圈。

稚初恨不得啐他一脸，但心里憋着恨，脸上却换了风情万种的笑容："那你把他先放了呗。"

她本来想让周子祁先走叫来帮手，凭着他两人根本斗不过，却没料到原本没有力气的人突然跳起来，勒住刀疤男生的脖子。

其他四个人见老大被困住，纷纷上前，对两个人拳打脚踢。

迷糊中，听到有人说："把她捆了，带回去给老大尝鲜。"

周子祁头上的血流到眼睛里，看什么都是猩红的，他呜咽了声。

稚初想呼救，但嘴巴被什么堵住了。这时，忽然一个人影闪过，她不知道是不是自己的幻觉。

很快，有警报声响起。

一行人被带进警局。

稚初被爸妈带回了家，他们没责骂她，看着他们欲言又止的样子，她不知道怎么解释，匆匆洗了澡回卧室。

她抱着手机翻来覆去睡不着，打开键盘，按下一行字：

"今天在巷口见到的人是你吗？"

没有回复。

他这次是真的生气了。

这件事情不知道怎么在学校传得沸沸扬扬，最后落到校方耳朵里。有学生家长来学校闹，说不能让一颗老鼠屎坏了一锅汤，更以要去教育局举报为威胁。这时有人当着校长的面出示了那天稚初不在场的证明，加上周子祁抵死不承认有稚初的参与，于是她在记了个严重警告处分后从这件校外滋事事件中被剥离出来，但周子祁被开除了。

稚初不知道事情怎么就闹到这个地步，家长会上她第一次被稚妈当众扇了一巴掌，连班主任都被吓到了，拉着稚妈一阵安抚。

稚初在教务处的走廊上站了一上午，没有反抗也没有辩白。

回到教室时，座位上放着一盒药膏，她看了看，塞进课桌里。

周子祁的爸爸动用了关系让他以特长生的身份进入了省体校。临走之前，周子祁找到稚初，把已经残破不堪的球鞋盒子给她。

她突然没办法坦然地看他。

是她拖累他连高考的机会都失去了，其实她知道，他一直在努力。

周子祁还是笑得璀璨，不掺一点杂质。

他摸摸稚初的头，姿态昂扬："小丫头，加油啊，带着我那份一起努力下去。"

稚初"嗯"了声。

"我为你骄傲。"他临走前忽然补了句。

她听着听着，眼眶红了。

回教室的途中，她往一楼大厅看了一眼，倪亦之正站在里面若有似无地朝她扫过来一眼。但她发现，他并不是在看她。

甚至在她跟他擦肩而过的时候，他都将她当作空气。

倪亦之回到班里，蒋鱼的座位上一群人围着聊天，讨论的自然是最近学校发生的大事。她笑着开口："亏我之前跟她走得比较近，也没发现她还能干出打架这种事。不过也不是什么端倪都没有。"

"什么啊神神秘秘的？"有好事者追问。

"她竟然抽烟。"蒋鱼声音细细的，将音量控制得刚刚好。

她瞄了眼倪亦之。

倪亦之脸色如往常一样冷漠。

她甩甩手："算了，这些事跟我们没什么关系。倪亦之，还好你没掺和进去，不然……"

"走开。"他从牙缝里挤出两个字。

倪亦之脸上的笑瞬间消失，眼眶红了。

同桌见状，拉着她出教室去打热水。

在水池看见正跟朋友走过来的稚初，蒋鱼眼底结了层寒霜。

同桌喊她："蒋鱼，预备铃要打了，走吧。"

蒋鱼低头紧了紧水杯盖子，低声道："你先走吧，我还有事。"

说完，她上了三楼，找到意见箱，将一封举报信塞了进去。

手机突然响起，她按了接听键。

"宝贝，我看你最近几次成绩下滑得厉害，这事儿你爸那儿我暂时压住了，你知道家里对你的期待多大，希望这次期末考你不会让我失望。"

"妈，成绩不好也不能完全怪我啊。"

"你现在还学会找借口了？"

她吞吐："学校最近风气很差……"

稚初回班里的时候，正好闻歌来她的座位找她。

闻歌问："初儿，你没事吧？"

"我能有什么事，你别瞎操心。"稚初继续做题。

"那就好。"

过了会儿，闻歌突然压低声音："我听说蒋鱼她妈带着一帮家长杀到校长办公室了，风风火火的，也不知道是为什么事。"

"跟我们有什么关系，有那心思不如多做几道题。"

闻歌伸手去摸她的额头："你不是发高烧了吧，突然转性。"

"没有。"稚初神色暗了暗，"只是，有时候一个人长大，好像是一瞬间的事。"

在没闯出大祸之前悟出这些。

老天是眷顾她的。

数学课没上多久，稚初被叫到校长办公室。

进门的时候撞上倪亦之的视线，她有不好的预感，但转念一想，她跟倪亦之已经很久没说过话了。

久到她现在看着他，已经忘记他们之前长达十年的漫长交集。

他对她而言，只是同级同学而已。

教导主任将举报信递给他俩看："这事你们两个当事人解释一下吧？"

"有什么好解释的，事实都摆在眼前了，我听说这位女同学前不久还在校外跟混混打架是吧？这种学生早不开除，留在学校是打算祸害我们孩子吗？"带头的家长劈头盖脸就是一顿。

"我们没有谈恋爱。"稚初直视她。

"事实摆在眼前，你还争辩什么啊。"

一直沉默的倪亦之突然出声："她都说没有了。"

"轮不到你们在这儿说，校长这事要是处理不好，我作为家长代表会一直给学校施压的，您看着办吧。"

倪亦之将稚初拽到自己身后："这件事跟她无关，如果你再继续污蔑她，我会托父母请律师过来。之后的事情，校方可以跟我的律师谈，没什么事我们先走了。"

女家长被气到跌坐在椅子上："现在的学生真是无法无天啊，校长，这件事你可得严肃处理啊。"

……

一出校长办公室，稚初差点没站稳，她半倚着墙壁，双目无神。

十六岁好像是个坎，怎么也迈不过去。

倪亦之也没走，他心里有些复杂。这事发生在他身上没什么，但稚初那儿会有麻烦。她上次受了处分还没摘干净，现在又来一出早恋戏码，处理不好怕是连学也上不成。

她愧疚地说："对不起。"

他看着她，像看着白痴，话语却还是平静的："我来处理，你不用管。"

"要不……"她顿了顿，"我退学吧。"

倪亦之扯了扯嘴角，恢复了冷淡："你遇到事情也只会这一招。"

稚初还想说什么，倪亦之没给她机会，双手插进口袋，从她身边扬长而去。她不知道，在走廊的尽头，他突然停下脚步，扭头看她，那时候他是怀着怎样的心情。

——很想理论理论吧，其实你不用跟这个世界讲道理，有我偏心你。

她曾经是个拥有着女王姿态的女孩，现在却干瘪得像一株枯草，但他依然喜欢她。

哪怕知道，她对他并无意思，他还是甘之如饴。

他脑海里却回想起那张属于两个女生秘密的字条。

——你有没有喜欢过一个人？

——不知道算不算。

——倪亦之？

——怎么可能。

他瞬间清醒，收回视线，低头，然后，走下楼梯。

有人在楼底下等着他。

倪亦之看清了来人，是蒋鱼。

他跟往常一样无视她，却被叫住。

"你想帮她，我有办法。"

倪亦之停住。

"什么？"他轻声问。

"我可以跟老师说，跟你早恋的人是我。"

他淡淡看向她："带人过来闹的是你妈妈。"

"怎么跟她解释是我的事，重要的是，稚初上次的事已经让她在学校待不下去了，如果这次处理不好等于雪上加霜，我的方法确实可以帮到她。"

倪亦之转头。

他不太懂她想要的到底是什么。

"我是真心想帮你。"蒋鱼说，"我不会给任何人说这件事，但你要答应我，从现在开始跟她保持距离，事实上，你也只能这样做。我跟你的事我妈会压下来的。"

"你想要的到底是什么？"

"我只是，喜欢你而已。"

他扭头看还站在校长办公室外的女生，想到那时候为文理分科苦恼的稚初，在他的开导下，对未来充满幻想的样子。她瞪大眼睛，又慎重又喜悦。

——"倪亦之你说的那个未来，我想要努力看看。"

反正，继续待在她身边，好像也没什么用处。

她需要的再也不是他了。

他露出似笑非笑的表情，点头："可以。"

蒋鱼没想到他会答应得这么爽快，又或者，她没有想到只要能让那个女生好，他什么都乐意做。她有些无力，好像呼吸都困难起来。

绕了这么一大圈，只是想堂堂正正地站在他身边，即便是无理的，她也要试上一试的。

稚初没想到怎么跟爸妈交代这件事，于是她拖到很晚才回家。

十点，家里的灯还亮着，隐约能听到卧室里传来妈妈接电话的声音。听妈妈说话那么客气，应该是跟班主任讲话。

稚初等在客厅里，过了一会儿，妈妈挂断电话出来，果然脸色很不好看。

"妈，我有话跟你说。"稚初有些局促。

稚妈大步走过来，认真地看了女儿一眼："我知道你要说什么。"

"嗯，那个……"

"这事儿不能怪你，只能怪学校在没有调查清楚的情况下，胡乱冤枉人。我是看在你们班主任道歉还比较诚恳的份上，才算了，不然我一定去学校闹个天翻地覆，凭什么往我家孩子身上扣屎盆子。"

"嗯？"

"你们班主任说调查清楚了，被检举的不是你，是另一个同学。好像跟小倪是一个班。"稚妈说着说着有点可惜，"小倪这孩子看着规规矩矩的，怎么还在学校谈起恋爱了？你事前知不知情？"

听到这话，稚初立刻回过神来。

"倪亦之怎么可能？"

稚妈莫名其妙地看着她："他都已经在老师那里承认了。"

稚初沉默。

稚妈警告她："这事跟你没有关系，你别再闯祸了知不知道，给我好好学习，不要受影响。小倪成绩那么好，他以后肯定自有打算，你多为自己考虑吧。"稚妈顿了顿，"你现在的情况是一脚踏在悬崖边上，你知不知道？我跟你爸商量过了，你不是很喜欢写作吗，我们同意你以艺考生的身份去读传媒，从下学期开始，你乖乖去上外训班。"

"那我，还回学校上课吗？"

"正式上课的时间比正常参加高考的少很多，到时候我跟你爸会协调好的。所有人都在为你的前程让步，你知道自己该做什么吧？"

稚初"嗯"了声。

稚妈叹了口气，关掉电视机回卧室了。

客厅里只有稚初一个人，她看了看墙上的时钟，拉开窗帘，一个颀长的黑影正穿过广场，那背影像一只孤独的野兽。她一直默默注视着他，一直到他消失在夜色里。

第二天，稚初照常上学。

课间，班上多了些关于倪亦之跟蒋鱼的讨论。

有人恍然大悟："我就说倪亦之怎么可能不对蒋鱼动心，一年级的时候大家都传她单恋，倪亦之看着高冷，原来两人早就暗度陈仓了。"

"欸，蒋鱼说了，高一下学期两人就在一起了。他们为上大学一起努力来着，关键是蒋鱼学习成绩不降反升，这难道是学霸效应吗？"

稚初盯着课本上的习题，记忆回到很久很久以前。

他恨铁不成钢地教她作业，突然问她，要不要上同一所大学。

好像还是昨天的事，可在他身边一起许下承诺的早已不是她了。

她手上发力，竟将铅笔掰断。

闻歌突然凑过来，接过她手中的铅笔重新削好递过来，小心翼翼地问：

"你还好吧？"

稚初没回答。

"你现在在心里猜没什么用，要不你直接去问他吧？"

"问什么？"稚初低头继续写题。

"问他跟蒋鱼是怎么回事啊？这里面肯定有误会，我怎么看都觉得还是你这个菜篮子跟他更匹配。"

"不用了。"

闻歌看着干着急："你什么时候也变得这么磨磨唧唧、犹犹豫豫的？正好，倪亦之已经让谢宇驰传话过来，晚上一起去老地方吃饭。肯定是打算跟你解释啊。"

闻言，稚初握着铅笔的手放松下来："真的？"

"我还能骗你吗？正好趁着这个时间大家把误会都说清楚，一起从小长到大的关系，总不能因为别人散了吧？我们人生里还有几个十年。"

"嗯。"她脸色终于有了丝血色，"谢谢你，闻歌。"

"你真是个呆鹅。"闻歌笑了。

稚初也笑了。

因为圣诞节，平时不怎么解风情的班主任破天荒地早早下课。没到约定时间，稚初先回家了，她在衣柜里翻了翻，找了件外套换上，在镜子前转了几个圈。她转念一想，自己在干什么呢，自己什么样倪亦之没见过。

临走前，她犹豫了一瞬，还是带走了球鞋盒子。

大院里也应着节日挂满了彩灯，闪得人眼花缭乱。

闻歌家楼顶的天台有一棵小圣诞树，还有一张桌子，此时桌上摆了烧烤跟啤酒。

人已经到齐了，只差她一个。

闻歌把稚初拉到自己身边，顺便给她的盘子里放上两串烤鱿鱼。

谢宇驰坐在倪亦之的左边，脸色不太好看。

闻歌搭上稚初的肩膀，说："我昨天看新闻，周子祁代表省体育队参加今年的市运会，得奖了。"

"嗯，他打电话给我了。"稚初回。

"挺厉害的，刚进去就冒尖了。"闻歌仰天长叹，"好羡慕人家，不像我们天天得啃各种卷子，这次小考我又要玩完。"

谢宇驰喷她："哼，你哪次不这样说。"

"少以为你进了理重班就升天了，信不信我把你昨天晚上翘课进网吧的事告诉你班主任。"

"劳逸结合，你懂个鬼。"谢宇驰白她一眼。

稚初淡笑着听他俩拌嘴，谁也没提倪亦之跟蒋鱼是怎么回事，好几次谢宇驰话都在嘴边，又咽下去。

稚初抿了口果汁，放下杯子。

对面的手突然伸过来，将被挤到桌子边缘的水杯往中间推了推。

幸好，不然要泼在她身上了。

稚初抬眼看过去，倪亦之在一边安静地坐着。

闻歌抓准时机，问："倪亦之你最近在忙什么呢，神龙见首不见尾的。"

"搬家。"他声音不大不小。

闻歌顿时蒙了："什么？"

稚初一颗心瞬间沉了下去。

饭桌上由刚才的热闹转为僵凝。

静默了好久好久，谢宇驰突然说："也是，天天低头不见抬头见的，你是不好意思。"

他仰头喝了一大口啤酒，重重磕在桌上："我就问你一句话吧，暗地里撬哥们墙角，你心里有没有愧？"

闻歌拦住他："池子，你少说两句。"

"怎么着，我还没有发言权了。"他唰地站起来，指着倪亦之，"我把你当好朋友，什么都跟你说，事到如今你半点解释也没有吗？你心里一定把我当傻子看吧，我就是贱。"

"谢宇驰，你够了。"

"是的，我够了，我蠢够了。"他将椅子一脚踢在地上。

轰隆的声音吓了稚初一跳，谢宇驰捡起掉在地上的衣服走了，闻歌也追了出去。

天台上又只剩他们两个人。

"你搬去哪里啊？"静了半晌，稚初开口。

"文诚路。"

"那里离学校挺近的。"

"嗯。"

她挤出一丝笑："挺好的。"

听她说完这三个字，倪亦之的心像在无边海域里漂着的一块浮木，被浪头打中，沉下去又浮起来。

明明来之前已经打算好了的，他突然想反悔了。

他一向以理性跟自控力傲于人前，此时只为她一个失意得天塌地陷。

"我爸妈让我去学传媒，要去外训。"她说。

挺好的。

"加油啊。"好像在没话找话。

"用不用我帮你搬家？"

"不用。"

稚初潇洒地扬了扬手："那我回去啦。"

背过身去，心里压抑又悲伤。她快速地跑下楼，却发现鞋子还抱在怀里，盒子被她捏瘪了。

她冷静下来，抬手丢进了垃圾桶。

冬天的夜晚，一颗星也没有。

倪亦之收拾桌上的残羹冷炙，将一个一个打包盒捡起来，唯独稚初刚刚坐过的位置没动。属于她的痕迹不想就这样丢掉。

那是几年前来着，忘记了。反正也是在这个天台，他们一起来放烟花庆祝新年，她闹着他给她送新年祝福，他想了半天给她讲了个故事。

"从前有一只小狐狸，他误打误撞进了兔子窝。兔子没见过外面的世界，她说你带我走吧。狐狸又小又懦弱，他怕外面的世界太大，把兔子弄丢了，但又不想兔子失望，于是他在离开兔子窝之前，告诉她等他长大一些，就回来找她。他回到狐狸洞之后，他拼命吃拼命长大，终于他有了力量，他回到兔子窝。

"他心里太忐忑了，他不知道兔子还愿不愿意跟自己的离开，但他想，只要勇敢试一试，即便有些遗憾也没什么吧。于是他一步步朝她靠近，兔子窝里有好多兔子，但狐狸一眼就认出他要找的，因为在他眼里，她就是最特别的那一个。

"他慢慢走近她，问她，喂，你愿意跟我走吗？"

也许这个故事太长了，她还没听完就睡着了。

倪亦之想，他好想做那只狐狸，想在她生命里大闹一场，此后，愿不愿意，由她抉择。

可是，这个愿望，被他亲手弄丢了。

第九章

人生如戏，全靠演技

"告诉自己不介意，果然还是笑不出来。"

——稚初

倪亦之搬家那天，稚初躲在家里没敢下楼。她想起小学的时候第一次见他的情景，在心里感叹，这个男孩子真好看啊。那时她心里想的就是越喜欢一个人就越捉弄他，没想到真的把他吓傻了。

虽然这些年我总是任性比较多，爱闹爱折腾，但这个大院里属于我们的回忆这么多，你怎么说不要就不要了……稚初用手背揉了揉眼眶，有眼泪流下来。

她从小都是属于不太爱哭的那一类，生命里总有股韧劲儿，就是你越要打压我，我偏要笑给你看。

可这次她是真的难过了。

事情演变成这样一个结果，她不知道是为什么，前段时间他还在揉着她的脑袋，骂她是个傻子，现在他连话都不跟她说了。可能这就是缘分，缘分让他们在过去十年里亲密无间，又让他们在高二这个年纪成了彼此生活中的过客。

闻歌抱着她说："要不咱们再试试吧，你别哭啊你，你这样我也忍不住了。"

"不试了。"她没勇气了。

"我不太明白他，他对你那么好。"

"他之前对我那么好是拿我当朋友，现在他不想了，也没什么想不通的。人与人的关系其实很浅薄的，大家走着走着就走散了。"

稚初跟闻歌红着眼眶在卧室的地上坐了一整天。

稚初是个聪明的姑娘，她其实什么都知道。

她听从了父母的安排，开始为自己的前程打算，上培训班，留在学校的日子认真听课，学习成绩慢慢稳定下来。

进入高三之后，时间过得很快。

听闻歌说，文理科重点班被学校寄予很大期望，开始封闭式训练了。这样区别对待，让普通班的学生压力很大，憋着一股劲要把总分冲上去。闻歌课间也不爱乱跑了，脑门上恨不得顶上"冲刺高考"四个字，没日没夜地刷题。

稚初去北京参加艺考回来，距离高考只有三个月了。

学校在动员大会上，给所有学生准备了成人礼。校长在礼堂拿着话筒说，过了这扇门，你们的精彩人生才算真正开始。

现场很混乱，教导主任刚开始还想着维持秩序，后来就随大家去了。也许觉得，这是难得的放松时间，想给所有人留下一个难忘的回忆。

稚初被挤出了自己的班级，她扭头在人群中寻找闻歌，却看到了离自己越来越近的倪亦之。她突然有种错觉，也许他就是故意来找自己的。

她实在太久没见到他了，其实跟他联系不算难，他的手机号没变，每天在学校的行动路线也极其简单，稍微留意就能偶遇。但她一点也不想遇到，她心里堵着一口气，无法释怀。

很快，倪亦之也看到了她，目光闪烁，又迅速收回视线。

他被挤到她身边，距离咫尺，甚至某一瞬间，她的手还碰到了他的手背。

然后，两人又被人群冲散了。

闻歌在人堆里探着身子，终于挤到稚初身边来，抓住她的手。

十八岁成人的大门，她们一起迈过。毕竟她们从穿开裆裤就认识了，一直到现在即使彼此嫌弃也依然相爱。

稚初的心底变得无比柔软。

十年寒窗在考场里的两天时间里画下句点，后来她才知道，其实高考只不过是人生里一座很普通的山峰，但在那个特定的时间里，所有人都恨不得把它当作救命的浮萍。

高考结束那天晚上，稚妈在家里摆了桌酒席，但其实谁也没喝酒，但似乎都醉了。妈妈拍着稚初的肩膀说"辛苦你了孩子"，最后自己忍不住哭了。

那时稚初才知道，原来攀爬高山的并不只她一个人，还有家人。

高考成绩出来之后，稚初报了北方一所戏剧院校，运气很好，分数线刚好够。

至于倪亦之，他发挥一向稳定，几乎没什么悬念地拿下了禹城的理科状元，好几所一流大学争着抢着要他。十三中更是以他为傲，校园里挂满了祝贺的横幅。

闻歌跟谢宇驰也考得不错，据说谢宇驰准备报厦大，闻歌重色轻友地跟着去了，临了还安慰稚初，没事，以后在北京聚嘛。

说得倒容易，一直到稚初毕业，她也没在北京看到过闻歌一次。

最后一次班级聚餐，大家都脱掉难看的校服，换上了自己的便装。一群人挤在一个包间里，花花绿绿的，都分不清楚谁是谁。

不知道哪个男生感叹了句："我刚发现我们班好看的女生真多，当初应该早早下手的。"

他话音刚落，头被班主任重重敲了一下。

班主任是个嗓门很粗的中年男人，姓王，他警告道："还想着早恋呢？还好你没苗头，不然我铁定给你捣没了。"

男生摸着头埋怨："老师，这都毕业了，您也不温柔点。"

众人哄笑。

推杯换盏，王老师也被灌醉了。

他站着摇摇晃晃："说实话你们这一届是我带过的最差的一届。"

"是不是每带一届您都这么说？"大家争着问。

王老师斜了底下一眼，顿了顿，又说："你们也是我最舍不得的一届。"

话题忽然变得很伤感。

"虽然以后大家都各奔前程了，希望你们不要忘了这所学校，不要忘了高中这三年挥洒过的汗水、奋斗与挣扎，你们把最美的时光留在这里了，记得常回家看看。"

底下部分女生泪腺已经崩坏，低声啜泣。

班长突然站起来，朝着那个年过三十的男人大声喊了过去："不忘师恩！"

紧接着，数十名学生站起来齐喊："不忘师恩！"

所有人眼里都含着泪花。

王老师也热泪盈眶："希望你们的人生不留遗憾，朝着梦想奋斗吧，未来属于你们。"

眼泪涌动的时候，稚初脑海里隐约浮现出一个影子。

她不知道老师口中的遗憾是什么，但她弄丢了一个人。

一个她看得很重要很重要的人。

她泣不成声。

饭局结束，她开门去卫生间洗了把脸，出来的时候在走廊门口见到了倪亦之。他似乎想要说什么，但没来得及，被人喊进去喝酒了。

身后有人喊了稚初的名字，她扭头，是蒋鱼。

"听说你也在北京啊，以后记得跟我和倪亦之常联系啊，大家一个学校的，要相互照顾嘛。"她依旧笑得很甜，纯良无害。

"我们"这两个字像一把利刃，伤人于无形。

稚初点头："你客气了。"

"其实，你们现在疏远些对他来说是好事，没有哪个女生喜欢自己的男朋友有个从小长大的青梅，总有点暧昧不清啊。"

稚初听着眉色一冷。

她想了想："请你不要把自卑归咎在别人身上，如果你认为是你的东西那就守好，不是你的你攥在手里也没用。我跟倪亦之之间如何，跟你没有任何关系，自始至终只是我们两个人的选择。没有谁会把空气当作一段关系决裂的理由。"

蒋鱼的神情有些僵凝："你这样说话有点过分了。"

"那你又有什么资格跑过来试探我？这事我会告诉倪亦之的，你以为我会像傻子一样忍在心里吗，我还偏不。"

"你……"蒋鱼气得浑身发抖，但又害怕稚初真的跟倪亦之告状，最后恨恨地转身离开。

蒋鱼回包间的时候，倪亦之抱着手臂将她堵在门口。

他问："你跟她说什么了？"

"没什么。"

"正好，借着这个机会整理下我们之间的关系，高中毕业契约关系结束吧。"

蒋鱼怔愣，颤着声音开口："契约？"

"嗯。"他连眼角的余光都没给她。

"凭什么？"她心有不甘。

倪亦之话音依旧寒凉："这交易是你提的，现在作废了。"

"可是，我记得我跟你说过的。"她慢慢靠近他，企图在他眼底找出一丝玩笑意味，"我喜欢你啊。"

倪亦之冷眼转向别处："那是你的事情。"

"这三年的相处，你对我一点喜欢都没有？她又哪一点比得上我？"

倪亦之扫过她的脸，淡淡道："你没她好看。"

自取其辱。跟他每说一句话，得到的不过是自取其辱罢了。

"还是谢谢你了。"他客气得像对待一个帮他一把的路人。

蒋鱼再也忍不住，蹲下身痛哭起来。

"在她那里，你跟我一样，也不过是个输家。"她只能用刺激他来掩饰自己心里的难过。

"我喜欢她不会因为她喜欢我，或者不喜欢我而改变。而只是那个人就是她，活在我所有为未来的努力中，这是我自己的选择，与他人无关。"

蒋鱼泪眼婆娑："你会后悔的。"

"如果你觉得这样心里好受点，就这样想吧。"

他留下一句话匆匆离开。

他从来没有向别人坦露过对稚初的喜欢，因为把这样的心意分享给不懂的人，感觉像是亵渎。

想她，想见她。

她在成人礼上疏离的那一眼，像刀剐在他的心上。一想到，也许他可能消失在她之后的人生里，就如同死过一次。

手机里却传来信息，联系的最后一条短信还停留在一年前。

"倪亦之，我们绝交吧。"

他停下脚步，喘息着看完这句话，随后点了删除键。

不可能。

谁准的，他不许。

倪亦之到家属大院的时候，稚初躺在广场的长椅上啃一个大鸭梨。

大榕树下吹来的夜风平添了几丝凉意。

她换了条白色的连衣裙，在夜色中格外显眼。

倪亦之俯下身去看她。

她迅速坐起身，整理好上衣，没去看男生的脸，小声问："你怎么来了？"

椅子上还有她刚刚躺过的温度，他问："你说那句话，什么意思？"

"没什么。"她闪烁其词，继续啃没吃完的梨。

倪亦之静静看着她。

漆黑的夜里，他的听力变得十分敏感。

清脆而饱满的梨肉在牙齿的咀嚼下，汁水经过口腔滑进喉咙。

她的眼睛里充满波光，荡漾在他的心间。

倪亦之极力克制，却再也忍不了，伸手将她按倒。她一声轻呼，气息喷在他的脸上，他眼睛都没眨一下，一动不动地盯着她。

"收回去。"他的手用力按在她的肩膀上。

稚初闻到了他的酒气。

喝醉的他变得固执而强硬，又像个失了玩具的孩子。

跟酒鬼能说清楚什么，她别过头。

倪亦之又重新将她的脸掰回来。

"收回去。"他又重复了一次。

"倪亦之你成熟点，天下没有不散的……"稚初还没说完，他欺身下来，封住她的唇。

他贪婪地吮吸着她的味道，霸道地箍住她的身子。

王八蛋，色魔，喝醉了就能随便欺负人吗？我的初吻啊！

稚初在挣扎中，嘴唇被咬出了血。倪亦之是故意的，他见不得她的没心没肺，他对她好时她接受得理所应当，现在得到了好处就一走了之。

她是他的。

如果她不愿意，他坑蒙拐骗都要将她得到。

稚初实在没有力气了，她沉溺在他的亲吻里。而他的动作也由起初的强硬变得温柔。凭良心说，他的技术还不赖，男生好像在这种事上永远无师自通。

这个吻，很漫长。

漫长到稚初想起他们之间的过去，她成长路上的每一步都有他的印记。

而她心里清楚，从这一刻开始他们之间的关系改变了。

也许更早以前，早到她第一次发现自己喜欢他开始。

倪亦之双眼深情无比，他松开她。她一把将他推开，脚狠狠地朝他小腿肚子上踢过去。

"我不提了好不好。"他拽住她的手，"我不喜欢你了。"他说话很轻，轻到稚初都没听清他的话。

她来气了，甩开他的手。他劲儿太大，她挣脱不开，每使一次劲儿她就骂一个字，合起来就是："神经病。"

倪亦之脸色有点不好了，凝视她片刻，突然松开了手，站起来走了。

浑蛋倪亦之。稚初在心里将他里里外外骂了个遍。

不知道是不是真的受到刺激了，从那天起，他真的没有再联系过她。

稚初回老家待了一整个暑假，无聊的时候她来回地翻手机，翻之前的聊天记录，每看一次就骂倪亦之一次。

这个不会哄人的冷面怪物，活该单身一辈子。

骂累了，她就跟着爷爷去果园摘橙子，她专挑又苦又涩的摘，完了寄了一大筐给倪亦之，也不知道他收到没有，总之是没有音信。

时间就这样到了大学开学，为了表达独立自主的决心，稚初说服爸妈让自己一个人驮着行李去上学。谁知稚家爸妈比自己还高兴，兴许觉得终于送走一座瘟神，前半个月已经在就将稚初卧室搁出一半出来做书房还是衣帽间做强烈的商讨。稚初被父母隔离在外，在失去自己卧室的同时也失去了言论自由，直接被告诉申诉无效。

她努努嘴，随他们去了。只是在离开家的前一天，稚家爸妈趁着她熟睡突然推开她房间的门。

她感觉到有人在抚摸她的脸，定格在她身上的视线一定是柔和的。

"刚生出来的时候她就那么大点，现在成大姑娘了。"

"我舍不得孩子走。"

……

稚初突然翻了个身，闭着眼睛眼泪流了出来。但即将到来的大学生活让她立马乐观起来，最起码不用被老师骂。

第二天，稚初起了一大早，坐上了去北京的飞机。本来妈妈说跟倪亦之一起做个伴最好，但打电话过去问，他已经提前去报到了。

第一次独行她激动又兴奋，安检之后，拿着外套和随身的小包就直接走了。在登机口外面听歌听了半个小时都没有发现自己的行李箱没拿。最后下了飞机，到了学校才发现，行李丢在机场，只好打电话给爸妈。

稚妈倒没有骂她，只说，行李我会给你寄过来，你在校门口等一下，有人会去帮你。

稚初等啊等，她想着家里在北京没什么亲戚，不会是……然后她一抬头，倪亦之出现在人群中。

她别过头不敢看他，谁知倪亦之抱着手臂，盯了她一会儿，嗤笑道："你躲什么躲，丢三落四还怕别人知道啊。"

"走了。"他长腿迈出去，稚初小跑几步才跟上他。

她嘀咕了半天，他的学校离这边实在太远了，怎么可能这么快就到了，难不成他一直等在这里。

稚初瞥他一眼。

阳光下，他身姿颀长。

他带着她去教务处报到，又安排好宿舍事宜，俨然一副大家长的模样。

天气热得整个人都是蒙的，她去超市拿了两瓶水，在树荫下等去给她取军训服的倪亦之。一小撮阳光透过树叶的缝隙落在稚初的鼻子上，灼得厉害，她揉了揉鼻子，再一抬头，对面树荫下支了个小棚子，里面坐着穿着志愿服的男男女女。

倪亦之从那边路过的时候被一个身材高挑的女生叫住，两人不知道说了什么，女生脸上莫名泛起红晕，随后掏出手机递给倪亦之。

倪亦之居然没拒绝，他低头按着键盘，然后将手机还给女生。

稚初目光暗淡。

倪亦之迈着长腿过来了，他今天穿着件淡蓝色的衬衫，举手投足透露着不符年纪的成熟魅力。

"吃饭去吧。"他走近。

稚初没动，恶狠狠地瞪着他。

"你要吃人啊。"他盯着她的时候，竟然也能生出一股撩拨的味道来。

稚初烦了，要走。

倪亦之瞄了眼，冷下调子："你打哪儿来的气？"

稚初没忍住："你属狗的吧，到处勾搭。"

倪亦之的脸有点臭。

她继续吐槽："还是那种对每一个女生都摇尾巴的烂狗。"

"你是嫌我对你太好了？"他冷眼盯着她。

稚初继续呛："不乐意你可以不来。"

倪亦之将取回来的军训服塞到她手上，转身骑了辆自行车。稚初气不过在轮胎上踢了两脚，倪亦之头也不回，扶着车头骑车离开。稚初在原地站了会儿，准备走了。

谁知刚骑车离开的倪亦之突然掉头回来，在她面前停下。

倪亦之气冲冲地下车，突然向她冲过来，她措手不及，被他一把抱起，拔脚就走。

稚初没想到他去而复返，手一直捶打他，最后累了，随他去了。

空气中有香樟树的香味。

不知道为什么，她心里竟滋生几分甜意来。

他带她去学校外面的小餐馆吃饭，点的是两年前来北京时吃过的几样小菜，炸酱面他没怎么动筷子，见稚初吃得急，将自己的那份推给她。

这几年她的饭量倒从来没减过，脾气也是。

"我钱包也在行李箱里，我妈说让我先在你那儿拿钱。"稚初嚼着面条说话含含糊糊。

她嘴边上沾了东西，倪亦之想帮她拿下来，但克制住了。

"你到底给不给钱啊。"稚初将碗重重掼在桌面上，瞪着他。

倪亦之冷眼看她："你这是跟救命恩人说话的态度？"

稚初抽了抽嘴角，突然换了副笑脸，双手捧着伸向他："倪大帅哥，能借点钱给小的应急吗？"

"多少？"倪亦之拿出钱包。

稚初松了口气："给我三百吧。"

倪亦之在钱包里拿钱，起先准备把里面所有的现金都拿出来给她，思索一会儿改变主意，抽出一张一百的，放到她手心。

"你喂猫呢。你知不知道帝都的消费水平多高，而且我还没来得及办饭卡。"

倪亦之悠悠地说道："这是一天的量，用完了打电话给我。"

"你不嫌麻烦啊？"

"不嫌。"

"倪亦之，算你狠。"

她将现金揣到口袋里。

倪亦之站起来之前，像抚摸小狗一样地摸摸她的头，面无表情地说："好好表现，我会赏钱给你的。"

稚初面上带笑，暗下却握紧拳头。

稚初回宿舍的时候，扎鱼骨辫的新室友立马围过来，一脸八卦："欸，同学，先送你到宿舍来的男生是学长吗？你咋认识的？"

稚初还没回答，室友突然感叹："我怎么就没这么好命呢，接待我的学长那张脸简直是月球表面，我一抬头跟他说话就瘆得慌，真想给他送一盒面膜。"

稚初笑了："那个送我的人不是这个学校的，是我朋友。"她顿了顿，脸不红心不跳地撒谎，"不过，他已经有女朋友了。"

稚初在"女朋友"三个字上用了强调语气，室友表情略失望。

两人陆续交谈了会儿，有学生会过来查寝，稚初又看见了白天跟倪亦之搭讪的漂亮女生，她的眼尾有颗痣，穿着一条粉色百褶裙。

漂亮女生抱着记录本转了一圈，目光定格在稚初身上，她想起了什么，指着稚初说："是你啊。"

稚初莫名其妙。

漂亮女生挠了挠头："跟你一起的那个男生说你也是戏剧文学院的，让我帮着照顾下你。我叫窦宸，就住你隔壁的宿舍，现在念大二啦。"

她凑近稚初，一脸坏笑："话说，那个男生看着冷冰冰，没想到是个暖男啊。你眼光不错啊。"

"那你是没看到他怼人的时候，能让人立马想找个地洞钻进去。"稚初笑着说。话说完，她才突然发现，对于别人理解的她跟倪亦之的暧昧关系，她竟然没有反驳。

她从来都不敢正视跟倪亦之之间的特别的关系。

朋友是她一直以来给他画的三八线，她画了很多年。一段关系的改变要付出很多代价，两年前她曾尝试去改变，却让两人的关系降至冰点。

她像只背着重重躯壳的蜗牛，胆小又懦弱，终于有一次她想探出头来，却得到现实的重重一巴掌。

这一次她不敢重蹈覆辙。

但奇怪的是，她一直忘不掉那个吻。

倪亦之紧扣着她的后脑勺，舌尖在她唇齿间翻搅。

两个月后他们再次相见，他绝口不提。

也许那只是他醉酒后的冲动。

他根本想不起来，却在她心里留下烙印，那个亲吻的记忆，如同电影胶片一样不断回放，每个细节都刻在她脑海中。

那晚是她大意了。

她想，她应该在他有这个苗头的时候就狠心掐掉，她不禁懊悔。

倪亦之接到稚初的电话的时候，正在实验室参观一场小白鼠的解剖手术。

"债主，我没钱花了。"

他看了看时间，距离他离开不到十二个小时。

"你买了什么了？"

"一瓶洗发水。"

"没了？"

"没了。"

倪亦之思忖了会儿，妥协："我等会儿过来。"

得手的稚初将找的零钱塞进钱包——想跟我斗，嫩了点。

稚初闪着双灵动的眼睛。

人生如戏，全靠演技。

稚初扔开手机，躺床上睡觉，就这样折腾他，看谁熬得过谁，到时候还不得乖乖把钱交出来。

稚初睡了个回笼觉，整个人神清气爽。

倪亦之站在稚初宿舍楼下，只一个站姿就能把这栋宿舍楼里的女生魂儿全勾没了去。

稚初穿着一双拖鞋下楼，懒懒地朝他伸手。

倪亦之打量了她一眼："你这样不像是饿肚子的。"

稚初半眯起眼，说："你小看了我的交际能力。"她的眼尾飞起来，"就昨天跟你要电话号码的学姐，她请我吃的早饭。"

"不记得了。"他想也没想。

试探过后的稚初，嘴角突然扬了起来："瞧你这大忙人的记性。"

倪亦之突然朝她走近了几步，神情真挚："看来你跟喜欢我的女生交流还挺多的？"

"关你什么事。"她撇了撇嘴，"是本人有人格魅力好不好。"

"哦？"倪亦之不动声色，"你觉得她怎么样？"

"长得好看，人也开朗，身为学姐一点架子都没有，简直是天使。"

"嗯。"倪亦之有些漫不经心。

稚初以为倪亦之就随便问问，没想到他真的开始跟窦莀联系频繁起来，这很奇怪，他一向不是热衷于人际关系的人。

稚初因为借钱的事折腾了倪亦之几天，直到行李从禹城寄过来。原本两个人的学校隔得老远，看似再没有交集，偏偏这时他开始跟窦莀出双入对了。

因为窦莀跟稚初宿舍的人关系也好，偶尔会拉着大家让倪亦之请吃饭。

这一次选在大学城附近的轰趴馆，台球、做饭、KTV、私人影院一体，室友们早早就过去了，稚初因为社团的事务迟到了近半个小时。到的时候，里面不知在玩什么游戏，叫声一阵高过一阵。

稚初敲了敲门，进了房间，倪亦之正在跟窦莀说说笑笑。

她进去的时候，倪亦之抬眼向她招了招手，依然熟络，但只是像对待普通好友一般。他在看她的时候，眼底的光消失了。

"稚初，来这边坐。"窦莀拍了拍身边的座位。

倪亦之打断窦莀："就让她在那边吧，她不会玩这个。"

稚初皱皱眉，不就是扑克牌吗，瞧不起谁的智商呢。她偏不听，加入，结果连输了五把。

稚初灰溜溜地退了出来。

室友安可按住她的肩膀，悄悄地说："原来你说他的女朋友是窦莀学姐啊，感觉很般配啊。"

稚初顺着她的视线看过去，他笑容明媚，再也不是高中时代那个沉默寡言的少年。她眼睑一颤，别过头。

"大家都成双成对的，不如我也给你介绍一个男朋友吧，就上次来宿舍找我的那个学长，人挺风趣的。"

安可还没说完，稚初拉开房门出去了。

安可心里有气，将手机往沙发上一甩："神气什么啊，不过是想给她牵红线而已，真把自己当号人物了。"

她话音刚落，就与倪亦之黑漆漆的眼睛对个正着。

安可知道自己说了不该说的话，立马噤声了。

"咱们这样是不是有点过了？"窦宸边洗牌边小声说。

倪亦之回："你演技还不错。"

窦宸手肘一捣鼓倪亦之："我当年艺考全市第一，不过懒得跟那些演员抢饭吃而已。不过，你要不要出去看看？"

倪亦之"嗯"了声，起身。

以稚初的智商，她自然不知道窦宸跟倪亦之演的一出什么戏，到时候不管结果与否，她已经身在局中了。

这小妮子是他看中的，谁也抢不走。

稚初出了轰趴馆散心，在门口遇见一个人。

这几年，他俩只是偶尔写短信发邮件。

她怔愣了会儿，那边的人已经朝她走过来了。

"你怎么在这儿？"稚初先出了声。

"我被选进国家队了，以后要常驻北京。我记得你是在念这所学校，想着能不能偶遇一下，看来我们有缘分。"周子祁由一个毛头小子变成了一个开朗大男孩，浑身上下散发着荷尔蒙，"小丫头，你在哪个包间，我们碰一下？"

稚初往后一指，正巧倪亦之从包厢里出来。

气氛不算好也不算差，或者说他根本没拿正眼瞧这两人，径直绕过去洗手间了。稚初盯着他背影走远，转头将周子祁领进了包间。

因为帅哥的加入，四个女生顿时活跃，去吧台叫了一箱酒，往死里灌。

划拳的游戏稚初又输了，身边的几个室友看热闹不嫌事大，叫嚷着让她跟周子祁喝交杯酒。稚初起初推辞，但越说好像跟周子祁之间越尴尬，于是没再拒绝，她扯了扯周子祁的手臂站起来，正巧赶上倪亦之进包厢，坐在空出来的位置上。

他不说话也不加入，冷眼看着一群人喝。

只是在稚初快醉的时候，他将酒杯偷偷移走了。

"倪亦之。"周子祁走过来，主动跟倪亦之碰杯，"过去的事情，都在酒里了。"

半晌，窝陷在沙发里的倪亦之终于有了动静，端起酒杯，点头："客气。"

"我学校有事，先走了，你们尽兴，账我已经结过了。"倪亦之起身要走，窦宸跟了出去。

学校附近即是闹市，天桥下车水马龙。

倪亦之靠在栏杆上醒酒。

"怎么个意思？那男的是谁啊，你这么介意？"窦宸递了一瓶矿泉水过去。

倪亦之接过水喝了一口，没说话。

"猜都能猜到，能让你倪大帅哥这样失魂落魄的，肯定是个威胁性很大的情敌。"

"不是，他俩又没在一起过，不算。"他顿了下，"你少八卦。"

"那正好，我看上他了。"

"什么时候？"倪亦之终于有了反应。

"刚刚，第一眼。凭我的第六感，我觉得我跟他会有某种牵连。"

"你言情小说看多了？"

"你不懂，反正这条战线我一定会配合你站下去。"窦宸想了想，"我先说好，这男人是我的，我不管你们之前有没有过节，出了什么事你也不能动手啊。同时你也得配合我做好助攻角色。"

倪亦之没说话。

"就那么喜欢她啊？"

倪亦之轻轻笑着"嗯"了一声，露出温柔神色。

窦宸骨头都麻了："这么喜欢就早点追啊，你不会是觉得自己皮相好，拉不下脸去追吧？"

"我说过。"霓虹灯下男生的语气淡淡的，"被她骂了一顿。"

窦宸纠结："可我觉得她对你不像是没有感觉的样子，我从来不相信这世界上男女之间还有纯友谊这种东西。"

"我只是想给她时间想清楚，在她迈出这一步之前，我等就是了。"

"就是你这个语气，让我早早知难而退了。你脑子看着挺灵光，感情上是真固执。"

倪亦之笑了笑。

已经很克制了。

给自己安排很多事，忙得昏天暗地。

可一碰到这个她，世界上所有的事都会自觉给她让路。

这是命吧，他只能认。

元旦来临之前，稚初参加的剧社开始排练年终大戏，此次舞台剧均以大一新生为主力，稚初是编剧之一。

窦宸是副社长，也整日泡在社团。

而倪亦之托家里的关系在北京找了个律所开始实习，他很忙，但每周会过来一次，然后给所有人买零食。稚初本来被窦宸叫过去聊天的，但实在觉得自己这个电灯泡太闪，自觉避到一边。

大家都说，准社长的男朋友惊为天人，连台上的男一号站在他身边都黯然失色。

"举手投足都有一种贵族气质啊。"

"这世上有从漫画里穿越过来的男人吗，不管你们信不信，我信了。"

……

稚初坐在一旁，看身边的女生讨论得热烈。

她嚼着干巴巴的薯条，帮着布置舞台。

这是一场民国戏，道具有些是学院自己的，有些是从外面借过来的，贵重物品，大家小心再小心。

稚初那拿着本子记录，没注意身后有人扛着个大柜子走过来，显然，因为木板阻挡，扛东西的人也没注意到她。

窦宸余光一扫，眼看着大柜子要撞到稚初了，她眼珠瞪得溜圆。

"稚初……"

窦宸下意识地去看身边的人，倪亦之不知道什么时候跑到那边去的，位置太窄，没有地方躲，他将稚初拉到怀里，自己被木柜撞倒在地。

他抱着她，从高处跌落，窦宸甚至听到"咔嚓"一声。

不只是后背，手腕也伤到了。

看着都觉得疼。

稚初一脸茫然，还不知道发生了什么事，睁开眼的时候两人姿势暧昧。从这个方向看过去，他的面部轮廓依然如以前一样清隽。他低头看她的时候，目光带着冷然。

他的怀抱有种稚初说不上来的清香，这让她陡然生出迷恋。

"你要压在我身上压多久？"头顶传来一声。

稚初站起来，她没留意到他身上有伤："谢了。"

倪亦之冷淡地"嗯"了声。

这一段小的插曲让社团炸了锅，有人讨论这大帅哥跟稚初的关系，但看窦晟这个正主都没计较，他们也不敢大肆议论。

社团演出定在元旦那天晚上，表演厅里来的学生比想象中要多，倪亦之也来了，稚初没邀请他，应该是窦晟邀请的。

周子祁进表演厅的时候演出已经快开始了。

他的门票是死乞白赖找稚初要的，尽管这种高大上的艺术他一个搞体育的根本不懂，不过他看得很开心。

散场了，他在走廊里抽烟，演播厅外的声控灯坏了，暗影重重的，有人突然撞过来，扣住他的手腕。

周子祁感觉得到，那是双女生的手。

他在这所学校认识的人只有稚初，理所应当地以为她在恶作剧。

他也没拆穿，跟着她往前面走。

穿过走廊，进了间漆黑的屋子，女生将他抵在墙上，就着月光，他看清女生的脸，不是稚初。不过这双眼睛他记得，带着狐狸一样的媚气，很像那年他跟稚初在教务处偷东西时，她看他的眼神。

"周同学。"

周子祁别过头："我不是学生，很久没读书了。"

"那不重要，我想问你有没有女朋友。"女生飞起眉眼。

周子祁噎住。

"认识一下，我叫窦晟。"

她伸手过来，周子祁没握上去。

稚初本来到储物室来送道具的，但外面实在太吵，于是她在里面多待了会儿。鉴于从窗外照进来的月光实在很美，她文艺了一把，没开灯。

闭目养神片刻，突然听见脚步声。

紧接着，一男一女跑进来。

女生说，周子祁，跟你说一声，我看上你了。

是窦宸。

稚初仿佛看见了倪亦之头顶上的绿光，她当下安静如鸡，蹑手蹑脚地出去了。

从那天起，稚初每次见到倪亦之，都用一种悲悯的目光望着他。窦宸明目张胆地劈腿，公开说要追周子祁，周子祁的每场比赛她都去看。

稚初作为知情者，不能让自己的发小变得这么可悲，于是她决定找倪亦之谈谈。

倪亦之当天没课，在律所泡着。她刚被前台带去找他，不料几分钟前他被带他的老师叫走了。

办公室里没人，她找到倪亦之的桌子，坐了会儿。

好像一眼就能分辨哪张是他的，他有强迫症，文件按照不同色系排列。他桌上摆着一个相框，稚初看到了自己的照片。

他把她的照片摆到这么显眼的位置，不知道的还以为，还以为……

她不敢再想。

初中的时候，倪亦之的梦想是当一名机长，他说要坐在云层里俯瞰众生，可是高中毕业以后他固执地要学法律，跟秦可芳让他选的财务管理背道而驰，据说两人大吵了一架。

不过，律师的职业装很适合他。

他穿深色系西装，也能显得干净又纯情。

倪亦之的身影在走廊闪过，她举手打招呼，他却没看见她。

带她过来的前台端着热水进来了，跟她说："倪同学应该会下班得很早。原本有一个案子老板指明让他一起跟的，但他状态不是很好，手腕好像受伤了，老板很不高兴呢。"

他的手什么时候受伤的？

"挺可惜的，这种机会不是谁都能有的，他心情应该很不好吧。刚才我听见他还挨骂了。"前台刚说完话，倪亦之回来了。

他的状态不太好。

"你来有事？"他找了把椅子坐下。

稚初假假地笑了笑："我专程过来请你吃饭。我妈说朋友之间的情谊要时常维系，不然就淡了。"

倪亦之哼笑了声。

稚初往他手腕上一扫，果然缠了绷带。她关切地问道："你的手要不要紧？"

"不严重。"倪亦之没打算告诉她受伤的原因，尽管这样更容易让这家伙心软。

"给我看看。"她快步过来。

倪亦之背过手，却被她抓住，她少有的强硬让他怔愣地盯了她几秒。

"之前演出的时候我没见到你的手上有伤啊。"

"本来不严重，这几天熬夜溃脓了。"

绷带打开来，一道半指长的口子。稚初"嘶"地深吸一口凉气，她突然想起来，这伤口也许是之前他救她时伤到的。

倪亦之要抽回手，她抓得用力，眸色深沉。

"你不用内疚，我那是惯性反应。"他顿了下，"别人我也会帮忙，更何况，你对我很重要。"

她眉眼飞扬："那是的，我们是认识十几年的铁磁。"

倪亦之笑："你北京腔倒学得很溜。"

她帮他上好药，重新系好绷带。

直起身时，头皮一阵刺痛，她垂下来的头发挂在他白毛衣外面的胸针上了。

境况很谜。

她只能低头抵在他的胸口上，等着他解开。

他动作慢悠悠的，稚初急了："你直接把胸针取下来不就行了？"

"不行。"他故意为难她一般，语调惬意。

有人推门进来，看到这一幕，石化立在当场，脑补了一场发生在办公室里缠绵缱绻的大戏。

稚初刚想解释，那人尴尬地退了出去，还说"你们继续啊，当我没来过。"

稚初一脸黑线，世风日下，道德沦丧。

他是她最好的朋友，又是同系学姐的暧昧对象。

"你别乱动。"他的呼吸喷在她耳朵，气息绵密而轻柔。

稚初觉得一股热流蹿起。

她甚至想，干脆找把剪刀剪了头发算了。

但倪亦之按住她的头，不让她动。

她听见他的心跳跟自己的心跳一个节奏。她的耳朵好痒，她拿手捂住。

他离得很近。

"稚初。"他叫她的名字，声音磁性低沉。

稚初等他把话接下去，但他最终什么也没说。

见鬼了。

"好难啊。"稚初边给闻歌打电话边在床上倒立。

"所以你今天专程去找倪亦之，也没告诉他真相？"

稚初龇牙咧嘴："怎么说，难不成告诉他，不好意思，我亲眼看见你女朋友跟别的男生搞在一起了，而这个男生还是高中差点跟他打了一架的周子祁？太打击人了。"

　　闻歌笑了："把这两个男生联系起来的可是你。"

　　"少幸灾乐祸。"稚初重心不稳，歪到床上，重重叹了口气，"怎么样能不动声色地告诉他，又能不伤他的自尊心？"

　　"我怎么觉得奇怪呢，照你说的，倪亦之看着窦宸的时候甜蜜蜜的，我想象不出他的这种表情，不现实。"

　　所以说啊，他很喜欢窦宸。

　　闻歌犹豫道："其实我听池子说，倪亦之学法律也许是因为你。"

　　"胡说八道。"稚初否认。

　　"可是他毕业那会儿不是跟你……"

　　"那是他喝醉了呀，喝醉了一切都不作数，看样子他都不记得了。"

　　闻歌的声音严肃起来："酒后吐真言。"

　　"又或者是，我轻轻一推，把他推走了。"稚初呢喃。

　　感情这种事讲究的是时机，也许他确实是喜欢过她一阵的，不过当时她没当回事，然后他也忘了。

第十章

要和我试试谈恋爱吗?

"跟我在一起后，你就可以光明正大地吃我家大米了。"

——倪亦之的诱惑

转眼过了一年，稚初也成了学姐。

社团选在运动会时纳新。

大学生运动会，除了班级里一些干部跟参赛选手，其他人都自愿参加。稚初搭了个遮阳棚宣传社团，招纳新人。

纳新的海报是稚初自己做的，大约十点的时候，她让社里有空的男生搬了两张课桌，自己去搭手提着两把椅子下台阶。突然，她觉得手上一轻，扭头一看，是倪亦之。

"你怎么来了？"

倪亦之没回话。

她在参加纳新的社员里看了看，窦莀没来，准确地说窦莀从昨天晚上的会议后就一直没出现。

她站在树荫下给窦莀打电话，但窦莀那边实在太吵，她根本没听清窦莀的话。

窦宸去观看周子祁的比赛了，这事倪亦之应该不知道。

稚初分了张桌子给倪亦之，自己拿了本小说在边上翻了半个钟头，后来实在看不下去了，索性趴在桌上打起瞌睡。

秋日的清晨，太阳很暖。

困意来袭之前，她半眯着眼睛仔仔细细将倪亦之打量了个遍。

他真的是闲到没事穿越大半个北京来她的学校转悠吗？

也不联系女朋友，就坐在这里。

抽风了吧。

他现在叫她稚初，也不像过去一样唤她小名了。

他坐在这儿，根本不像招新的，像个参加签名会的明星。啊，今年入会率应该挺高吧，毕竟他那张脸不知道能吸引多少妹子。

稚初想着想着，进入梦境。

她的手臂被太阳晒得烫，梦里的她脸上也是滚烫的。

那天晚上他动了动嘴唇好像说了一句话，内容是什么呢，她一个字也没听清，最后她着急得哭出声来。

原来她心里一直是有遗憾的啊，尽管她将它尘封，藏得谁都看不见。

醒来时，她的桌前被竖起来的课本牢牢封成一个半圆，将阳光全部阻挡，是他的手笔。

稚初看了看时间，过去了一个小时。

边上的座位是空的。

过了会儿，倪亦之的身影出现。

太阳很大，他额头上出了密密的汗，但丝毫不影响他的帅气。

他抱着一摞纸回来，纸页还散发着刚打印出来的墨漆味。

"你拿这些干吗？"她问。

他指了指桌上的登记表："你们准备得太少了，我复印了一些回来。"

"都填完了？"稚初惊呼，这是她三天的任务量啊。

"还有些人的信息写在卫生纸上，你誊进去吧。"说完，他将一沓纸片丢到她面前。

稚初卷起衣袖，埋头苦写。

倪亦之闲来无聊，不知道从哪里弄来的头皮筋，帮她把垂下去的头发扎起来，他的目光比刚刚柔和了许多。

很安静。

耳边只剩下写字的沙沙声。

空气里带着花香。

"吃饭去吧，待会儿。"他说。

稚初浅浅地"嗯"了声。

"去吃川菜吧，我刚从校门口过来，看见家不错的馆子，想跟你去吃。"

稚初笔尖顿了顿，这样单独吃饭，好吗？

什么时候，他俩要开始计较这些了。

那家餐厅装潢一流，看着挺大气。稚初心里雀跃，啊，终于能吃一回好的了。

服务员拿来菜单："二位点菜吧。"

稚初豪气地挥了挥手臂："挑最贵的来。"

能宰倪亦之一顿也是不易。

对面的倪亦之清洗着餐具，露出一抹不易察觉的笑容。

"我先替窦晨尝尝，好吃你再带她来。"稚初厚着脸皮。

倪亦之斟了杯茶："嗯。"

菜端上来，色香味俱全，川菜的辣味跟鲜味充斥着鼻腔。

倪亦之吃饭不爱说话，他跟过去一样是辅助一般的存在，全程帮她挑辣子鸡里的辣椒跟姜块。稚初埋头吃的同时，偶尔也瞄过去一眼，他气定神闲，不疾不徐，看来还没察觉到后院起火了。

稚初心里难受起来，他是她的宝贝，在别人那儿却不是。

她正对着空调的风口，冷风一来她更难受了。

倪亦之见她不动筷子，也停下来，看着她。

稚初浑身不自在，站起来："我去个厕所。"她放下碗筷，出了餐桌。

再回来时，倪亦之跟她换了位置，餐具也一并挪了位置。

倪亦之什么也没说，只是低头吃饭，但她心里清楚，他是为了帮她堵住风口。

服务员前来结账，稚初扒完最后一口饭，倪亦之没有要拿钱包的样子。

稚初冲他使使眼色，他装作没看见，别过头。

不是吧。稚初无奈只能自己结账。她恨不得捶自己两拳，早知道刚刚少点一些菜了，心在滴血。

她突然觉得他那张帅气逼人的脸不再讨喜了。

一顿饭花了稚初小半月生活费。

蹭饭的一点没把自己当外人，大摇大摆地出了餐厅。

稚初心里想着，不能再这样下去了，钱包吃不消啊。

回到宿舍，室友围着稚初说运动会的精彩赛事，她一个字也没听进去，她余光一扫，见窦莀蹑手蹑脚想要避开她溜进宿舍，她一把抓住窦莀的肩，像拎小鸡一样将窦莀拎到天台。

"小稚同学，你吃火药了？"

稚初抱起手臂，换了副公事公办的语气："你不会真的背着倪亦之在追周子祁吧？"

窦莀实话实说："怎么样，我眼光好吧？"

"你这样做不对。"稚初抿抿唇。

"怎么了？你不会因为他之前追过你，觉得要是跟我在一起了心里不舒服吧？"

"不是这回事，就算你是我学姐，但你伤害倪亦之这件事我不能坐视不理。谁都不行。"

窦晨擦了擦汗："谁伤害他了？"她不知道怎么跟稚初解释，又不能穿帮，只好趁机溜走。

稚初堵住她。

窦晨向左她向左，窦晨往右她往右。

两人你看看我，我看看你。

窦晨摊手："学妹啊，你怎么能单纯成这样？"

"这是底线。"稚初飞快地回答，"既然开始了一段关系，就要忠于对方。更何况，倪亦之哪里不好了，你知不知道多少女生迷恋他，你多么幸运，得到他的喜欢。"

"所以，那些女生也包括你？"窦晨笑了。

"不是。"稚初回答得斩钉截铁。

"不是你现在把我堵在这里兴师问罪干什么？你撒谎倒是有一套。"

稚初走近一步，突然叫她："学姐，他是世界上最单纯的人。"

"我知道。"窦晨莞尔一笑，"可惜幸运的那个人不是我。"

稚初低声问："什么意思？"

"他喜欢的根本就不是我。"窦晨深吸了口气，"关于他到底喜欢谁，你还是自己去问他吧，不过，我现在告诉你，我只是配合他演一出戏而已。"

稚初怔住："为什么？"

窦晨笑道："还能为什么，这学校跟他有关联的人到底是谁，难道你不知道吗？"

稚初没有应声。

"先说好啊，你俩之间的事情自行解决，别再干扰我追求幸福了。"
窦宸走了。

稚初愣在天台，一阵风吹过引得她打了一个寒噤，她回过神摸了摸脸，
竟是滚烫的。

好些天没敢跟倪亦之联系，电话跟信息也不敢回。

稚初开始频繁地去图书馆，同宿舍的人都没看懂她——这人是一沾书
就犯困的啊。于是大家派安可去图书馆侦察，果然，那姐们趴在座位上睡
得很香。

谁也不知道她已经几夜没合眼了。

她课也听不进去，胸闷气短，像个垂危的病患。

窦宸的话一直回响在耳边——

"可惜幸运的那个人不是我。"

"这学校跟他有关联的人到底是谁，难道你不知道吗？"

她手一抖，在笔记本上戳破一个洞，仿佛在心里戳了个大洞。

稚初收好文具，给倪亦之发了条信息："我们见一面吧。"

倪亦之收到短信的时候，正在律所食堂吃饭。最近律所实在缺人，案
子却越积越多，连他这样的实习助理都不得不顶上去，根本无暇顾及三餐。

给稚初设置的特别关心铃声响起，他立马放下筷子去看。

这些天他去A大，很少见到她，即便是遇到，她也不愿跟他说上几句话。

直觉告诉他，她在躲着他。

倪亦之问过窦宸，她什么也没有透露。

得到约见的消息，他心里莫名松了口气，跟同期实习生换好排班，到

的时候稚初坐在喷泉池边的长椅上，穿着一件毛衣，十分乖巧。

稚初还低着头，一个白色的瓶身挡住她的视线。

她接过，养乐多的瓶口已插好吸管。

"我不喝。"她还回去。

倪亦之淡淡扫她一眼，用同样淡淡的语气说："那你帮我拿着。"

她望着他。

"你最近很忙？"倪亦之率先打破沉默。

稚初撤回视线："教授给我介绍了个剧本，最近在跟。"

倪亦之喉结动了动："要不要出去散散心？这周末我学校那边有场足球赛，我叫了窦宸。"他顿了顿，"顺便叫上你。"

他说谎时没有表情，神色如常。

稚初思忖着不自觉将吸管送到嘴里，轻吸了口，好甜。

他一点破绽也没有露出来。

"有奖金吗？"稚初笑了笑。

倪亦之转头："你想要什么？"

"那可多了。"

"你列个清单给我。"

养乐多的奶汁滑向喉咙，她咂咂嘴："你装霸道总裁啊，钱多得没处花？"

"养你我还是养得起。"

话一出口，气氛一滞。

倪亦之神色有变，眸中蕴着傍晚的霞光："我很有钱，不在乎多几个人来花。"

稚初"扑哧"一声，这次她是真笑了，得亏她认识他很早，不然早就一拳挥过去了。

"算了。"她笑意不减，"我还是找我以后的男朋友要吧，小时候骗你吃喝，不能到现在还赖着你啊。"

倪亦之垂下眼睑，自然地接过话："你打算谈恋爱？"

"后天有个联谊，对方是政法系的。"稚初回忆着别人发给她的照片，描述道，"长得还不错，浓眉大眼的。"

"这事你没跟窦宸商量过？"

"我跟她商量干什么，合着你在我身边安了个监视器啊？"

"稚初。"

稚初转过头，定定地看着他："所以我要去联谊吗？"

"不去。"他接过她的视线，"不许去。"

"为什么？"

"不为什么。"

她开始试探他，可他心思太深，探不到底。

"你别骗人了。"这样无用的对话实在磨灭了她的心思。

倪亦之的目光移到稚初脸上，他犹疑地问："你知道？"

"你跟窦宸在我面前演戏。"稚初笃定。

倪亦之皱眉："你听谁说的？"

"你喜欢的是谁？"稚初反问。

"你不知道？"

"是不信，所以来问问你。"她将养乐多的瓶身放到长椅上，又拿起来，又放下，转过身，眼睛里带着疑惑，"所以，你来告诉我答案吧。"

倪亦之苦笑："如果我做了这么多，你还不知道我喜欢你，那是我做得还不够好。"

"橙子。"他又这样叫她了，他的话音里带着宠溺，再这样下去她的魂儿都要被勾没了。

"我曾经想过放弃，因为我知道你心里的犹豫。"他欲言又止，但很快，又咬咬牙开口说，"但如果等不到你的答案，我的心将永无宁日。"

他的脸上透露着前所未有的复杂神情。

"我兜了这么大一个圈子，只是为了证明你喜欢我这件事。如果这道题还是无解，我就放弃。这是我最后一次给自己的机会。"

稚初怔住："那是因为我们生活在一起太久了，久到不分彼此。"

稚初别过头，却被一只大手掰回来，他的目光直指人心。

"我喜欢你，不是因为外部环境催化下的情动，而是我深思熟虑后发现，不论是过去还是现在，喜欢你的程度，足以让我有勇气告诉你，我喜欢你。"

稚初在跟倪亦之做朋友以来，从来没有这么矛盾过，却是开心的。

"这事以后再说吧，我先回……"稚初话还没说完，他拉住她。

等稚初反应过来，她已经被他圈在怀里了，他的吻陡然落在她的眼角，柔情万种。

他的声音很轻很轻："你也喜欢我吗？"

稚初支吾："我不知道……"

"那就一辈子待在我身边，直到找到答案。"他没给她任何回避的机会。

稚初撇嘴："跟你在一起又没什么好处。"

"有。你可以光明正大吃我家大米了。"他诱惑她。

"……"

"跟我建立永久的战略合作伙伴关系，可以开始不拧开瓶盖，还能永远享受第二杯半价的生活。"他乘胜追击，开出有利价码。

敢情在他那儿她就是一纯吃货。

"在不在一起？"他抵着她，不准她动弹半分。

她声音软了软："我考虑一下。"

倪亦之眼尾飞扬，松开了她。

稚初终于能正常呼吸，这才发现掌心是湿热的。

"我明天过来接你。"

"干吗去？"稚初警惕起来。

"先从约会开始吧。"他斜靠在长椅上，视线轻飘飘落下。

好霸道。

在昏昧的灯光下，稚初瞅了他一眼，觉得他此刻异常性感。

她晃动了下脑袋，下意识地闭眼："我明天有事。"

"我可以陪你一起。"

"不要。"

"那你想要什么？"他浅笑着。

哦？是不是什么都可以满足？稚初眼珠子转了一圈，眼底有了喜色："我要一百箱可爱多。"

"嗯。"

"还有——"她的眼睛在黑夜里发光，"我想在校外租个房子，现在每天赶剧本，学校晚上十一点定时熄灯，很不方便。"

"嗯。"

"租个什么样的呢？"稚初托着脑袋思索，"最好是带个厨房的，这样偶尔我们可以一起做做饭。"

"嗯。"

"考虑到我的身高问题，储物柜什么的距离不能太远。"

"嗯。"

"虽然很棒，可是啊，怎么算都是你吃亏。"稚初想了想。

他揉揉她的小脑袋："那你就早点答应我好了，把我从无期徒刑里释放出来。"

稚初笑了，怎么算跟倪亦之谈恋爱都是笔划算的买卖啊。

消息很快传到闻歌那儿，她的电话火速打过来，第一句话就是："你跟倪亦之在一起了？"

"你怎么知道的？"

"他把微信头像换成了一只女生的手，上面有块胎记，一看就是你的。"闻歌一副审问犯人的语气，"交代下吧，怎么回事？"

"不知道，就莫名其妙变成现在这样了。"稚初说的是实话，她到现在都没回过神来，总感觉是在做梦。

"我怎么有种老母亲的喜悦感，粉上的 CP 跨过千山万水终于搞在一起了。"闻歌惊叫。

稚初纠正："麻烦请换一个动词。"

"少跟我咬文嚼字，我问你，他是不是拿窦莀刺激你呢？我早就想过这事有猫腻，倪亦之什么女生没见过，怎么会几天时间就跟那个窦莀在一起了，还天天在你跟前晃悠。"闻歌又补充一句，"这样看来，大家都是影帝影后啊。"

稚初："……"

"他能撬开你这颗大核桃实属不易啊，初儿，恭喜你成了新一代柠檬供应商，别太高产了，考虑考虑我这个单身狗的感受。"闻歌嘿嘿一笑，"不过祝贺礼物我已经想好送什么了，你坐等签收。"

稚初拆了袋果干，往嘴里塞了点，边嚼边说："别光把心思花在我身上，你当初一骑绝尘跑到厦门，是为了什么你心里清楚，干不成这个事别回来见我。"

"我跟他很久没见面了，早就断了联系。"闻歌嘲弄一笑。

稚初突然暴躁："你怎么没跟我说？"

"他跟你不也没联系过吗，我现在想得很清楚了，我跟池子和你跟倪亦之不一样，你俩是互相喜欢，但因为一些外部原因没法戳破，而我喜欢池子，但他不喜欢我，这也不是他的错。我的大学生活总不会因为一个人不喜欢我就颓废吧，我青春大好，貌美如花一女疯子，总能找到爱我的王子啊。"

闻歌说完口干舌燥，放下手机去喝水了。

这边的稚初突然难过起来。

大家再也不属于高中那个没心没肺的小团体了，开始各自有各自的圈子，还要学会放下，学会面对未来。

稚初一大早接到倪亦之的电话，说他到她宿舍楼下了。

她跑到宿舍窗口去看，倪亦之站在楼下亮了亮手里的早餐。她低头看了看时间，七点，默算了下他学校距离这边的路程，他五点半就起了吗？

稚初换好衣服匆匆下楼，眼睛盯着倪亦之站的方向，他的身影在眼底逐渐清晰。

等她走近，他将早餐递给她。

一口油条把嘴巴塞得鼓鼓胀胀的，她抬头问："你怎么过来得这么早？"

"我想早点见到你。"倪亦之拍拍她的背，"你穿得有点少，上去换件衣服再下来。"

稚初在他的督促下，再次回到宿舍，翻了翻箱底的衣服，没有一件满意的。她蹑手蹑脚出去，敲隔壁宿舍的门。

"你干吗啊，一大早？"窦莀惺忪着睡眼。

"借衣服。"稚初简单扼要。

稚初平时习惯简单舒适，窦莀的衣服都是甜美系，穿上身下楼的时候倪亦之眼睛都不知道往哪儿放，他背过身，眼底看不见波澜。

他说："这不是你自己的衣服。"

稚初如实答："从窦莀那儿拿的，好看吗？"

"不好看。"

"没眼光。"稚初嘀咕了句，见倪亦之朝她隆起的胸口扫了一眼，四目相对，两人脸红了。

因为时间还早，两个人走着去校门口。

主干道上两旁都是桐树，秋天一到，枯叶落了一地，她脚踩在上面，咯吱咯吱的。

倪亦之停下来，看着她。

稚初脸一红："踩枯叶的声音很好听啊。"

没想到他往右边一让，放她走在自己前面，笑着说："那都给你踩好了。"

稚初停住脚，很认真地说："倪亦之，你不能这么惯着我，万一到时候我不知道天高地厚，跑出去做坏事呢？"

"那也没事。"他帮她整理外套的帽子，眼底数不尽的柔情蜜意，"我帮你摆平好了。"

她噎住，还没来得及反驳，就听见路过两人身边的一对情侣低声讨论："欸，亲爱的你看好搞笑，对面那个女生被她男朋友拎起来了。"

稚初："……"

我个子有这么矮吗？

倪亦之瞄了眼她暗淡下去的脸色，敲了下她的额头："想什么呢？"

"啊？"他又偷袭她，好痛。

"别人嫉妒你男朋友的身高，你就在心里偷着乐吧。"他又敲过去一下。

接连被袭，稚初刚刚的不快一扫而光，取而代之的是对着倪亦之的后背一顿狂殴。

他也没反抗，任由她在背后扑腾，等她累了，他拍拍她的头。

稚初叹气："我严重怀疑，我个子不高是因为你老是把手搁我头顶，把我当拐杖使。"

"这个不难，可以证明。"

"什么方法？"稚初眼睛亮了亮。

"生个孩子。"

稚初突然无言以对。

那场小型的足球比赛，是由倪亦之学院的学生会举办的。

几十人的啦啦队，大多是女生。稚初不是那种喜欢在边上乱叫乱嚷嚷的个性，就坐到走道边。

她盯着绿茵场，倪亦之出来的时候不少女生在尖叫，他不招惹桃花，桃花争相在他面前斗艳。

紧接着，比赛双方亮相。

稚初在心里嘀咕，现在的男孩子长得都还挺好看的。

"你一个人无不无聊？"倪亦之来了信息。

稚初低头打字："还好吧。"

"被呼声吓到了吧？"某人在底下嘚瑟。

稚初切了声，继续回："大家都在喊六号，还真别说，那小哥哥肌肉挺发达的。"

她等着等着，那头没回复了。

"小姐姐。"边上有个戴鹿角发卡的女生突然坐过来跟她说话，"你是不是认识那个男生啊？"她顺手指了指倪亦之的方向，"我看你们是一起过来的。"

得，真会看。

稚初点点头："认识。"

"可以给我他的联系方式吗？"现在的女生都这么直白。

"可以啊。"稚初十分大方，接过女生递过来的手机，输入电话号码。

稚初跟女生聊了会儿，倪亦之突然出现在绿茵场距离她最近的位置，他小跑过来的，额间有汗，在阳光下发亮。

他走上台阶，站在稚初的旁边，直直地盯着坐在她边上的女生，等那女生惊慌地让出位置，他无视所有人直接坐下。

"矿泉水。"他手伸过来。

稚初看了眼，装水的箱子就在他脚边，也不知道谁招惹他了。她默默俯下身，拿起一瓶递过去。

倪亦之拧开瓶盖，仰头喝了口，语气执拗："不许看。"

"看什么？"稚初不明白。

"你是我女朋友，应该行使你的权利和义务。"倪亦之冷硬着语气。

"什么义务？"稚初终于明白他在硌硬什么了，她有些好笑，这家伙吃醋的点还真是独特啊。

倪亦之转过身，一字一句："把视线集中在我一个人身上。"

稚初瞅了他一眼，勉强点头："知道了。"

她突然想起来，读书那会儿学校里的女生总是托她给倪亦之送情书，按他说的话，是不是应该翻起这笔旧账。算了，她也不是这样无理取闹的人。

不像某些人，明里是个冷面公子翩翩如玉，暗地却是个固执别扭的幼稚鬼。

有队友跑到观众台喊倪亦之上场，看了眼稚初："欸，你朋友啊，介绍一下啊？"

倪亦之将外套脱下来丢给她："拿着等我。"

"顺便也帮我拿一下吧，谢谢啊。"队友将衣服送过来，稚初正要伸手去拿，被倪亦之截住抛到边上的座位。

那男生"欸"了一声，却被倪亦之铁青的脸色吓得闭嘴了。

稚初抓着手里的黑色外套，一下子乐不可支。

"倪亦之，那人是谁啊，你跟护着崽一样？"队友燃起八卦之心。

倪亦之自然接话："女朋友。"

队友坏坏一笑，搭上他的肩膀："你身边女生那么多，鬼知道你指的哪一个？"

倪亦之沉默了半晌，神情慎重了些："唯一的那个。"

强调的语气让好事的队友愣了愣："那，恭喜你了啊。"

倪亦之喜怒不形于色。

这是稚初第一次见倪亦之踢足球，他好像很喜欢球类运动，即便在运动细胞不太健全的情况下，也能练习得很好。

在球场上奔跑流汗的他，十分惹人注目。

而这个正肆意挥洒青春的男生，属于她。

稚初盯着那道身影，心里顿时变得鼓鼓胀胀的，像被什么填满了一样，甚至滋生出几丝甜蜜。

起风了，稚初坐着有些冷，干脆将倪亦之的外套穿在身上，尺码太大，感觉能当裙子穿。他的衣服不像别的男生有奇奇怪怪的味道，反而带着股特别的清香，她扯着袖子闻了闻，不舍得放下。

就在她还在回味中的时候，看清了面前站了一双脚。

视线往上，倪亦之正在俯瞰她。

稚初一张脸僵硬了瞬，双手往背后藏了藏——偷偷闻别人的衣服，稚初你好变态。

她站起来要把衣服脱给他，却被拒绝，他说："你穿着吧。"

"一会儿去哪儿吃饭？"他不知道从哪儿变出一支可爱多，递给她。

"结束了？"稚初撕了半天包装袋，没撕开。

倪亦之接过去，撕好递给她。

"下半场让替补队员上，我可以先走。本来他们叫着一起吃饭，但一群不认识的人，我怕你尴尬，我们先走吧。"

稚初想了想："来的路上我看到有家柳州螺蛳粉。"

倪亦之的神色沉了沉。

呃，她不是故意要跟他硬磕的，是真的想吃。

"你要是不喜欢的话，我们可以分开去吃，然后找地方会合——"

沉默了会儿，他重新开口："远吗？"

"一公里吧。"

"那走吧。"

作为一个禹城人，他是第一次吃螺蛳粉，味道很微妙，但她好像很爱吃。他坐在位置上，看着稚初去夹酸笋小菜，兴奋地告诉他："倪亦之，以后来你学校的理由又多了一个。"

他竟然有点不高兴，甚至开始跟这些东西比较在她心里的位置了。他恨恨地想，这么爱吃螺蛳粉，上辈子肯定是被螺蛳咬死的。

"倪亦之你不吃吗？"她夹了一筷子米粉递过来。

倪亦之没动，他并没打算尝试。

她手举得酸了，正欲收回去，他却低下头来，吃掉了筷子上的食物。

"好吃吗？"

他脸色有点难看，但勉为其难地点点头。

窦晨说，这个世界上没有一个男生会愿意陪着自己的女朋友去尝试螺蛳粉的，除非是真爱。

稚初琢磨了下。

这么算起来，倪亦之对自己是真爱吧，很宠很霸道。

倪亦之见她吃得这么津津有味，满脸嫌弃地问："你什么时候爱吃这些了？"

"被室友带的，简直打开了一个新世界。"她笑着。

"……"

倪亦之没话了，但他也没走，边玩手机边等她。

稚初吃完了一碗粉，跟着倪亦之刚出店门。有人路过喊了倪亦之的名字，稚初扭头一看，俊男美女，一对璧人，应该是倪亦之的朋友。

女生很惊讶，跟他打招呼："倪亦之，这么巧，在这儿遇到你。"

看起来两人很熟。稚初八卦之心燃起。

"这位是你朋友？"女生走近，跟稚初握手，但很快掩住口鼻，"你身上什么味儿？"

稚初的手停在半空，有片刻的尴尬，很快，倪亦之手伸过来，轻轻握住她的手，十指相扣。

"我想吃这家店，求了她很久，她才愿意过来陪我。"他笑得温柔。

女生脸上闪过一抹悲戚："倪亦之你也有今天。"

稚初还在咀嚼女生话里的意思，被倪亦之拉了一把，走了。

路上，他冷哼一声："我看你看戏看得有滋有味的。"

"我在想，你俩之前发生了什么惊天动地的事情，她看我的眼神恨不得把我给生吞活剥了。"

倪亦之沉吟："你想知道？"

"好奇。"

"我因为一个女生拒绝了她。"倪亦之半垂眸看着她那张圆圆的脸，"你就是那个天地。"

从小到大，倪亦之永远站在成绩大榜的最顶端，俯瞰众生。

他有严重的洁癖跟诸多怪癖。

小时候他从领养中心养过一只柯基，小狗因病去世后，他哭得连亲妈都不认，从此再也没养过狗。

他长着一张勾魂摄魄的脸，却很长情。

这样一个人，他说起情话来，让人无招架之力。

稚初回到宿舍，瘫倒在床上，窦宸不知道什么时候挨过来的，两个人在床上抖腿。

"你俩第一次约会去的地方一定浪漫非常，说出来让我羡慕羡慕。"

"如果我告诉你我们去吃了螺蛳粉，还是我提议的，你会揍我吗？"沉默了会儿，稚初幽幽答。

窦宸立马弹起来："硬核啊，稚初。"她又重新倒下来，"不过也很正常，他那么喜欢你，一个小小的螺蛳粉算什么。"

稚初有些不好意思："哪有。"

"你怎么这么纯情啊，脸红得跟什么似的。"窦宸笑她。

宿舍的人都听到她俩的谈话，纷纷凑过来。

"稚初同学，你……你竟然背着大家偷偷谈恋爱。"室长手指过来，兴师问罪。

"可那个法学院的高材生不是窦宸学姐的男朋友吗？"安可不解。

"你知道个鬼，人家是借窦宸试探稚初，话说这不是小说里出现的场景吗，青梅竹马修成正果？"

"……"

"是不是得请客吃饭？"大家围拢。

稚初掀了掀眼皮："可以。"末了，补一句，"学校食堂一日游，随便点。"

"啊？"众人哀号，"这么早就开始为男朋友省钱了？"

稚初眼珠子一转，轻笑着说："他的钱要存着养家呢。"

"养家？你都想这么远啦？"

大家嘴巴张得有球大。

窦宸起身下床，食指戳了下稚初的脑门："白疼你了。"

室友们聊得热火朝天，稚初微信上多了一个好友添加，她点开详情，备注是白天在球场遇到的那个女生。稚初想着她怎么找到自己的联系方式的，疑惑着同意。

"姐姐……"下一秒，女生来了信息。

稚初换了个姿势，回着信息："你从哪里得来的我微信？"

"那个哥哥给我的……你是他女朋友啊？"

"呃……"

"你心真大，这么帅的男朋友你还把他往外推。"

稚初腹诽，怎么把我给出卖了。

她硬着头皮回："那他说什么了？"

"他拜托我转告你，让你不要再把他的联系方式给别的女生了，他眼里只有你一个人。"

稚初："……"

她抚了抚额，边擦冷汗边安慰人家小妹妹。东拉西扯了一会儿，她想着是不是该主动给倪亦之认个错，抖着胆子发过去一条信息："休息了吗？"

那边没回。

鉴于他平时性格就冷淡，目前分不清是不是真生气。

稚初无聊去翻倪亦之的朋友圈，没什么好看的，最近的一条还是两个月前的一个学术案例。

真是无趣得很。

大概九点多，倪亦之的电话才进来。

稚初松了口气，没等他先说话，问："你真生气了？"

"我刚在开会。"他顿了顿，"学校有个交流项目，院里的教授想带我过去。"

稚初见他心思没放在那件事上，顺着他的话转移注意力："好事啊。"

"要去上海。"

稚初心里一"咯噔"："多久？"

"半个月，你什么时候期末考？"

"月底吧。"

"那还能赶回来。"

不知道为什么，她的心情莫名悲壮起来。

刚开始在一起呢，就要异地恋了。

但为了表现自己的大度，稚初说："不用着急，你把事情办好了再回。"她继续玩笑，"学业要紧啊，别沉迷于我。"

那头的人淡笑："都成年了，适当的沉迷有利于身心健康。"

稚初的脸红了红。

"我把你微信推给别人，你怎么不骂我？"她低头抠着书桌。

"把你凶跑了怎么办，考察期都没结束，好不容易让你乖乖待在我身边。"倪亦之叹了口气，多少有些无奈，"除了宠着你，我能有什么办法。再说，你以前气我的次数还少？"

稚初叫苦不迭："我哪有。"

"你在质疑我的记忆力？"

稚初说不过他，只能打哈哈。

"你有没有特别想吃的，我走之前给你送过去。"倪亦之翻了翻日程表，明天上午还有三个小时收拾行李的时间，来得及。

为了见她一面，他真是无所不用其极。

"不用了吧，时间太赶了，我作为一个有行动能力的新时代女性，哪能完全依靠男生。"

说是这样说，但第二天一早她还是收到了倪亦之的信息："给你订了陈记的煎包，十五分钟下楼拿。"

她都忘了是什么时候跟他提过这家店的，地方偏僻难找，轻易不送外卖，不知道他是怎么说服店老板的。

稚初看了看时间，睡眼惺忪，回复："你几点的飞机，我去送你。"

短信刚发过去，电话进来，怕吵醒室友，她捂在被子里面接电话。

"你几点的飞机？"

"不用了。"那头的人停了会儿，"我已经在机场了。"

稚初心里有些失落："那家煎包要排很长时间的队，你怎么说服店老板送外卖的？"

"其实我早上过去了一趟。"她的声音又软又糯听得他心里一阵甜，"但时间来不及，就拜托了老板。"

稚初半晌没说话。

"怎么了？"他轻声问。

"你这样不好。"

"谁叫我女朋友是个贪吃鬼。"他浅笑出声。

"倪亦之，准备登机了。"

稚初听见有人在电话那头喊，然后男生低低应了声，她心里有点舍不得，但没多表露："那我挂电话了哦。"

倪亦之"嗯"了声，过了会儿，通话切断。

他看着手机发了会儿呆，朋友凑过来，笑着问："回魂吧，给人打电话这么情意绵绵的？"

倪亦之没说话，只是笑笑。

朋友猜了个十之八九，打趣："对喜欢的人别太好，不然迟早跟人家跑了。"

倪亦之提着行李到登机口，突然回了句："她跑不了。"

第十一章

你啊，笨蛋

"倪亦之是稚初至上主义者。"

——稚初

倪亦之去上海的这段时间，稚初前所未有的无聊。

以前没跟他在一起的时候不觉得，反而现在人到手了，尝到了甜头，就越发舍不得。

稚初有时候回想，是她的占有欲太强了吗，还是所有陷入爱情的人都是如此呢。不再以朋友的身份站在他身边，真好。

她日日抱着手机等倪亦之的电话。

每到十二点，便意味着距离倪亦之回京的日子近了一天。

临近期末，大家央着科任老师给画重点，寂静很久的班级群开始热络起来。宿舍的人也规矩了，约着一起去图书馆复习。

稚初没带手机，回来的时候看到有倪亦之的短信进来，她正欲回复，被突如其来的电话打断。

"爸。"她接起电话。

"初初，早上给你打电话你怎么没接？"

"我去图书馆了，手机没带。"

"那就好。"稚爸放心了些，"这段时间如果有陌生电话打进来不要理会，也不要接。"

稚初心里有不好的预感："发生什么事了？"

"没事，只是提醒你。"稚爸连忙道。

"你肯定有事。我也是家里的一分子，你们别瞒我了。"

"没什么，就是你妈最近身体不太好。"稚爸沉默了瞬，"你别担心啊，问题不大。"

稚初知道爸爸没说实话，又不太放心，拜托同学帮她请了两天假，买了下午的火车票，回了禹城。

正值严冬，禹城下了一场大雪，整座城市银装素裹。

稚初到小区时，广场上围了一群人，她到家门口，开门进去，屋里烟雾缭绕。

她被呛得咳嗽几声，正在抽烟的稚爸扭头看清是女儿回来了。

"稚初？"

事情很简单，稚妈为自己的至交好友做担保借了钱，没想到好友的公司破产，无力偿还债务一走了之。债务人一下找到家里来，稚妈因为此事晕倒，还不肯去医院。

"钱倒没事，大不了把这些年的积蓄拿出来撑一撑，我担心你妈，转不过这个弯来。"稚爸叹了口气，指了指卧室方向。

稚初要进卧室，稚爸提着饭盒要跟她一起进去，被稚初支走了。

她进去时，床上的人眼皮抬了抬，看清来人，立马坐起来："你怎么回来了？是不是在学校闯祸了？"

"你一天到晚盼着我闯祸啊。"稚初撇了撇嘴，搬把椅子在床边坐下，

“这不是你病了，我回来看看你，省得你整天说我不孝。”

“不耽误你学习吧？”稚妈伸手接过女儿递过来的水杯。

“非常耽误，所以你还是去医院好好看病，早点康复。”稚初笑着瞟了母亲一眼。

稚妈哼了一声：“年纪大了，也成了孩子的负担了。”

“你起来，我们去医院。”

“有什么好去的，你妈我就是护士，自己有没有毛病心里没数？再说医院一堆老熟人，我这点事早就传到那些人耳朵里了，指不定怎么看我笑话。”

稚初凑近：“你再这样，我爸要急病了，你没见他坐在客厅跟失了魂一样。”

“他？”稚妈努努嘴，“傻大个儿一个。就拿这次事情来说，也不知道拦着我，明知道我不会管钱啊，还非得交到我手里。”

“妈，你这样说我可不同意。爸信任你是爱你的表现，你犯了错总不能往无辜人身上推，再说我看爸也不心疼这些钱，他是关心你。”

“可我心疼。”稚妈低下声音，“你回学校去吧，家里的事情你不用管。是我蠢我傻被最亲近的人骗。”

“妈。”

“你出去吧。”

晚上，父女二人在家里吃饭，简单的菜色，两人都没胃口。过了会儿，稚爸电话响了，他走到阳台上接。

爸爸刻意将阳台的落地窗拉上，但稚初还是清楚地听见他的声音——

“欸，老秦，是我，昨天跟你提的那笔钱，能不能先给我急用，别说不用还，等我发工资了立马打你账上，这次真的麻烦你了……”

稚初手指僵了下，很想冲过去说"爸，这事你交给我吧"，但她说不出口。

她还没有这个能力。

这真是件让人无力的事。

她走到楼下，坐在大院的长椅上，吹了很久的寒风。

银行卡里收到一笔汇款，来自闻歌。

过了会儿，闻歌发来信息："我爸提前把下个学期的生活费打给我了，我怕自己乱花，先存你这儿。"

稚初没说谢谢，回屋的时候身体有些回暖。

一天的奔波让她太累太乏，沮丧过后是困意来袭，她关掉手机，匆匆洗完澡准备睡了。

远在上海之外的倪亦之，结束完一天的行程，在酒店给稚初打电话，显示关机。旁边的朋友方洋又调侃他："怎么，这么晚了也要查岗？你女朋友又不是夜猫子，这个点早就睡了。"

倪亦之放下电话。

群里有人闹着去酒吧，交流会马上就结束了，可以提前回北京，他早就归心似箭了。不知道他的小猫是不是乖乖在等他回去。

"倪亦之咱们一起吧！上海的夜场你不想见识一下？"方洋邀他。

"不想。"

"至于这么守身如玉吗？"方洋啧啧两声，"你这样咱们院的女生该多伤心啊，桃树都恨不得种到你宿舍楼下了。"

倪亦之喝了杯冰水："那麻烦你告诉她们，不必在我这儿费心了。"

"你不会动真格了吧？"

"嗯。"

方洋惊诧不已："为什么？"

倪亦之声音淡淡："因为有个人花了十几年的时间在我身上施了一种

离不开她的咒语。"

方洋哑然失笑："怎么听起来像玄幻故事。"

稚初没想到母亲真的会出事，原来她表现出的精神气不过是佯装跟硬撑，实际上，她因为长期的严重胃溃疡加上近期一直不吃不喝身体已经透支。

人在半夜被送进了急救室。

连一向沉稳的稚爸也方寸大乱，寒冬腊月穿着双凉拖鞋跟着救护车来到医院。

抢救，检查……

初步检查为上消化道出血，必须尽快做手术，稚爸签字的时候，嘴唇紧闭，手一直在发抖。

急救室必须要监护人守，稚初听从医嘱去办理住院手续，她衣衫穿得单薄，但不知道为什么，浑身发烫，等她发觉时，后背都汗湿了。

等稚妈抢救过来时，天已大亮，病房里陆陆续续有人过来探视，倪妈妈秦可芳也来了。

秦可芳见稚初脸色过于苍白，有些心疼："你妈妈没事，你别担心。"

稚初点了点头，又摇摇头，脑袋里乱成糨糊，一抬手背擦了擦眼睛，有眼泪流了出来。

倪亦之赶回禹城的时候，已经是傍晚了。

天阴沉得厉害，他出机场的时候下起了大雨。

他中午接到家里的电话，听母亲无意间说起稚家的事，才想起这两天她都没怎么跟他联系。

"我看初初状态很不好，脸苍白得骇人，这样下去怕也会病倒了。"

倪亦之听完难再淡定，连交流会上赏识他的院长的宴请也推辞，匆匆请假订了机票。

雨势太大，难以打车。

倪亦之看了看表，焦急难耐。

突然，一辆白色的牧马人停到他的脚边，车窗摇下来，露出一张女生的脸，是蒋鱼。

她依旧笑盈盈的："倪亦之，上来吧，我让司机捎你一段。"

实在等不到车，他跑过去，拉开车门："谢谢。"

"去哪儿？"蒋鱼问。

"中心医院。"

路上蒋鱼有一搭没一搭地跟他讲话，但他一直在看表。

"你家里有人生病啊？"蒋鱼问。

"嗯。麻烦能再快点吗？"

蒋鱼错愕，在她心里他一直是一个理性到可怕的人。此时他的慌乱却表露于人前，尽管他自己并未发觉。

车开到医院门口停下，倪亦之下车去大厅询问护士，内科在几楼。蒋鱼从后面跟上来，他把手机落在了车上。

突然，他停下问询，目光紧紧盯住那个低着头看药单，向楼梯口移动的女生背影。

他走过去一把抓过她上衣的帽子："你想跑到哪儿去？"

稚初转过身。

她首先看到了蒋鱼，对方微笑着冲她打了个招呼。

然后她视线左移，艰难地旋转了一百八十度，是倪亦之。他刚淋了雨，头发湿漉漉的，两颊有点红，因为激动，呼吸急促。

看到他的时候，稚初心安，他来了，他来找她了。

她用力挤出一丝笑，但那副样子看得倪亦之脸更冷了。

"你怎么回来了？"她问。

"嗓子怎么哑成这样？"他皱着脸，"你一夜没睡？"

稚初摇摇头，又点点头。

倪亦之接过她手上的处方单时，碰到她的手背："你在发烧。"

"我没事。"她强忍着疼痛发声。

倪亦之关怀的话语还未说出口，听到身后有人叫他，转身见蒋鱼亮了亮手里的手机，蒋鱼将手机递给他："你落在车上了。"

倪亦之接过后道了声谢，从钱包里拿出一百块钱塞到蒋鱼手里，没等蒋鱼开口，转身跟稚初上楼。

蒋鱼虚握着纸币，跌跌撞撞地出了医院。

上车后，她突然苏醒，快速且疯狂地甩手，仿佛上面有着让人害怕的东西。

402 病房。

稚初站在门口没进去，医生在跟爸爸安排手术事宜。

医生问："她的胃病是什么时候开始的？"

稚爸张了张嘴，回忆后说："好多年了，她上班时间不稳定，经常两班倒，但她总说自己是护士，会自己调理，我以为是小毛病。"

"她的胃壁已经非常薄了，出血也很严重，幸好你们送来得及时，不然——"

稚初听着听着，身体突然无力，差点倒在地上。

倪亦之将她拉住了。

"你状态很不好。"他说。

稚初也不听他的，进病房拿了暖水瓶，去取水池打水。

倪亦之跟医生了解情况，回来时见她眼眶通红，他问："你哭过了？"

他将她拽到阳台。

"没有，熬夜熬的。"

"我给你找个地方，你先休息。"

"我没事。"她转身要走，手腕被倪亦之拉住。

"你听不听话，你现在的身体根本撑不了多久，何况你还发着烧。"

稚初忽然情绪失控，吼出来："那是我妈，不是你妈。"下一秒，她低下头，声音里带着懊恼，"对不起，我……"

"橙子，你听我说。"他俯下身，看着她的眼睛，"阿姨的手术安排在今天晚上，你现在要休息储存体力，她醒来第一个想见的人一定是你。"

这次稚初没再抗拒。

倪亦之轻轻将她扣进怀里："阿姨没事，现在的医生最喜欢唬人。我有没有跟你说过，你哭的样子太难看了。"他托着她的脸蛋，拇指划过眼睑下方的泪痕，"所以啊，别哭了。"

倪亦之安慰人的功底没有增长，但在她很受用，只是没想到一觉睡得太久，醒来时稚妈已经做完手术苏醒，整个人喜气洋洋的，一口一个小倪，叫得比亲儿子还亲。

稚初总结了下，大概是倪亦之长得很讨长辈喜欢。

稚初多请了一个星期的假，倪亦之也每天跟着守在医院。

他帮稚妈下了个益智类小游戏，每天病房里都是叮叮咚咚玩游戏的声音。有了打发时间的玩意儿，稚初更不受待见了，被稚妈一个劲地催，要她赶紧去学校。

"你也学学人家，谈谈恋爱，别一天到晚围着你妈转。你看看你同龄人，都带男朋友回家来了，你到现在也没个音信。"

"她有的。"坐在角落里的倪亦之突然出声，让病房里的气氛蓦然凝滞。

"初初你谈恋爱了？学哪个专业的？"

稚初突然被追问，她抬头看见肇事者削着苹果一脸事不关己的模样。

"法学的吧。"稚初支吾。

稚妈连连点头："律师啊,那不是跟小倪一个专业,律师好啊。"

稚初趁着她不留神的空当溜了出来,还蹑手蹑脚地拉走了倪亦之。

他伸手过来抓她的手,吓了她一跳,还好没被房里的人看见。

"你不想带我见家长?"他抱着手臂看她。

稚初别过头:"见什么家长啊,从小到大你在我家蹭饭还蹭得少?"

倪亦之"嗯"了一声,稚初被他审视的目光盯得不自在,妥协:"现在才哪儿到哪儿啊,我才十九岁,法定结婚年龄都不到。"

倪亦之沉默了。

她问:"你在想什么?"

"我在算,还剩八个月。"

"疯子。"

真是怕了。

她干笑着避开他往楼下走,他笑了。

路上,倪亦之接到闻歌打来的电话。

"钱已经汇过去了,以我的名义,她应该不会发现的。"

"谢谢。"倪亦之淡声回,"回禹城了请你吃饭吧。"

"其实我觉得你当面跟她说清楚,她未必不肯收,这样可以维护她的自尊心反而会让她很难接受。"

"她不会要我的钱,这一点我很肯定。但我想帮她。"

男生的话语飘散在风里,倪亦之的脸上看不出什么情绪。

回到北京之后,因为期末考的原因两人无法经常见面,但电话粥没断过,稚初作为宿舍里第一个脱单的,加上男朋友实在过于贴心,成了众人艳羡的对象。

窦宸最近说得最多的一句话是："这是给人吃的狗粮吗？"

每当这个时候，稚初都会以周子祁的情报相要挟，让窦宸闭嘴。

因为妈妈的病，稚初十分担忧，所以最后一门考试结束，她就坐了当天的火车回了禹城。

而临近春节，倪亦之才回来。

他先去了大院，在路上遇到巡逻的稚爸，被带回了稚家。

稚初安排好妈妈休息，便往家里赶。

回去的时候，倪亦之在客厅的沙发上躺着睡着了，她坐过去，倪亦之半梦半醒着往她腿边蹭了蹭。

"你很累啊？"她摸着他的头发。

"嗯。"倪亦之断断续续地说，"有个财经案子需要查很多资料，加班到凌晨。回来的时候只买到站票，感觉腿都不是自己的了。"

"干吗把自己弄得这么累？"

"没钱啊。"他伸手捏了捏稚初的脸颊，"你男朋友我欠了外债。"

"谁信。"稚初切了声。

倪亦之翻了个身，睡得很熟。

他此时的样子，像只小狗。

平时是只斗牛犬，现在是只乖巧的柯基。

稚初趁着他睡着，去厨房给他煮了碗面。面煮好的时候他刚好醒了，鼻子真灵。他坐在餐桌上吃完，自觉去洗了碗。

稚初去阳台收衣服，晾晒的杆子实在太高，她踮着脚也够不到。

倪亦之走过来帮她一件件取下来。

个头高真是好啊。

"等我以后有房子一定要把挂衣服的杆子设计得矮一点。"稚初吐槽。

倪亦之掀掀眼皮："这家伙存在的意义就在于，让你在晾晒衣服的时候离不开我啊。"

这个自私自利的腹黑男！

看到她被自己戏弄后的模样，他心满意足，打开冰箱去找冰可乐，结果冰箱里堆放的食材一股脑地跌到地面上。

倪亦之傻了眼："你多久没收拾了？冰箱里都要长草了。"

"我除了面别的都不会做，这些都是我妈买的，她又舍不得丢。"

"看来晚饭我要大展厨艺了。"

"行啊。"稚初冲他笑。

倪亦之突然走过来，捧着稚初扬起的头。

他的神情突然变得严肃："我刚刚在脑子里想象了跟一个人过着柴米油盐的生活，竟然还乐在其中。"

稚初笑眼勾起来："一个人是指？"

"你啊，笨蛋。"倪亦之捏住她的脸。

她知道，只是想亲口听他说。

稚初刚进门时的黑长羽绒服脱掉了，只剩下一件白毛衣。她进大学后开始化简单的妆，但回来禹城后不施任何粉黛，跟从前一模一样。

很好看。

天光落在她眼底，亮晶晶的。

他低头亲了亲她的眼角。

不料，这一幕被稚爸误打误撞个正着。

他手里拎着的活鱼，落到地上，蹦跶个不停。

"爸。"稚初一把推开倪亦之，再想叫时，人已经走远了。

稚初反应了几秒，随后摊摊手看被自己推到地上的人："怎么办？"

倪亦之站起身，拍拍衣服上的灰，慢悠悠地回："正好摊牌。"

"攥你个大头鬼。"稚初嘀咕。

倪亦之冲她招了招手："过来，吃点甜的压压惊。"说着，指了指桌上淡黄色的盒子，"日食记的泡芙，专程从北京带回来给你的。"

"我不吃甜的。"

"我也不吃。"

"那你带回来干吗？"稚初还没从刚才的阴影里回过神，直接白他一眼。

"家里不是有只馋猫嚷着要吃嘛。"倪亦之食指刮了下她的鼻梁，趁她不注意将她拦腰抱起，搂到桌子上，"什么时候正式带我见家长？"

"想得美，别瞎嘚瑟啊。"

他喜欢看她趾高气扬的嚣张模样。

倪亦之直起身，递给她一只泡芙，另一只手揽着她的肩，饶有兴趣地说："行啊，我等你到时候来求我。"

"什么意思？"

稚初咬了口泡芙，里面的奶油溢出来，弄得满手都是。

"我猜你爸现在正打电话给你妈汇报情况呢。"倪亦之淡笑。

"都是你害的。"她染上哭腔。

倪亦之趁她不注意，舔掉她指尖的奶油，微笑蔓延开来："我早就说过，你是我的，你跑不掉。"

稚初怔怔地看着他的动作，竟一时忘了挣脱，他唇间的温热点在她的指尖，一股莫名的气流传至她全身。即便是垂眸，她似乎也能窥见他眼底的温柔。

倪亦之再抬头时，神色微变。

稚初被他伸手按住，动弹不得，警告道："倪亦之你别老占人便宜。"

"别动，你流鼻血了。"倪亦之轻描淡写说几个字，随后快走几步去拿纸巾。

"依我看……"他笑，"你的身体比你的嘴巴更加诚实。"

稚初心生郁气，窘态尽显，只能在心里骂他——

无耻之尤……

寒假无聊，闻歌便闹着要组织活动，跟高中班委一拍即合，喊了一帮人去山上露营，响应的人竟然不少。倪亦之不爱参加集体活动，稚初去邀请他果然遭到了拒绝。

"去嘛，你待在家里又没事，人都要发霉了。"稚初死缠烂打。

倪亦之睨她一眼，突然想到了什么，凑近："你这么积极，是不是想跟我睡一个帐篷？"

稚初被气得抓心挠肝："那你别去，反正这次住宿按照抽签来，我爱跟谁睡跟谁睡，你管不着。"

"你再说我管不着？"他将她抵在墙上，像审视犯人。

"你不能这样欺负人啊。"稚初拗不过他，气得在他脖子上咬了一大口。

倪亦之也不动，任她咬。

"你到底想怎么样啊？"

倪亦之腾出一只手去扣她耳边的碎发，将她因生气而垮下去的嘴角往上拉了拉："你答应跟我住一起，不然免谈。我把你捆在我家，你哪儿也去不了。"

"你这是强迫威胁少女，我可以告你的。"

"你完全可以大义灭亲。"他淡笑。

"再说，你们明天的行程我现在去多加一个人来不及，我也不是一个爱添麻烦的人。"

扯，听你继续扯。

他跟她分析："你总不希望我跟其他女生住在一起吧。鉴于此，由我们来结束这种尴尬的情况算是舍生取义，所有人都会感激你。"

稚初："……"

倪亦之见稚初没再反抗，松开她，走去厨房拿榨汁机。

稚初指了指冰箱里的水果："给我加个梨。"

"不行，其他想吃什么随便你。"

"梨也不准吃啊？"稚初生气地瞪他。

倪亦之将果汁打好递给她，揉揉她的脑袋："这世界上好吃的东西多的是，你想吃什么我都可以给你买来。"

高中毕业那年，她也是边吃梨边拒绝他，"梨"代表着"离"，那是他人生的噩梦。

"被你嫌弃的食物真可怜。"稚初嘀咕。

倪亦之肃着张脸，拿了纸巾，给她擦嘴："馋猫。"

稚初仰起头，眉眼俱笑："喵呜！"

临行前，稚初被闻歌约去商场采购，银行卡是倪亦之塞给她的，大言不惭地跟她说随便花。

稚初偷偷查了银行卡余额，数字确实比她想象中的多。

"倪亦之你不会去抢了银行吧，我这里不收容抢劫犯。"她鼓着两颊，看起来傻乎乎的。

倪亦之捏捏她的脸："我比你想象中会挣钱。"

他没骗人，他从初中开始就受他妈的影响会看股票了，而且眼光毒辣，百发百中。

所以她小时候总有源源不断的零食吃。

大学两年，闻歌的购物欲不减反增，她拎着大包小包，给自己买得差不多了，又开始拾掇稚初："你怎么穿衣风格还是没变啊，你过来试下这件？"她拿了件毛衣风格的连衣裙。

稚初想也不想拒绝："太短了，倪亦之不喜欢。"

"欸，除了倪亦之，你的人生就没有值得你为之打扮的人了？"闻歌恨铁不成钢，"女人，我们绝不要做任何人的攀附者。"

"我倒是想有这个想法，但倪亦之说，要是被发现了，就会打断我的腿，然后狠狠蹂躏我。"

闻歌拿着衣架的手紧了紧，眯眼："蹂躏……哪方面？"

稚初知道她想歪了，眼刀阵阵："你是魔鬼吗？"

"有了。"闻歌灵光乍现，打了个响指，"我知道买什么了，你家那位绝对喜欢。"

稚初被闻歌拽到内衣店。

闻歌取了一套情趣内衣下来，往稚初身上比："怎么样？够不够火热？"

"太暴露了吧。"稚初推开，"我不要。"

"谁给你买啊，我送倪亦之同学的见面礼。"

"你还是亲姐妹吗？"

"是，纯亲。"闻歌巧笑倩兮，顺手招来服务员，结了账。

稚初本来不打算带的，但上山之前她鬼使神差地将之塞进了背包。

一大巴车人都互相认识，只是很久没见了，稚初看见了谢宇驰，他身边坐着他女朋友。

那女生稚初认识，是同一个高中的学妹，模样不及闻歌。

学妹好像身体不舒服，谢宇驰满车帮她借热水。

最后闻歌整瓶都给他递过去了，平时活泼的人，在那之后失了魂。别人不知道，但稚初心里清楚，闻歌策划这次活动，其实是想跟谢宇驰见面，她自尊心太强，单独约见面根本拉不下脸来。

不是每个人都像稚初一样幸运，能够跟年少喜欢的人走到一起。

稚初一把解了安全带，小声说："我去陪她坐一会儿。"

"嗯。"倪亦之应允，把毯子递过去，嘱咐，"要是睡觉就盖上。"

稚初走去最后一排时，闻歌正在发呆。

稚初伸手在她眼前挥了挥："小鸽子，我来抓你了喔。"

"去，别把你跟倪亦之在家角色扮演那一套用到我身上，鸡皮疙瘩掉一地。"闻歌瑟缩着揉揉肩膀。

"别啊。"稚初黏过去，"上山喝一杯？"

她像高中时那样去握闻歌的手，闻歌指尖冰凉。闻歌状态并不好，但依然强颜欢笑："说好了不醉不归，耍赖是小狗。"

露营的地方在一个山庄的后院里，地方宽敞且安全，不想睡帐篷可随时去山庄开房间。度假山庄里的娱乐设施俱全，还有攀岩跟划船。

稚初没想到会在山庄遇到周子祁，他也约了朋友来度假，一行人偶遇了。

"窦宸呢？"稚初装模作样地往他身后瞧，故意捉弄他，"她没跟你回禹城？"

一提到这个名字，周子祁显然有些头疼。

看到两人说说笑笑的倪亦之目光有些冷，他走过来揽过稚初的肩膀，沉着声打招呼："好久不见。"

也不知道是不是故意的，在他们要分别时，周子祁突然提了句："这边的攀岩很有名，要不要比一局？"

稚初给提议的周子祁使眼色，小声警告："周子祁，你再胡来，信不信我立马给窦宸打电话告诉她你家住址？"

她话音刚落，没想到倪亦之竟然应约了："好啊。"

男人跟男人之间的较量，总有种特别的意义在里面。

稚初望向倪亦之。

他的眼眸中发着光。

这个攀岩的场地并不规范，一大片岩壁一直延伸到山顶。稚初光仰头看一眼，就口干舌燥："倪亦之别去吧，我饿了想吃饭。"

倪亦之已经穿好安全服，他走过来摸摸她的脸，哄道："很快就结束了，乖乖在下面等我。"

她看得心惊胆战，但攀爬的人似乎游刃有余，他小臂贴于岩壁，抠住石缝隙，以手臂和小臂使身体向上或向左右移动，动作丝毫不拖泥带水。

周子祁没落下太远，且按照他的速度，后续发力还有反超的可能。

闻歌也加入观战，她感叹道："周子祁也就算了，天生靠体力吃饭的，倪亦之什么时候学会攀岩的？"

稚初哼笑："可能他对所有事情都无师自通。"

"我怎么在你的语气里听出了炫耀的意味呢。"闻歌啧啧两声。

"我问你，为什么一开始你就站在倪亦之这边呢？"

闻歌想了想："大概是觉得他对你好，却从来不表露吧，总把喜欢挂在嘴边的人太浮夸。"

稚初纠正："倪亦之哪有你想象的那么闷，他有时候话也很多的。"

"那是在你面前，个例而已。"闻歌笑，"采访一下，看到倪亦之为你这样你什么感觉？"

稚初长长叹了口气，目光不离岩石上的身影："怕死了。"

"是爱死了吧。"闻歌将"爱"字拖得好长，"是不是恨不得以身相许？"

稚初偏过头，眼含笑意："你不觉得很帅吗？"

"花痴。"

攀岩的两人几乎是同时攀上峰顶，难分伯仲。

他们并不是可以坐下来闲聊的关系，倪亦之换好衣服往下山的路口走，被周子祁叫住。

"虽然她最终还是选择跟你在一起，但你知道，如果当年我没有被劝退，结局也许会不一样。"

倪亦之转身看他，笃定着开口："没有分别，你知道为什么吗？

"因为我从来不任性拿她做赌约，今天我答应你跟你比一场，不过是兴趣所致，无论输赢或是其他，我都不会放开她的手。我把爱她当成我人生的一部分。"

周子祁看着这个男生，他发现自己一开始就输了。

他只是把对年少的未圆满当作一种遗憾，这些年时间已经让记忆模糊了，那些情感变成一个遥远的点。

但倪亦之不一样的，他的人生没有"命由天定"这四个字，也许他并不确定跟稚初相交的点在何处，但他一直在离她最近的地方奔跑，并乐此不疲。

执着得近乎可怕。

所以将少年的爱恋进行到底，他没做到，倪亦之做到了。倪亦之精心培育，最终开出绝美的花朵。

周子祁突然泄了气："其实她喜欢你比你想象的还要早，她为了送你一双球鞋托我帮她找兼职，结果路上被跟我有过节的人为难，把它护在怀里连命都不要。她从来没喜欢过我。"

"为什么要告诉我？"倪亦之淡笑。

周子祁别过头："我只是觉得你应该知道，所以你要好好对她。"

"谢谢，不过即便你不跟我说，我也知道，我离不开她。"临行之前倪亦之突然说道，"窦宸是个好女生。"

周子祁张了张嘴，终究没说什么。

他目光落在那个远去的背影上，深藏在心里的疙瘩终于解开。

倪亦之从下山的路口出来，稚初正等在下面，她抱着一瓶水跑过来，脸色着急："你没事吧，有没有不舒服？"

"手有点疼。"他刻意皱眉。

稚初忙抬起他的手，拇指在掌心里揉了揉，倪亦之顺势将她拉进怀里，下巴抵在她头顶。

闻歌从两人跟前路过，翻了翻白眼，大庭广众之下撒狗粮，还有没有人性了。

"倪亦之，这么多熟人看着呢。"稚初挣了挣。

他越箍越紧："管他们，我抱我爱的人又没犯法。"

他说，爱的人。

稚初吞了吞口水。

"以前是我把问题搞复杂了，以后不会了。"他埋在她的颈窝里喃喃自语，"幸好，幸好。"

稚初扭头，有些疑惑，幸好什么？

倪亦之开始傻笑，那是稚初没见过的傻笑，难以想象这种笑容会绽放在这张万年冰山的脸上，这种表情稚初只有在新闻上中奖的彩民脸上见过。

"倪亦之，你中奖了？"稚初眼底有亮光。

"嗯。"

"多少？"

"无价。"

倪亦之轻轻启唇，两个字落在过去的时光里。

那年冬天，她像只笨重的蜗牛晃到他的教室，以各种名义将他的午餐吃个精光，好笑又可爱，那是他的女孩，是世间所有美好事物的代名词。

到了晚上，帐篷搭得差不多了，稚初收到闻歌的暗号，正好倪亦之被男生拉过去打牌，她悄悄从人堆里溜出去。

她到约定位置，见闻歌拿着根木棍鼓捣着面前一堆柴火，随后举起来挥了挥："来了。"

闻歌开了一瓶酒，给稚初腾了个位置："你那帅气的倪大律师准你来？"

"嗯，分头行动。"稚初在她边上坐下。

"我看是他故意给你空间吧。"闻歌倒了杯酒递过去，"告诉我你在哪儿修的福气，我也去蹭一蹭。"

稚初笑："他也许觉得自己太聪明了，所以找个傻货互补一下，可蒋鱼不傻啊。"她还惦记着高中倪亦之跟蒋鱼那档子事。

"你还没翻篇？难怪都说女人记起仇来比什么都狠，你有好奇的就去问他，藏在心里算怎么回事。"

"不问。"稚初伸了伸腿，看着跳动的火苗，高中那几年的记忆似乎已经淡了，"也不太介意，就有时候想想，想不出他为什么会喜欢我。"

闻歌哈哈大笑："是很奇怪，每次见你们不同时出现就觉得缺点什么。你知道吧，我从以前就特别羡慕你，这个世界上有一个跟你没有任何血缘，但能读懂你每一个表情的人。甚至相处那么多年，你们都没怎么吵过架。"她想了想随后又补了句，"不过也不可能，他对你太好了，根本不舍得说你。"

听闻歌这样说，倪亦之简直是绝佳好男友。

明明他也有毒舌得不行的一面。

但，那些细节似乎也变成了生活的调味品，缺一不可。

"他也跟我吵过架，你不记得了？"稚初想了想，"高三的时候一整年没跟我说过话。"

"那是冷战，你听过七伤拳吗，先伤己，后伤人。倪亦之就是这样。"

稚初抿了口酒，好涩："可如果没有后续，那时候就散了。"

"所以说时机很重要。"闻歌低头，"我跟池子之间就差在这个时机，也许某个时间他喜欢我我也喜欢他，但我们都没当真，错过就错过了。可是我放不下，我为了他单枪匹马杀到厦门，结果什么也没得到。"

稚初坐近了些，给她一个依靠。

"老娘这辈子再也不暗恋人了，太累。"

"你知道吗，就因为他喜欢篮球，我就恶补了所有篮球赛事，我的日记里全是他，我所有的心事都是关于他。他缠着我帮他补习英语，后来才发现他当时喜欢的是别人，他拼命想跟别的女生有交集，我就是那块悲哀的垫脚石。"

闻歌醉了，开始喃喃自语："我还不能因为他不喜欢我而怪他。"

"也好，等你耗尽心力，这一页就算翻过了。"稚初轻声安慰，她好像能明白为什么今夜闻歌突然说这么多话，在闻歌的生活中，能陪着闻歌回忆过去的只有她。

闻歌忍得实在辛苦。

稚初看着难受，几杯白酒下肚，胃里翻江倒海。

她酒量浅，已经开始头晕了。

"初儿，你打算什么时候跟倪亦之结婚？"闻歌提着酒瓶子起身，站都站不稳。

"啊？"她眨巴着大眼睛求助。

"别告诉我你没想过。"

稚初垂眸无话。

想过，她想过的。

"现在还小，大学都没毕业呢。"稚初笑了笑，"指不定哪天就分了。"

"你还想红杏出墙？我得去给倪亦之打报告。"

"这世上的事哪有一定的。"

"你不正常，你心里有事。对了，上回，我找我给你介绍的医生，后来联系了吗？他说这个月从美国回来。你不会是哪里不舒服吧？"

稚初不去看她的眼睛："都说了是帮室友的家人介绍。"

"最好别骗我。"闻歌歪着头审视了一番，浑身无力地倒在稚初怀里。

稚初还想着怎么把这家伙拖回去，她自己都不大清醒。

想着想着，倪亦之到了。

他脸色不太好看，稚初感受到了他身上低气压的信号。他首先将挂在稚初身上的闻歌扶起来，再伸手去拽半醉半醒的稚初，手指碰到她红扑扑的脸，寒声道："还能不能走？"

"我脚又没瘸。"稚初用实际行动给他证明，没站稳，上半身直接倒向地面，还好衣领被倪亦之揪住。

他一左一右扶着两个酒鬼，往帐篷走，中途有人过来帮忙，把闻歌接走了。

倪亦之将稚初放在气垫床上躺好，出去打了盆热水，进来时，看见稚初抱着枕头趴在被子上，嘴里含含糊糊听不清嘀咕什么。

"头疼不疼？"他拧干毛巾，过去用手背探了探她的侧脸，烫得厉害，"把脸转过来。"

"求你……不要拿走……我的东西。"她的声音很轻，带着恳求。

倪亦之看着她清瘦的背，眉间郁气渐散："好，我不拿。"

"也……不许弄脏。"她终于放开手，回头直视他，眨巴着大眼睛求助。

"嗯。"

他轻轻去擦拭她的额头和脸颊，柔声问："你抱的是什么？"

"礼物啊……给他的礼物。嘘……他要过生日了。"

倪亦之笑："那你打算什么时候送给他？"

"送不了，他要搬走啦。你说他是不是很坏，他说过要一直待在我身边的，说抛弃就抛弃了。"

倪亦之目光深邃了些，点头："太坏了。"他离她近了些，"我们去打这个坏蛋好不好？"

"不好……"她扁嘴，"不准……我的。"

倪亦之哑然失笑："胃痛不痛？我去给你煮点东西来？"

稚初抓着他不放，他无可奈何，诱哄着她松手："我刚刚打牌赢了很多钱，都给你好不好？"

稚初突然瞪大眼睛："好啊。"

小财迷。

他拨弄了下她额前的碎发，将她放到床上躺好，轻手轻脚出去。

山庄的后厨已经休息了，但厨房能自用，冰箱里剩余的菜被清理了，只能煮碗粥。他不放心留那只傻猫一个人在帐篷里，匆匆熄了火回去。

她习惯在床头亮一盏小夜灯。

昏黄的灯光下，只能看见枕头上一小撮漆黑的头发，想来她闹了半天已经睡着了。

倪亦之怕吵醒她，又怕她捂在被窝里透不过气，轻轻将被子往下拉了拉，女生瓷白的脸显露出来。他望着她的睡颜，很是乖巧。她虽然偶尔大大咧咧，但喜欢把事情藏在心里。

我的傻姑娘啊，他叹口气。

总是不听话，却又总能让他心动得不像话。

过了会儿，稚初醒了。她的刘海被睡得高高翘起，虽然酒醒了一半，但还是有些恍惚。她掀开被子半坐起，倪亦之在她背下垫了个枕头，端了粥过去："你不喜欢吃太清淡的，我在里面加了点糖，尝了下不算腻，好不好喝？"

"甜。"她仰起小脸，又开始傻乎乎地笑。

"那就多喝点。"

她断断续续啯了大半碗，见底了才肯放下。

"头疼。"她撒娇，"给按按。"

倪亦之索性坐到了床边，她会意，头从枕头上移到他腿上，蹭得他整个人都很痒。

倪亦之触电一样弹起，说话有些吞吐："你要洗澡吗？"

稚初摇头。

"那你换身衣服吧，你的包丢哪儿了？"倪亦之问。

稚初往边上指了指。

他蹲下身去里面找她换洗的衣服。

稚初脑子里虽然是一锅糨糊，但神志还在，突然想到什么，大呼不好，跌跌撞撞下了床，朝倪亦之扑去。

倪亦之怕她摔倒，伸手将她接住。

稚初看到那套被她随手放进背包的内衣，黑色蕾丝边，性感又撩人。

气氛有些微妙。

倪亦之站起来，倚在帐篷边上，抱着手臂，将她看透一般："橙子？"

"啊……"她将内衣往里塞了塞，假装惊讶，"谁往我包里放的，咱们帐篷里进贼了吗？"

演技拙劣。

倪亦之都不忍心拆穿她，但还是忍不住取笑："看来你为了这一晚，准备得很充分啊。"

稚初脸有些红，她双手叉腰，踮起脚："你笑话我。"

"没有。"他忍住笑。

她挠他："再笑一个看看？"

倪亦之忍着没动。

"笑啊。"她一点没打算停手。

倪亦之突然揽住她的腰，低头对上她慌乱的眼睛。

"让你别闹了。"

近在咫尺，两人心跳莫名加速。她忽然将手从他臂弯里绕了一圈，按到他小臂上，踮脚在他唇上轻轻一啄："这次也是我赢了啊。"

倪亦之凝视她片刻："你再试试？"

稚初突然觉得脸红，扭过头不敢再看他的眼睛："我……开玩笑的。"经此一闹，她的酒彻底醒了，等反应过来自己做了什么，恨不得抽自己两巴掌。

倪亦之的拇指滑到她下巴上，突然用力，不让她别过头，随后吻下去。

稚初惊得连连后退，手碰倒了床边的小夜灯。

倪亦之由浅尝变成深吻，攻城略地。稚初招架不住，跌到床上，他怕她受伤，抱住她的后脑勺。

但仅仅是这样，他没有进行下一步动作。

吻够了，他松开她。她缩了缩身体，侧过去看他，他沉默着不知在想什么。她伸手去碰了碰他通红的脸，小声问："你怎么……"

他侧头看她的动作，眼底柔光一片："我爱你，稚初。"

话说得突然，却很自然。

她心里一颤。

她往他身边蹭了蹭。

倪亦之做欺身而上状："你要是很想的话，我们可以来一次。"

稚初赶紧道："不用了，我好困。"

倪亦之哼了声："那还不赶紧铺床睡觉。"

稚初连忙去捡掉落在地上的被子，跳上床去躲进被子里，像只机灵的兔子。

倪亦之站在床边，忍不住笑意。他在她身边躺下，她露出两只眼睛，问出藏在心中已久的谜题："我一点也不好，你为什么喜欢我啊？"

"因为是你。"

我不是因为你人好喜欢你，而是因为你是你，我才喜欢你。

倪亦之翻了个身，将她裹进自己怀里。

第十二章

喜欢你，好像是藏不住的

"我突然间好害怕，越跟你在一起就越喜欢你。

越喜欢你，就越怕给不了你最好的自己。"

——稚初

　　露营回来后的一周，就是春节。

　　年夜饭上，稚妈有意无意地试探："怎么不叫小倪来家里吃饭？"

　　饭桌上的人都投来八卦的目光，稚初实在头疼得很，懒懒地表示："他不用跟家人过年啊，人家也是家里唯一的孩子。"

　　稚初这样答等于将跟倪亦之的恋爱关系坐实，一群人面面相觑，稚妈心领神会："这么说，你真的在跟小倪谈朋友啊？"

　　稚初双手在胸前交叉，做个反抗的手势："自由恋爱，你们可别乱干涉啊。"

　　"没人干涉你，我刚学会用微信，你帮我跟小倪加个好友。"稚妈苦口婆心，"你那手机十回有九回打不通，现在多了个紧急联系人也不错。"

　　"……"简直无孔不入。

　　晚上所有人围在一起守岁，春晚看得乏味，稚初洗完澡窝在被窝里给倪亦之打电话："新年快乐啊。"

接电话的人似乎刚从一个很吵的地方走出来，寻了片安静的地方，"嗯"了声："有没有什么愿望？"

"没有特别想要的。"稚初开了小台灯，想了想，"对了，我妈想要加你微信好友。"

她话递过去半晌，电话那头没声儿了，她想着是不是挂了："倪亦之？"

"嗯。"

还在。

"干吗不说话？"

"我在搜索。"

"什么？"

"如何在最短时间内讨岳母欢心。"

"……"

稚初换了只手握电话，将被子再往上裹了裹，笑了一声："谁是你岳母啊，八竿子都打不着，我妈从小就把你当亲儿子看，你别做你以前不做的那些事，这不像你。"

倪亦之声音闷闷的："那不加了。"

他出尔反尔，稚初气不打一处来："又怎么了？"

"我户口簿还差个好友，你先给我加上吧。"倪亦之的声音平和又清澈，滑进稚初的耳朵。

她目瞪口呆："你又是在哪里搜到这些乱七八糟的话？"

倪亦之坦然："我是说真的，橙子。"

他真诚得不像话，稚初愣了愣："倪亦之，你又犯病。"

"反正我照顾你十几年，不在乎往后余生。"他语气里甚至还带着淡笑，"我这些年跟着我妈玩股票，存下了不少钱，买个一百多平方米的房子没问题，你喜欢南方还是北方，或者我们可以一起回禹城，离你父母近一点。"

稚初没打断他，听他继续说："但是如果你想留在北京的话，可能要再给我几年时间，才能安定下来。不过，很快，相信我。橙子，毕业了我们就结婚吧。"

他的嗓音低醇得像一股温泉，暖到她心底。

这是他第一次在她面前说未来，稚初话里有了急色："倪亦之，你今天又是刮的什么风？"

他轻声回："东南西北风，阵阵都向你啊。"

倪亦之突然起身回到房间，急速往外走，衣服却被正在卧室里跟他打游戏的表弟揪住："去哪儿啊，再打一局。"

"我有正事。"倪亦之在书桌上找到自行车钥匙。

"什么事这么着急？"

"见女朋友。"他头也没抬，回答道。

"啊？"表弟的声音陡然提高了一个度，"谁？你不说的话……我告诉姑妈。"他往客厅探头。

倪亦之关上门，捂住表弟的嘴。

"你老实点的话，那套游戏装备归你了。"倪亦之轻轻睨表弟一眼，开出价码。

房间里安静了一瞬，几秒之后，倪亦之松开手。

小男生声音里抑制不住的兴奋："保证保密。"

倪亦之匆匆下楼，骑上自行车飞驰，想见她。

怎么能在电话里这么仓促地说出这些话，太草率了。

路边光秃秃的树在眼角的余光里快速后退，分不清是落叶还是头顶烟花的碎屑从他身边飘下，她的脸突然浮现在他脑海中，从七八岁五官都没长开到现在变得精致而又风情。

他曾经很想把她推开，却还是拗不过命运给他下的蛊。

自行车刚骑到小区门口，他在路口的拐角看见了稚初。

她穿着件粉色的毛绒睡衣，外面套着件纯白的长羽绒服，垂着头等红绿灯。她头发湿漉漉半耷拉着，冷的时候搓了搓手。

倪亦之只是一眼，眼眶就有点红。

他盯着她，等绿灯亮起，小跑着过去牵住她冰凉的手，闷声道："你怎么会来？"

稚初抬起头，咧开了嘴："我想着，咱们都在同一个地方，不在一起守岁，有点浪费。"

倪亦之看了眼她还有点湿气的头发，伸手将她上衣的帽子盖上去。

两个人手牵着手一起过了马路。

倪亦之拉着她回家，她起先跟着他走，直到进了小区，才想到什么，挣脱他的手。倪亦之疑惑地转身，她迎头撞到他胸膛上。

一股清冽的气味冲进鼻腔，她心口似乎被重重撞击了一下。

脸红心跳一时半会儿也停不下来，她低着头支吾道："我不去你家……"

"这个点没有店会开门，你要在外面待一夜？"倪亦之停顿半秒，"我家人你又不是没见过？"

稚初想都没想，反问道："现在能一样吗？"说着说着，她音量不自觉低了下去。

倪亦之反应一瞬，喉结滚动了一下，声音里带着闷闷的笑意，随后说了句禹城的方言。

大概意思是，傻瓜。

这两个字读书时候他老说，但现在听来，竟有种柔情蜜意在里面，害得她竟忘了反驳。

倪亦之盯着她："那你大老远跑过来干什么？"

"我无聊散步不行？"

"走吧。"倪亦之拽着她。

稚初笑不出来，试探着问："你们家里人都在？"

倪亦之"嗯"了声，稚初彻底泄气了，她在楼底下找了把长椅坐着，说什么都不肯上去。

倪亦之也不催她，挨她边上坐着，闭目养神了会儿。稚初在心里嘀咕，这人怎么都不再坚持说服自己一下，大冷天的，还真要在外面冻几个小时吗。

倪亦之手机响了半天，他才懒洋洋接起，似乎怕稚初听见，特意调小了音量。见他神色严肃，稚初等他挂断电话，小声问："怎么了？"

倪亦之蹙眉："我奶奶又在当月老，非要把朋友的孙女介绍给我。"

"哈？"稚初愣神，随即又笑了，"那孙女成年了吗？"

"跟我一所大学。"

稚初前一秒还扬起的嘴角，现下僵在原地，有气无力地说："倪亦之，你真不老实。"

倪亦之不动声色："他们又不知道我有女朋友，而且我跟你这么熟，要是坦白在跟你谈恋爱，肯定没人相信，还会以为是我故意推托。"

稚初圆目一瞪："那怎么办？"

倪亦之斜睨她："除非，你去证明。"

稚初心下一狠："走吧。"昂首阔步上楼了。

倪亦之计谋得逞，半勾着嘴角，慢悠悠地走在后面。

上了大学之后，倪亦之一家又搬了新房，稚初第一次来，两层复式公寓，开门进去水晶灯亮得晃眼睛。

李叔叔快步过来开了门，看到稚初愣了个神，随即笑了："快进来吧，冻坏了吧？"

"打扰您了。"

"哪里话。"

稚初进门之后，发现客厅的电视机声音被调小了很多，原本坐在沙发上的人都站起来，一个个笑容可掬。

秦可芳正从厨房出来，见到门口两个孩子拉在一起的手，明白了几分，笑道："他说出去见个朋友，原来是找你去了啊。"

稚初一下不知道如何反应，规规矩矩地站直冲客厅的人鞠了个躬。

倪亦之没忍住，"扑哧"一声笑出声来。

稚初恨不得踢他一脚，但出于在他家人面前得时刻保持礼节，克制住了。

"这是奶奶。"倪亦之介绍。

倪奶奶一直住在乡下，稚初还是很小的时候见过，她笑着握住老人伸过来的手："奶奶好。"

倪奶奶笑得眼睛都眯成一条缝，直拉着她坐上沙发。

"初初怎么还这么瘦啊。"秦可芳将水果往她面前送，"要多吃点长胖点才行啊。"

稚初双手放在膝盖上，背挺得笔直，坐姿前所未有的乖巧。

她安静下来的样子，过分漂亮。倪亦之看着，视线渐暖，原本坐在客厅里的人好似刻意回避，几分钟后，沙发上就只剩下两人。

"你干吗装三好青年啊。"他嘴里带着讽刺，手上给她剥龙眼的动作却没有停下，一颗一颗剥好放进她面前的盘子里，雪白的果肉令人垂涎。她一记眼刀过去，伸手捡起一颗剥好的龙眼扔进嘴里，随后小心翼翼地看了看周围，仔细擦掉嘴角流下的汁水。

倪亦之见状，朝她坐近了些，调笑说："你在诱惑我？"

稚初背脊一僵，这家伙故意在长辈面前玩火，她算是看出来了。

稚初恶狠狠地看着他："信不信我咬死你。"

"咬哪儿？"他随意将羽绒服里的开衫毛衣扣子解开两颗，露出锁骨，客厅的灯光从他头顶打下来，风华绝代，稚初见状咽了咽口水。

"你这定力太差了。"他退回到原本的位置。

暧昧散去，稚初讪讪的，他一个玩笑都能让她瞬间入坑。

倪亦之微微倾身，去拨弄桌子上的茶杯。

稚初突然感受到一只手伸过来，在谁也发现不了的位置，牵住了她的手。

稚初的心里滋生了几分甜意。

秦可芳此时从厨房里探出头来，看向客厅里的两个人。丈夫李元习走过来拍了拍她的肩膀，笑着问："怎么了？"

"我们小倪谈恋爱了。"秦可芳感慨。

"那孩子是你喜欢的，不皆大欢喜吗？"

"我只是有些感慨，好像他穿着小裤衩在我面前跑来跑去就是昨天的事。"秦可芳擦了擦眼角。李元习知道妻子此刻有些感伤，静静陪她站着，没再说话。

客厅里，倪亦之跟稚初不知道在说些什么，正在笑。

稚初在倪亦之家没待多久，倪亦之送她回家。

"我们后面几天没时间见面，我得跟爸妈去拜访亲戚。"稚初捏了捏倪亦之的手指，有点不舍。

"嗯，多穿点衣服，别感冒。"

稚初不以为意。

"别冻着我的全世界。"倪亦之又补了一句。

稚初咯咯笑起来："倪亦之，你的情话真土。"

倪亦之没搭理她的取笑，紧了紧她的领口，将她裹成个粽子："早点回来。"

"回来干吗，禹城又没什么好玩的，出了这地方我就跟离了笼的鸟，想飞哪儿去就飞哪儿去。"

"你不想回来了？"倪亦之想了想，"那专程给你留的布丁我吃了。"

"欸。"稚初急眼，"我刚刚走的时候你怎么不打包给我？"

"我就是故意勾着你，让你在想它的时候，也留点空间想想我。"倪亦之刮了下她冻得通红的鼻尖，"去吧。"

稚初边走边回头，"哼"得很大声。

倪亦之摸着稚初刚揣过的口袋，里面尚有余温，甚至她刚刚留下的触感依然存在，他勾着唇上楼，却见一个黑影站在楼梯口。

他站定："妈。"

被叫的人下了几步台阶，整张脸展现在光线中，柔情万种。

"人送回去了？"她轻声开口。

倪亦之"嗯"了一声，随后犹豫着开口："我跟她……"说到一半停住，不是正式的介绍，这个时机似乎不对。

"我知道，你以为我看不出来啊，你都惦记她多少年了。"秦可芳笑了，"我没想反对，只是有件事我想跟你单独谈谈。"

倪亦之抬眸，他大概猜到了是什么事，但没主动开口。

"我听说A大徐教授点名要收你做关门弟子，你打算拒绝，想好了吗？"

倪亦之沉默了会儿，点了点头："我暂时没有读研的打算，毕业之后我想留在北京发展，早些独立。"

"因为稚初？"秦可芳的语气依然轻柔，A大在上海，她猜得出儿子是不想和稚初异地恋。

倪亦之僵了下，理由或多或少跟她有些关联，但他下意识地否认："不是。"毫无说服力。

"你小学的时候，为了跟她一个兴趣班，放弃了奥数竞赛。初升高，明明能去更好的学校，偏偏考试发挥失常去了不上不下的十三中。高考后，你替她查分数比查自己的还紧张，得知她报考了北京的院校才松了口气。

你敢说这次不是为了她？”

倪亦之表情转冷。

“我没有要说教你的意思，只是让你想清楚这次机会有多难得，徐教授已经十多年没带过研究生，好多人挤破头都轮不上，他点名要你是看中你的能力，更何况这条路你自己其实也想走不是吗，要不然你怎么会跟他有私下接触？”

秦可芳顿了顿，继续道：“我到现在都记得初一那年，稚初被商店的店员冤枉偷东西进了警察局，你就跟着在门口坐了一整天，回来就翻各种法律典籍，大学毫不犹豫选了这个专业。”

“我只是不想让她再在那种情况下，因为各种质问被吓得流眼泪，我不会允许它再发生。”倪亦之淡着双眼，语气却是坚定的。

“现在的她已不是从前的她，而此刻的你也不是过去的自己了。你们资历尚浅，所以不会懂，四目相对产生的火花只是一时的，孤注一掷的爱情也不会长久，我大概懂得你长久以来的爱恋开花结果后近乎偏执的珍惜，但眼里只有对方的话，会妨碍到各自的未来，到头来哪儿也去不了。

“你在爱她之前，得先学会热爱自己所拥有的一切，这是前提。永远不要忽略了自己所想。更何况你有没有想过，这件事要是稚初知道，她所承受的压力该有多大，你不能把你自己的人生放在她身上。”

秦可芳轻叹了声，转身上楼。

倪亦之沉眼，瞳孔漆黑如墨。

他想起之前露营时看到的那条信息内容，长睫半掩，一时竟不知要如何才好。

他在怕，他怕她犹豫得越想越多，最后赔掉这段感情。

稚初整个正月都在走亲访友，好不容易有了喘口气的工夫，得知倪亦之有事提前回学校了。她郁郁寡欢地陪闻歌在网吧整天打游戏度日，晚上在网吧楼下撸串，滚烫的高汤冒着白气，她吹也不吹就把肉串往嘴里塞。

"过了啊。"闻歌轻嘲，"这才分开几天啊你就这样，不带这样秀恩爱的。"

"你不懂，思念的滋味。"稚初喃喃自语。

闻歌气得恨不得把碗扣在她脑门上："闭嘴。"

发了会儿呆后，稚初站起来："不吃了，我去结账。"随后在衣服口袋里找钱包，没摸到，然后转身望向闻歌，"你去吧，我出门忘拿钱包了。"

"不是说你请客吗，我身无分文。"

"……"

两人静止了会儿，稚初机器人一样挪到收银台，跟服务员商量着能否网上转账。突然，身后有只手伸过来，百元大钞被放在稚初面前。

"这顿算我请她们的。"

稚初扭头，男生是她没见过的。

她生平没遇到被抢先买单这种事，正想着拒绝，反倒是男生先开了口："你不记得我啦？之前在足球场见过，你是倪亦之的女朋友。"

稚初印象全无。

正不知道怎么回，闻歌收拾好东西过来了，眼珠子滴溜溜地往男生身上瞅。

"可能我太大众脸了吧，我叫方洋，跟倪亦之一个宿舍的。"男生挠了挠头。

大众脸不至于，只是比她家那位略逊一筹，但也长得眉清目秀的。

"你也是禹城人吗？"稚初问。

三人走出门。

"不是，但我爷爷奶奶在这边，高中也是在这里念的。"

"我们是十三中的，你是——"

"一中。"

稚初跟闻歌同时张大嘴巴，感叹道："学霸啊。"

果然优秀的人都是扎堆的。

"昨天收到倪亦之的消息，他先回北京了。"方洋想了想，"这家伙比常人努力，收到 A 大徐教授的邀请也是预料之中，只是没想到他会拒绝，不知道他在想些什么。"

"哈？"稚初愣住，"什么意思？"

"你还不知道吗？徐成彦教授是国内最好的法学专家，亲自发了邀请函让倪亦之做他的学生，但倪亦之说他暂时没有读研的打算，似乎是想早些毕业。你知道吗，能被徐教授看上，已经让我们这些人眼红了，他竟然没有答应。不管是为了什么，我觉得你劝劝他比较好，毕竟机会难得。"

稚初点点头，说道："谢谢你，不过初次见面就让你请客不太好。"随后，她扯了下闻歌，"你俩加下微信吧，到时候我让她把饭钱转给你。"

闻歌留意到稚初的眼色，点头跟男生交换了联系方式。

两人步行回家，闻歌笑话稚初："真是服了你，什么时候都不忘红娘本色。"

"你两颗眼珠子只差长到人家身上去了，摆明是看上了人家，我能不给你制造机会？"稚初翻了个白眼。

闻歌呵呵傻笑，随后正经下来："倪亦之是怎么回事？"

"不知道，等回北京去了再问他吧。"稚初失神，"其实我有时候很不明白，他为什么会喜欢我，像他那样优秀的人，怎么会喜欢上我呢？"

闻歌一个栗暴敲过去："又在瞎想什么呢。稚初，你看着我的眼睛。喜欢一个人怎么会有理由。"

"我只是有些害怕，我不想成为倪亦之人生路上的绊脚石，如果他因为我有很多缺憾，那要怎么办？"

"倪亦之的成熟超乎你的想象，既然是他做的决定，那就有他自己的道理，你们之间缺少的是沟通，我不许你这样放低自己。"

稚初认真思考了会儿，脸上重新漾起笑容："有道理。"

稚初回北京已经是一个星期以后了，气温低，她裹着件很长的羽绒服在倪亦之打工的律师事务所楼下等，没一会儿，他下来了。

他领她去附近的四川菜馆吃饭。

中式复古的装修，青砖白瓦，低调奢华。稚初落座之后，倪亦之叫来服务员开了暖气。

算了算时间，两人有小半月时间没见了。

"好久不见啊，倪律师。"她揶揄他。

他没理会她的嘲笑，端起茶杯抿了口大麦茶，问："你不是还有几天才开学，怎么来得这么早？"

"你成天忙得跟大领导似的，电话都没工夫接，我只好主动来找你了。"稚初仰天长叹，"再不见面，我要被折磨死了。"

倪亦之笑着听她拉扯白话，执起茶杯："我明天有个案子得去郊区。"言外之意是没时间陪你。

稚初点头："那我回学校去好了。"

"别回。"

"嗯？"

"在公寓等我。"倪亦之边吹茶叶边说。

稚初脸瞬间热了，手指在餐桌边沿摩擦个不停。

"你白天在家里睡觉，我会早点回。"

稚初咽了咽口水，小声嘀咕："孤男寡女共处一室，是不是不太好？万一你兽性大发，我一个弱小女子手无缚鸡之力的，也只能束手就擒……"

倪亦之看她的小爪子伸过来，往他掌心里挠了两下，轻笑道："稚初，你又在发什么春？"

"你这什么形容词嘛……不解风情。"稚初嘟着嘴嘀咕，撤回手，说着说着，自己也忍不住笑了。

倪亦之抬眸，看到稚初笑得异常明艳。

他神色一敛："不许这样笑。"

"你这是侵犯人身自由，我可以告你的。"稚初嘟嘴。

倪亦之放下汤匙，闲闲地看着她："行啊，随时奉陪。友情提示一下，你男朋友的业务能力很出色。"

忘了这是他的本行了。稚初哀叹："我怎么捡到你这么个男人，早知道小时候就对你凶一点了。"

"晚了。"倪亦之慵懒地靠回椅背。

一顿饭光顾着插科打诨，菜没吃下多少，两人打包回公寓。

房子是一室一厅，带厨卫，北欧简约风，深得稚初心意。她里里外外欣赏了个遍，倪亦之下楼一趟已经回来了，买了些洗漱用品，以及零食。

"浴室的风暖位置有点高，我给你开好了。睡衣的话，你要不要穿我的？"他去卧室的衣柜取了两件衬衣，递给稚初。

稚初还在玩书架上的拼图，没工夫搭理他。

倪亦之拍了拍她的头："洗澡去。"

"还早。"

"你坐了一路火车，小心感冒。"倪亦之坚持。

她放下玩具，挑了件衬衣，转身进了浴室。

出来时倪亦之正在电脑面前专注工作，稚初蹑手蹑脚走去，从他背后伸出头，想要将屏幕上的字看清。

"倪律师，这样看你有种精英气质。"她被那些密密麻麻的文档惊到了。

倪亦之只觉得脖子上有水滴下来，他扭头，问："没找到吹风机？"

"有，就是你家的插座设计得也太不人性化了。"她埋怨了句。

倪亦之松开鼠标，站起来拉着她往浴室走："这个时候你应该叫我过来。"

"你工作太认真，我怎么好意思打扰你。"

倪亦之有些好笑，她个头小小的，穿着他的衣服裤子，袖子跟裤脚太长，完全是拖地状态。他将她扯近些，蹲下身将垂下去的裤脚卷了两圈，随后起身，为她挽好袖子，露出纤细的手腕。

她眼里漾着笑意，看着他做完一系列动作。这个人绅士又体贴，让人无法不产生依赖感。

似乎，从她认识他时，他就这样，一直持续至今，可现在这些琐事带给她的感受，完全不同，变化来得悄无声息。

几平方米的浴室，空间狭小，刚好够两个人。

吹风机里的热风拂向她，她闭上眼仰起头，眼角的泪痣十分明显，如同小时候他见她时，有着无法驯服的野性。

时光没有改变她，依然是他觉得最美的模样。

倪亦之动容，忍不住低头吻了吻她的眼角。

稚初惊得后退一步，抓住领口："倪亦之你耍无赖。老实交代，你把我留在这儿，是不是想金屋藏娇？"

"嗯。"他点头承认，将她拉回来，"想把你装进口袋，随时放在身边。"

稚初勾起嘴角，得了便宜还卖乖："我有这么好？"

倪亦之低低"嗯"了声。

她稍稍拨开他拿着吹风机的手，去看他的眼睛："傻瓜，我又不会跑。"

"你会。"

"……"

这人总有让人心疼的本事。

他是谁，他是倪亦之啊，是多少女生的心头血。

而如今，他却在她面前示弱。

她摸了摸他的脸。

倪亦之伸手将她揽进怀里。

稚初挣扎着："别，我的头发还湿着呢。"

"别动，给我抱一会儿。"他的食指钩了钩她湿哒哒的发尾，"敢跑我就打断你的腿。"

稚初没说话，倪亦之松开手跟她对视。

浴室的灯光让倪亦之的面部线条显得十分柔和，他站着她面前，就像从漫画里走出来似的。

稚初不由自主地点头："为了后代我也要把你守住啊。"

倪亦之："……"

"你一学霸我一学渣，虽然我在智商上拉低了平均分，但也足够甩别人一条街了。"

倪亦之好气又好笑地看了她一眼，将吹风机塞到她手里："自己吹。"

稚初揪住他的毛衣，不让他走："你要不要考虑下我这个提议？"

倪亦之转身，似笑非笑："你是在诱惑我吗？"

哈？

哦……这时候提这个似乎有点不合时宜。

稚初咂咂嘴，在倪亦之走出浴室后，合上了门。

稚初吹干头发出来，在冰箱里拿了些水果，切好装盘，抱到客厅的沙发坐下，开了电视机看一档侦探类综艺节目。

本来倪亦之是安心处理手里这个案子的，但她将水果咬得嘎吱响，让他无心看材料。

他走过去在她身边坐下。

"倪律师，你不忙工作了啊？"她将电视机的声音调大了些，果盘放到两个人的中间，"你想吃哪种？"

"你要喂我？"倪亦之微微侧头。

稚初倾身挨近，单手抓在他的肩膀，坏笑："你想怎么喂？"

倪亦之自己往嘴里塞了瓣橘子："虽然我没有乘人之危的想法，但你最好别挑战我的底线。"

"喊！"稚初坐直身体，视线落在电视上不动了。

她一向是雷声大雨点小的，不敢动真格。倪亦之看她的样子有点好笑。独处的时光难得，从小到大他自认为是个独立的人，跟家人之间也始终保持着距离，唯独对她有割舍不掉的情。

"你要睡了？"稚初歪在抱枕上一动不动，被倪亦之叫得清醒过来。

"这综艺太催眠了。"

"之前买了一套游戏机，你要不要玩？"他起身去找设备。

稚初噌地坐起："什么游戏？"

"卡丁车。"

"哈？你家里竟然有这种？"

"之前陪室友逛街的时候看到的，小时候你不是很喜欢吗？这一套在市面上已经绝版了，我买来做收藏。"

稚初笑了："直说买给我玩的不就好了。"末了又补了句，"这款游戏我已经封神了，你等着被我秒杀吧。"

倪亦之开了游戏，没说话。

实战过程中稚初表现得并不好，不知道是对手实力太强，还是她许久没练技艺生疏，反复死了三次之后，她哀号一声倒在沙发上："算了，没劲。"

倪亦之接过她手里的遥控器，一上去便来了个神仙走位。

"你别太引人注目。"

"是他？"倪亦之指了指那个叫"跑跑车神"的昵称，"他让你死了几次？"

稚初竖起三根手指。

倪亦之变换技能，跟对方杠上了，直接一轮秒杀。

稚初不知道他玩得这样好，以前似乎他总是置身事外，属于看着她玩的那一方，让她在大院的游戏界里称王称霸。

原来他是一直让着她的。

"要不要再来一局？"倪亦之玩上瘾了。

稚初摆手："算了，你都把人虐成这样，再来一局有什么不同？"

"他欺负我女朋友，我得教训回来。"倪亦之重新开始游戏。

他都不知道，他在说这句话的时候，有多迷人。

后面几天，倪亦之一直在律所忙，每天回家都过了十一点，稚初找不到合适的时机跟他聊方洋所说的事。

即将开学，稚初也跟着忙起来。

开学的前一天，稚初早上起床发现沙发上躺着的人没有走，走过去扯了扯被子："你今天不去律所吗？"

"嗯，请了一天假。"倪亦之起床。

稚初眨巴着大眼睛，早知道就早点起了，白白浪费了一个上午。

看了下时间，已经十点多，小区楼下已经过了早餐时间，倪亦之带着她去商场一楼的美食城吃牛肉粉。

他拿着餐号去前台取餐，回来时撞到一个高高瘦瘦的男生跟稚初搭讪。

男生有些不好意思："你好，我能坐这个位置吗？"

过了用餐高峰期，店里有大把的空位他不坐，非要坐她对面，鬼都知道是什么意思。

稚初笑："这里有人了。"

被拒绝之后，男生尴尬地笑笑，拿着东西走了。

"稚初。"倪亦之严肃地看了她一眼，"你还知道你男朋友坐这里。"

稚初嘿嘿傻笑，打算插科打诨糊弄过去："不能怪我啦，桃花来了挡也挡不住，但没想到我男朋友醋劲儿这么大。"

倪亦之哼哼："你魅力够大的。"

"一般一般。"

"待会儿朋友会过来给我送个资料。"

"谁啊？"

"来了你就知道了。"

物以类聚，人以群分。倪亦之的朋友跟他一样，都是学霸，从他们厚重的镜片就能看得出来。方洋是里面少数视力算好的，他今天穿着件驼色大衣，气质立马拔高了数倍，稚初边看边打算着，这款帅哥跟闻歌简直不要太搭。

她正看得起劲，一只手掌挡住了她的视线。

手的主人皱了皱眉："能不能擦下你的口水？"

稚初思索着自己的表情是否真的很猥琐。

倪亦之刚打算跟稚初介绍，她摆摆手："不用介绍的，我们在禹城见过，他还帮我买了单。"后来又补了句，"看在你的面子上。"

方洋笑："不用客气，钱已经还上了。"

稚初还想追问他跟闻歌的进度，但想想有点不合时宜，止住了话。

三人在商场门口聊了会儿，对面过来了一男一女，看起来是一对，走近了稚初才看清，竟然是周子祁跟窦宸。

稚初本想着避开，却被窦宸叫住："稚初，你们也来逛街啊？一起啊。"

稚初留意到两人牵着的手，还没来得及问话，窦莀刻意举起来亮了亮，偷笑："他已经是我的了哦。"

周子祁挠挠头，有片刻的尴尬，但也随她了。

"般配。"稚初做了口型，暗地里跟窦莀击了下掌。

眼前的两人腻歪得不行，像连体婴儿。不像倪亦之，自顾自地跟方洋说话，把她扔在后面。

稚初正想着，倪亦之将她拉了过去，又变成了他的人肉拐杖。

窦莀年纪轻轻，却有着跟年纪不符的嗜好，没事老把人往首饰店带。

"欸，稚初，你觉得这串珠子怎么样？刚听店员介绍，寓意也不错。"窦莀看中了款珍珠手链。

稚初点头："款式还行。"

稚初虽然对这种戴在身上的物件没多大兴趣，不过还是被模特身上的一款项链吸去了目光。精明的女店员留意到她的表情，连忙走过去，笑得相当迷人："这是店里的经典款啊，很多顾客虽然喜欢但气质上驾驭不了，不过看起来跟你倒是很搭，你要不要试试？"

样式简单，确实好看。

但似乎没有场合用得上。

她想了想，摆手道："不用了，谢谢。"

倪亦之在门口跟方洋交谈，留意到店内稚初的视线。

没一会儿，周子祁已经买完单回来了，牵着他漂亮的女朋友。

稚初过去的时候，方洋正好问倪亦之："那件事你考虑得怎么样？"

倪亦之神色微凛，不愿当着稚初的面谈论，故意支开她："橙子，你能去帮大家买点喝的吗？"

稚初听话地点头："好啊。"

窦宸附和："我跟你一起去。"

待她们走远了，周子祁才出声问："你有事情瞒着她？"

"小事。"

倪亦之惜字如金，没有多说。

他站在原地等稚初回来，转念一想，那样支走她显得有些刻意，会不会被她察觉，但她回来时神色如常，他心下稍安。

晚饭在一家日式料理店吃的。

几个男生食欲不佳，倪亦之一直将自己面前的菜往稚初面前推。

稚初皱眉："倪亦之你故意的吧，把我养成肥猪，这样我在外面就没有竞争力了。"

倪亦之阴着脸："你还想去争谁？"

糟了，他好像有点生气。

稚初媚眼一弯："你啊，你这么好，桃花那么多，被人抢走了怎么办？我拿什么跟人拼？"

他笑："不需要，这种抛头露面的事情我出面就可以了。"

边上三人异口同声："你们这秀的哪门子恩爱，是给人看的吗？"

倪亦之没搭理他们，起身去结账。

出了料理店，一行人告别。

稚初吃饭时脱下的外套正在倪亦之手臂上挂着，他给她披上："你又忘东忘西。"

"这不是有你在吗，我的贴心男友。"稚初笑笑。

倪亦之目光渐深，他垂下头，从这个方向看下去，她的眼睛真是好看，盛满了天光。

稚初咳嗽两声，说："你别这样盯着我，不自在。"

倪亦之牵了牵她的手，走在前头："回家。"

在公寓待的最后一晚，稚初有点舍不得。

她扛着扫帚雄赳赳地给倪亦之打扫房间，出来后，见他在厨房洗碗。

"这碗我洗过了。"稚初狐疑，随后又恍然，"你不会嫌弃我没洗干净吧？"

倪亦之无动于衷，继续手上的动作。

"你怎么这样啊，我还怎么在你面前扮演贤良淑德？"稚初朝他叫唤。

倪亦之停下来，看着她。

"稚初。"

"怎样？"

他认真地看着她："你就是你，这样已经很好了。扮演这个词不需要出现在你我之间。"

许是他言辞过于真诚，让稚初有点感动，可这样的情愫没持续几秒，就被破坏。

"虽然你洗碗的技术的确很烂。"

"那以后我就规规矩矩在家里做个花瓶好了，洗碗这种高难度的任务你来做。"稚初嘀咕了一句。

倪亦之点头："可以。"

稚初趴在水池边的吧台上，一动不动地盯着他。

让这家伙在家里做家务还真是屈才。

"那你看中我什么，家务也不会，长得也不美。"

倪亦之摇头："也许我天生下来就喜欢你，跟多出的一个器官一样，专门为稚初而生的器官。"

倪亦之原本冷峻的脸上，多生出几丝笑意。

稚初"唔"了一声，这情话暴击让她没有一点点防备。

好喜欢。

好喜欢这个人啊。

倪亦之看着稚初软软地倒在吧台上，半点力气也无，关心道："不舒服？"

"倪亦之同学，你这样下去我就醉了。"

倪亦之哼唧了声："酒量有待提升。"

稚初哈哈大笑："我怕自己早晚腻死在你那里，决定给你放个长假，你去吧。"

"嗯？"倪亦之停下动作。

"别瞒我了，我都知道了。你想去A大读研，但因为我打算放弃对不对？"

倪亦之轻轻应了一声："不是因为你，是因为我自己。"

"倪亦之，从小到大我都活得心安理得，你知道为什么吗？因为所有的一切都是我努力或者不愿意努力而得来的结果，唯独这件事，让我在你面前觉得不坦荡，会让我觉得我的存在已经到了妨碍你人生的地步。"

"你妨碍了我十几年，不差这一回。"

"这次不一样。"

"哪儿不一样？"

倪亦之用干手帕擦干手上的水渍，随后抬头盯着稚初一字一句道："我没有信心跟你异地恋。"他停了会儿，继续说，"我们在一起这么久，你都没有准备让我进入你的人生对不对？"

稚初别过头，不敢看他的眼睛。

"你背着我去看医生，之后又跟闻歌说我们不一定会有结果，其实你心里在打退堂鼓对不对？"

面对他的质问，稚初错愕："你怎么知道？你听见了我们的谈话？"

"是。"

"倪亦之！"

他脸上没什么表情："你不用这么瞪我，你休想离开我身边。"

稚初冷道："你发什么神经病。"

"这场病在我身体里藏了多少年，再不发出来，我会疯。"

稚初别过脸，不知道为什么那一刻，眼泪涌出。

倪亦之从未对她大声说话，这是第一次。

她为什么会哭，或许是觉得，他根本就不知道她的心意，即便知道她的眼睛无法根治甚至会影响下一代的情况下，她犹豫过，但从未想过要放开他的手。

她的眼泪让倪亦之无所适从，他快步绕过吧台，将她拥住。

"对不起，我不该对你发脾气。"他声音低低的，带着点失落，"但橙子你知不知道，你让我很没有安全感，为什么你不相信我是真的爱你呢？你好像根本不知道我有多喜欢你啊。"

他将姿态放得很低，让稚初心生怜意。

她勾勾他的手指，小声道："我现在知道了。但请你也相信我好吗，我会等你的心情也是真的。"

"而且……"稚初笑，"我毕业之后打算去上海，那边有家影视公司想聘请我做编剧。"

倪亦之见她笑，心生郁气："你怎么没有告诉我？"

"我想给你一个惊喜啊，我好不好？"

倪亦之肃着张脸，半天"嗯"了一声，稚初伸手去捏他的两颊，他终于被逗笑了。

原来，在她的人生规划里，早就有了他的存在，没有比这更好的事了。

第十三章

以后，就由我来负责你的人生吧

"对你的深爱如法律里的词条，确认无疑，不可更改。"

——倪亦之

倪亦之在大四下学期顺利通过 GCT 考试，和稚初一起去了上海。他本来担心稚初会孤单，但好在闻歌在毕业之后收到上海一家金融公司的邀请，犹豫再三决定留在上海。有她的相伴，稚初最起码不会觉得无聊。

倪亦之很忙，在就读研究生的同时，跟方洋在浦东开了家律师事务所，公司的招牌一直没时间做，到后来稚初实在看不下去，请了美编同事设计，最终自己拍板，完工后请搬运公司送到事务所。

她指挥着搬运工人上楼，正逢事务所里的实习生下楼用餐，他们客气地叫她老板娘，稚初的脸唰地就红了。

稚初跟倪亦之吐槽："你们事务所的实习生也太会……见风使舵，油嘴滑舌，不知道跟谁学的。"

彼时，倪亦之关掉电脑，扣上桌上的案件材料，慢悠悠回了一句："是我教的。"

倪亦之西装笔挺的模样，简直不要太帅。稚初花痴地看过去。

“我不想每个来打离婚官司的女人开口第一句话就是问'倪律师你有没有女朋友'。”

稚初撇了撇嘴：“喊，嘚瑟。”她从包里翻出一张请柬，“池子的婚礼你去不去？”

“什么时候？”

“这个月初六。”

“我会去，只是可能晚到。”倪亦之回忆了下行程表，随手端了杯咖啡给稚初，她没接稳，咖啡洒在她米色的衬衣上。

稚初捂脸哀号：“我新买的衣服。”

“有没有烫伤？”

他下意识地给她解开上衣扣子，被她双手挡住，她神色尴尬：“我还是自己来好了。”

“进里面换。”他拉她进办公室里面的一个隔间。倪亦之有时候加班会睡在公司，隔间里有一张简易床，还有一个小小的洗手间。

没有衣服换，她只能冲掉衣服上的咖啡渍，再用吹风机吹干。

正想着，倪亦之在外面敲门：“你怎么样？”

稚初将门拉开一条缝，他侧身进来。

“给我看看。”他不由分说地将她拦腰抱起，将她放在洗手台上。

稚初将他推开：“这里是公司。”

“嗯，这里是我的地盘。”

“……”

他看了她烫伤的地方，只是有些轻微泛红，没有大碍，于是放心了些，正欲抬头，却听见有温热的气流从他耳边吹过来，随后传来她语气暧昧的声音：“你是故意的吧。”

“什么？”他抬头看她。

"倪亦之你变坏了，开始玩套路了。"稚初拽住他，质问，"说，你是不是有特殊癖好？为了把我带进来，谋划很久了吧？"

"一天到晚都在瞎捉摸些什么。"倪亦之白了她一眼，随后从衣柜里翻出一个白色的袋子，递给她，"喏，本来打算给你个惊喜的，刚好用上了。"

是一条红色连衣裙，吊牌还没拆。稚初偷偷瞄了眼标牌上面的价格，倒吸一口凉气。

"什么时候准备的？"稚初又惊又喜。

"随便买的。"倪亦之撒谎，并不想告诉她为了挑到合适的款式，找了多少人做参谋。

稚初眉头一皱，想到什么，问："倪亦之你这样献殷勤，不会是公司破产了想找我借钱吧？"

"破产了我也不会找你借钱，月光族……这段时间我太忙，无暇顾及你，向你道歉。"

"我没有怪你。"稚初低声道。

倪亦之拉她过来，在她脸上亲了一下，随后魔法一样变出一个东西："还有这个。"

他手里的项链似曾相识，她惊呼："这不是我之前看中的那条？"

"我后面折回去买了，但找不到合适的时机给你。"他浅浅一笑，"我给你戴上吧。"

稚初捂脸："今天的糖分是不是摄取得太过了？"

她鼻头微酸。

"你现在还害怕吗？"倪亦之凝视着她的双眼，"你还会顾虑跟我在一起又分开，最后失去了爱情又失去最好的朋友吗？"

他看着她，想要将她揉进心里。

稚初轻声答："不怕了。"

她想了想，又说："因为我知道，错过你我一定会终身遗憾，所以我一定会拼命守住你。"

倪亦之抚摸着她的脸，双眼深邃："谢谢你。"

柔情蜜意之后，稚初将他往门外推："我要换衣服了。"

倪亦之没动："你全身上下哪儿我没看过。"

稚初脸一红："那也不行，我害羞。"

倪亦之笑了："我在外面等你。"

那天稚初从公司出去的时候，方洋的目光有些微妙，他偷偷凑近倪亦之，笑道："发生了什么，短短一个钟头而已，她又换了套衣服。"

倪亦之扯了扯嘴角，回自己的办公室了。

这条裙子被稚初穿去参加谢宇驰的婚礼，进了礼堂，闻歌在嘉宾席冲稚初挥手。稚初走过去，闻歌夸张地张大嘴："这要是谢宇驰的新娘子看见，一定恨死你了。"

"怎么，跟池子有过事儿的又不是我，我顶多是包庇纵容。"稚初边喝水边睨她。

闻歌抿嘴："你艳压群芳，都盖过了新娘子的风头。"

"你什么时候也受到社会人的荼毒，学着阿谀奉承了？"稚初被她夸得鸡皮疙瘩都冒出来了。

"你不也是社会人？"闻歌反驳，怎么交了这么个损友。

稚初倚在座位上："我前天问你你说不来，今儿来也就算了，还没带个男人镇场，别到时候哭得凄凄惨惨，我没带那么多纸巾。"

闻歌"喊"了声，随后温柔一笑："我就算哭，那也是祝福的眼泪。他谢宇驰这篇，我闻歌算是彻底地翻过了。再说，你怎么知道我没有带男朋友，只是还没到而已。"

稚初将身子歪过去，故意激将她："那我今天一定得等到。"

短短的婚礼时间，她俩从谢宇驰登场那刻就绷不住了，也许是想起了那些年的大院生活，他还是个玩泥巴打游戏机把把都赢的小男生，一转眼变成了稳重得足以让人依靠的男人。

后面敬酒环节，闻歌喝了不少。

婚礼结束，两人约着去一家常去的餐馆继续喝，最后喝得大醉。

倪亦之接到稚初电话的时候刚从公司出来，电话那头的人醉态尽显："男朋友，速速来接我。"

"你喝酒了？"他一脸担忧，稚初醉了之后喜欢哭闹。

他去停车场取车，往她说的地点快速赶去。

夜间升起了雾，还下起了淅淅沥沥的小雨。

倪亦之从雨雾中走来，站在餐馆门口张望她们在哪一桌。

稚初朝门口挥挥手，大叫一声："哇，是我的倪先生啊。"

倪亦之苦笑着走过去，看了眼两人面前东倒西歪的酒瓶。

"你们这是喝了多少？"

稚初伸出手指比了个"八"，随后又责怪道："人家婚礼都结束了你还不来，黄花菜都凉了。"

倪亦之笑："错过了别人的婚礼不要紧，只要准时出现在自己的婚礼上就好了。"

稚初跟闻歌咯咯笑个不停。

稚初拍了拍桌子："你的男人呢，说好的要先带给我见见的。"

"马上就来。"闻歌接了个电话，随后指向门口，"看，来了。"

方洋迈着长腿朝这个方向走来，一只手搭上即将歪倒在地上的闻歌。

稚初恍然大悟："原来真的是你啊，我猜对了。"

倪亦之将稚初扶起来，架着她出去："回家吧。"

　　稚初迷迷糊糊地点点头，走了两步，又折回来，指着方洋的鼻子警告道："你得对我家歌儿好一点，不然我绝对不放过你，倪亦之也不会放过你的。"

　　在得到对方肯定的答复后稚初才放心了些，跟着倪亦之离开了。

　　方洋在问了两遍闻歌家住在哪里但未得到回答之后，放弃了询问，坐在一边陪闻歌醒酒。

　　大约过了半个小时，闻歌突然清醒，见方洋正盯着自己，有些不好意思地问："你怎么还没走？"

　　"你知不知道一个醉酒的女生在外面很危险？怎么让人放心？"

　　"你对谁都这么好吗？"闻歌轻声问。

　　方洋看向她："别人怎么样我才懒得管，但，你不一样。"

　　闻歌怔住，借着酒劲问出口："那我问你，为什么你只穿我喜欢的那个牌子的衬衣，你玩的游戏跟我是用一个英雄，为什么我想刷怪升级的时候你都在，为什么我想让你假扮我男友的时候你刚好有空，为什么我提的要求你从来不拒绝？"

　　方洋目光柔和："理由从来都是老套又简单——因为我对你一见钟情。"

　　闻歌看了他片刻，突然笑了。

　　雨已经停了，上海的街道上雾气朦胧。

　　倪亦之背着稚初回家，像年少的学生时代那样，走着长长的夜路。

　　稚初手攀上他的肩膀，摸到外套湿哒哒一片，嘟囔道："倪亦之你的外套湿了。"

　　"没事，你酒醒了吗？"

　　"嗯。"稚初点点头，"回家给你烧点姜茶，可以预防感冒。"

　　倪亦之低低地应声："好。"

　　"你放我下来吧。"她请求之后，倪亦之照做，幸好他出来时给她带了件外套，否则夜晚温度很低，她肯定会被冻得不轻。

他搂着她。

两个人依偎在一起。

不知道走了多久，稚初开口："今天我们在池子的婚礼上哭得稀里哗啦，还好你没在，不然我又要被你嫌弃了。"

"羡慕？"

"有那么一点点吧。"

"你想办什么样的婚礼？"

"中式的，感觉传统文化很有趣。不过我想，只要陪在我身边的那个人是你，什么样的我都无所谓。"

倪亦之停下脚步，偏过头看她："我也是。"

"累不累？"他帮她把耳边的碎发拂向耳后，"车停在前面，钥匙在你衣服口袋里。"

稚初伸手去摸，没摸到车钥匙，反而拿出了一个绒面盒子，她突然意识到了什么，泪如泉涌："倪亦之你这样属于犯规。"

"反正你总要嫁人的，那么，就由我来负责你的人生好了。你会答应吧，倪太太？"倪亦之抚了下她的脸颊，随后打开盒子，将那枚戒指戴在她的无名指上。

稚初含着泪点头，没有倪亦之的人生一定不是稚初想过的人生。她伸手回拥住他："其实我人生里唯一喜欢过的人就是你。"

倪亦之目光湛亮，这个叫稚初的人儿在他心里存了多年，此刻终于圆满。

在所有人事已非的景色里，我最喜欢你。

（全文完）

番外

我吻你时，是甜橙味

01

稚初跟倪亦之在一起半年后才知道这家伙原来这么没钱，说好的要在市中心给她买一套三居室呢？说好的落地窗带大庭院呢？说好的要每天做饭洗碗家务全包呢？

全是浮云。

稚初啃着个苹果，见从上周起就死赖在自己家不走的某人正坐在沙发上，气不打一处来，此时后悔也来不及了。

"你之前说你信用卡全停了是吧？"稚初坐过去，审视他。

倪亦之全无伤心神色："嗯，停了。"

"连房租水电都交不起了？"

"差不多吧。"

"可我问了方洋，你们这一年公司是一直在盈利的啊，你的钱呢？"

倪亦之翻着早上新出炉的报纸："投了股票，全都亏了。"他想到了什么，郑重其事地放下报纸，故作为难地看着稚初，"我妈给我打了笔钱过来，虽然我不想花，但如果你实在不想我住在这儿，我可以出去找房子。"

稚初一句"你在这儿我不太方便"卡在喉咙里，腹诽要是让他在这个年纪还花父母的钱还不如朝他心上插一刀，顿时软下来："算了，你安心住吧。"

倪亦之点点头，二郎腿一跷："中午吃什么？我看见这附近新开了家餐厅挺不错的。"

稚初怒从心起："你一无产阶级比我还穷还吃什么餐厅，从今天起，节衣缩食。"

倪亦之示意她镇定下来，又继续看起报纸，半晌来了句："再穷只是穷自己，再苦不能苦媳妇儿。"

稚初："……"

两人就这样在稚初还没做好任何准备的情况下，开始了同居生活。

某天，稚初尖叫着从卫生间出来，将手里的验孕棒扔到沙发上："啊——倪亦之你看你做的好事。"

倪亦之拿着研究了一个小时，终于看懂了。

稚初气呼呼地坐在卧室的床凳上，过了好一会儿，倪亦之进来。

稚初欲哭无泪："我怀孕了。"

"嗯。这件事我已经通知了父母，让他们尽快敲定婚期。"

稚初愣了个神："我们哪有钱结婚？"

"我早就用你的名义开了个账户，密码是你的生日。"倪亦之笑道。

稚初一个枕头丢过去："倪亦之你个说谎精，为了赖上我简直无所不用其极！"

"我刚刚在网上查了下孕妇注意事项，你不能动怒。"倪亦之蹲到她面前，将她的双手攥在一起，柔声道，"以后不要对我直呼其名了，我不介意你直接叫我孩子他爸，或者，老公。"

稚初脸红得不行，别过头去喝道："倪亦之！"

倪亦之没答话，不由分说地吻了上去。

02

高中百年校庆，作为从十三中毕业让人引以为傲的倪大律师毫无意外地收到了邀请函，稚初没收到，于是郁闷了。

"你想去也不是没有可能。"倪亦之换好衣服从浴室出来。

"你有法子？"稚初心里滋生出丝丝期待，好久没回禹城看看了。

倪亦之凑近，刮了下她的鼻头："家属，笨蛋。"

一向以厚脸皮著称的人的脸唰地红了，还真习惯这个称呼。

出发那天，稚初在衣帽间换了整整十套衣服，最终还是觉得第一套好看，欢喜地出了衣帽间，见客厅里没有一点不耐烦的倪亦之西装革履，浑身散发着精英气质，再看看自己白T恤上印着一只大耳朵兔子，怎么看怎么幼稚，顿时觉得丢人，转身回去想再换，被一把拉住。

"这样好看。"他笑得真诚。

稚初就这样被骗到了学校，校门口人来人往，有专门迎接的礼仪队。稚初没经历过这样的场合，有些不自然，刚想逃走，手却被轻轻握住，她抬眸看手的主人，那双桃花眼扫到她脸上。

"一起吧。"

稚初低头："哦。"

后来因为校领导冗长的演讲实在过于无聊，稚初还是悄悄溜了。

她一个人在校园里散步，回忆着很久以前的校园时光，那些再也回不去的青春在她生命里留下印记，派遣了一个人一直留在她身边。

"哇，这张照片上的男人是谁啊，真帅，我们学校还出过这号人物呢？"

"那是，我上次还在央视的法制节目上见过他，很有名的律师，不过可惜了，英年早婚。"

教务处的展览牌上，写着往届优秀毕业生的简介。

稚初嗅到危险气息，皱着眉走过去。正在讨论的两名高中女生见到她胸前挂着的牌子，好奇地问："你也是被邀请前来参加校庆的学姐？"

"嗯。"稚初点头。

其中一个女生有些怀疑："可是那上面没有你。"

稚初："……"

"你长得这么好看，不会是明星吧？"

稚初尴尬："不是。"

"或者你是什么有名的企业家？"

稚初继续尴尬："也没有。"

两个学妹有点失望。

稚初眯了眯眼，想到了什么："要说我取得过什么成就的话……"她指了指展览牌上刚刚被她们讨论过的照片，笑着说，"大概就是他吧。"

"哈？"两个女生的语气里带着怀疑。

稚初挠挠头，突然听见身后有人叫她的名字："稚初。"

她扭头，倪亦之站在一群西装笔挺的人里朝她挥了挥手，他脸上挂着笑，好看又柔情，跟之前学术讨论时的模样完全不一样，让身边的人产生了好奇。

"倪律师，那位是？"

"我爱人。"倪亦之淡笑。

众人将视线移到那个穿白衣的女生身上，随后感叹："果然金童玉女，郎才女貌啊。"

"她一定跟你一样是个学霸吧，上天真是不公平啊，优秀的人果然都是扎堆儿存在的。"有人感叹。

"没有。"见众人安静下来，倪亦之抿嘴笑，"上学时候大家都叫她小霸王，上山下河，抓青蛙斗蟋蟀样样在行，学习成绩永远在及格线徘徊，身上总挂着处分，最严重的一次差点被开除。不过她还是很有毅力跟耐心的。"

有人松了口气："那还是有很多优点的嘛。"

话音刚落，倪亦之幽幽来了一句："她游戏玩得很出色，可以整个通宵不睡觉，就为拿到一个区的冠军。"

大家石化，随后更加疑惑了，怎么这些缺点从倪亦之的嘴里说出来，有一种说不出来的味道呢，或者也能形容成"柔情"。

"我爱了她很多年。"这句话声音很轻，轻得只有他自己听得见。

他抬眼，见稚初转过身来跟自己对视，恍惚中又回到十几岁，那个让他莫名心动的瞬间。

后记

和喜欢的你，不期而遇

　　写这个故事之前一直在听毛不易的歌，他唱，就慢慢地，忘了吧，因为回不去啊，那闭上眼睛就拥有一切的盛夏。

　　突然想回忆一下自己的青春时光，于是动笔写了这个故事。

　　我的高中时代在一个小镇上，并没有十分幸运地和女主一样拥有自己的青梅竹马，但我很羡慕这样两小无猜的感情，因为太纯粹了。

　　读书的时候有一个暗恋很久的男孩子，是高我一届的学长，复读生，教室楼在学校的后山里。因为没有任何交集，我只能每次利用用餐时间，和他在食堂偶遇。

　　后来，我费尽心思混进了他的朋友圈，与他终于熟络起来。再后来，学校发生了一次检举，他为了保护喜欢的女孩子，主动在老师面前坦白，把恋爱的对象指认成我。

　　整个过程是怎么样的，我不太清楚，但类似的传言在学校传播开来。

　　我信以为真，就这样跟他渐行渐远。

　　虽然曾经一度觉得受伤，但成年后的我回忆起来竟然像在述说一段别人的故事。

　　我还记得那是个放假的下午，乌泱泱的学生往校门口赶，他站在一棵大榕树下，因为出色的外貌很容易让人一眼看见，他远远地冲我招手，问我要不要一起回家。

释然之后，在我的记忆里，他仍是很好的男孩子，鲜活地存在于我的青春时光里。

在写"甜橙"的时候，我放了一点真情实感在里面。不知道你们读起来感受如何，但我自身得到了治愈，也希望你们从中能找到一点自己的感悟。

下一本书还在构思当中，依旧是校园故事，这次想写个成绩好性格软热爱天文的高中少女跟有着航天梦想的冷漠少年的故事，应该很快能跟大家见面。

珍惜我们所拥有的幸福时光。

感谢相逢。

2019 年 8 月 15 日

图书在版编目（CIP）数据

我吻你时，是甜橙味的 / 鹿笙著 . -- 北京：中国
致公出版社，2020

ISBN 978-7-5145-1635-7

Ⅰ . ①我… Ⅱ . ①鹿… Ⅲ . ①长篇小说 – 中国 – 当代
Ⅳ . ① I247.5

中国版本图书馆 CIP 数据核字 (2020) 第 038572 号

我吻你时，是甜橙味的 / 鹿笙 著

出　　版	中国致公出版社	
	（北京市朝阳区八里庄西里 100 号住邦 2000 大厦 1 号楼西区 21 层）	
出　　品	大鱼文化	
发　　行	中国致公出版社（010-66121708）	
作品企划	大鱼文化	
责任编辑	周寅庆	
特约编辑	杨吉晨	
装帧设计	Insect　Cain 酱	
印　　刷	长沙鸿发印务实业有限公司	
版　　次	2020 年 8 月第 1 版	
印　　次	2020 年 8 月第 1 次印刷	
开　　本	880mm × 1230mm 1/32	
印　　张	9.125	
字　　数	234 千字	
书　　号	ISBN 978-7-5145-1635-7	
定　　价	36.80 元	